ハヤカワ文庫 NV
〈NV1512〉

アーマード　生還不能
〔上〕

マーク・グリーニー
伏見威蕃訳

早川書房
8957

ARMORED

by

Mark Greaney

Translated by
Iwan Fushimi
First published 2023 in Japan by
HAYAKAWA PUBLISHING, INC.
This book is published in Japan by
arrangement with
TRIDENT MEDIA GROUP, LLC
through THE ENGLISH AGENCY (JAPAN) LTD.

トレイ、クリスティン、カイル・グリーニーに捧げるクレエル・エス・ポデル。
信じることは力である。

アーマード　生還不能〔上〕

登場人物

ジョシュ・ダフィー……………………………民間軍事会社の警護員
ウルフソン…………………………………………民間軍事会社アーマード・セイントの警護員。狙撃手。元SEALチーム3
ジャン・フランソワ・
　　アラール（フレンチー）………同警護員。衛生担当。元フランス外人部隊
トニー・クルーズ……………………………同警護員。後部銃手。元陸軍特殊部隊第5群
ラリー・エヴァンズ（ナスカー）………同警護員。運転手。元SWAT。元ストックカーレーサー
スクイーズ…………………………………………同警護員。上部銃手。元第5海兵第3大隊
シェーン・レミック…………………………同任務統率官。元SEAL
ジェイソン・ヴァンス………………………レミックのチームのナンバー2
マイク・ゴードン……………………………アーマード・セイントの警護員
ガブリエラ（ギャビー）・
　　フローレス博士…………………………人類学博物館の研究者。地域アナリスト
エクトル・エレーラ…………………………メキシコ内務副大臣
アドナン・ロドリゲス………………………エレーラのアシスタント
ラインハルト・ヘルム………………………国連平和活動局副長官
ミシェル・ラルー……………………………国連難民高等弁務官事務所ラテンアメリカ現地管理官
オスカル・カルドーサ………………………コンサルタント。麻薬カルテルの仲介人
エル・パトロン（大親分）…………………グルポ・デ・グアダラハラの頭目
ラファエル・アルチュレタ…………………ロス・カバジェロス・ネグロス（黒い騎士）の頭目
エル・エスコペタ（散弾銃）……………シナロア・カルテルの頭目
ロボ…………………………………………………ロス・セタスの戦術指揮官
マックス・ヘンダーソン……………………アメリカ陸軍ヘリコプター・パイロット
ニコール（ニッキ）…………………………ジョシュの妻
マンディー…………………………………………ジョシュとニコールの娘
ハリー………………………………………………マンディーの弟

1

霞（かすみ）がかかっている太陽が、地中海のあざやかなブルーの水面の上におりてきて、西ベイルートの海岸線をオレンジ色に染めた。観衆の周囲に散開しているアメリカ人の高度脅威対応武装警護員十五人のほとんどがかけている高級サングラスに、夕陽がギラリと反射した。

チームの運転手三人を除く警護班全員が、海に面した高層集合住宅群と広い大通りを隔てたマリーナの隣にある駐車場で、馬蹄形（ばていけい）の防御陣を敷いていた。彼らの警護対象は、演説の言辞に感動したり考え込まされたりして、波のように押し寄せては後退する五百人ほどの群衆の前に設置された舞台の演壇に立っていた。群衆の動きの変化は、そばのマリーナの係留スペースに打ち寄せる地中海の穏やかな波のようだった。

馬蹄形の防御陣の西端では、警護員ふたりが駐車場と桟橋を隔てる低い壁の上に、数メートル離れて立っていた。ふたりはまったくおなじ服装で、チームのあとの面々ともほぼおなじ見かけだった。速乾性・高通気性素材の長袖シャツ、抗弾ベスト、野球帽、ジーンズ。アスレチックブーツ、〈Gショック〉の腕時計、〈オークリー〉のサングラス、〈ペルター〉のヘッドセット。

抗弾ベストにつないだ胸のM4カービン、弾薬パウチ、救急用品パウチ、無線機用パウチ、殺傷力のあるものとそれに近い威力のものも含めた予備の武器やその他の装備のパウチ。

暴力にそれよりも優勢な暴力で対抗するのが彼らの仕事で、その備えができていた。

だが、低い壁の上のふたりには、ひとりが四十代なかば、もうひとりが二十代だという大きなちがいがあった。ふたりの責任範囲には、集会そのものと背後のマリーナの係留スペースにはいっている船の監視が含まれていた。それをやりながらふたりは、集会の周辺で近くの胡散くさい海沿いのホテルの駐車場に立っている小集団が発散する活気を感じ取っていた。

選挙運動の演説なので、候補者に反対する抗議者たちがいるのは意外ではないが、十五人か二十人の男たちが悪意を発散させているのは明らかだった。

視界にいるこの男たちが、警護班の作業にとって大きな重荷になっていたが、その群衆の向こうには集合住宅の暗い窓、薄暗い路地、交通量の多い大通りがあり、マリーナとその先の海でも船がひしめいていた。

どの方向から危険が迫ってきても不思議はない。アメリカ人たちは、それも承知していた。

年上の警護員は、無線で伝えずに、隣の男に向けてささやいた。「隙だらけじゃないか？」

「こういうのはいつだって隙だらけですよ、ボス」

「この現場を安全にするには、あと十二人、戦闘員が必要だ。パンサーのやつ、弾丸をくらっても平気だと思ってるみたいだ」

マイクを使ってアラビア語で熱心に演説している警護対象のほうを、若い警護員がちらりと見た。それから、集会の周辺にいる陰気な目つきの男たちに視線を戻した。「あいつらのなかのだれかが、そうじゃないのを証明しないよう願うしかない」

現場に目を配りながら、年上の警護員がくすりと笑った。襲撃は前にもあったので、相棒とおなじように、いまにも襲撃されるだろうと予測していた。

アメリカ人たちは、べつの要人警護班の生き残りと交替するために、三週間前にレバノンに来た。最初のチームは現地人から成り、各種の脅威に対処する訓練をじゅうぶんに受けていたが、サイダー（レバノン第三の都市）で遭遇したような練度の高い戦闘員部隊を相手にまわすような技倆には達していなかった。そこでは、候補者のボディガード四人が殺され、五人が負傷したが、候補者と遊説にいつも同行する夫人は、傷ひとつ負わず奇跡的に襲撃を生き延びた。

そこで、候補者は選挙運動中の護衛をアメリカ企業にアウトソーシングするという、政治的には問題のある決断を下し、それ以降、何者も手を出していない。

とにかく、いままでは。

混雑した駐車場の演壇で何人もがどなっている演説に間ができると、大都市ベイルートの賑わいが勢いを増すように思えた。警護員は全員、べつのくそ野郎の集団が、この大都市のどこかで、自分たちが護っている男につぎの襲撃を仕掛ける計画を立てているはずだと確信していた。

年上の警護員が、若い警護員にふたたび小声でいった。「感じるだろう、ブラヴォー5？」

若い警護員が、左右に視線を走らせた。「感じる、1」

ふたりはそれしか言葉を交わさなかった。ただ顔をあちこちに向け、武器を握る手に力をこめ、ときどき陽が沈みかけている海のほうを盗み見た。午後七時になっていた。暗くなるまであと一時間たらずで、警護員たちは夜の闇が訪れるのを戦々恐々として待っていた。危険な街路が真っ暗になる前に、警護対象――チームはパンサーという暗号名で呼んでいる――がホテルに閉じこもることを、警護員たちは望んでいたが、報酬を払って指図するのは、パンサーだった。

ホテルに戻るとパンサーがいったときに、ホテルに戻る。それより前に戻ることはできない。

観衆を見おろす壁に立っていたふたりは、アラビア語に堪能ではなかったが、これまで三週間、演説を何度も聞かされているので、そろそろ締めくくるだろうということは察しがついた。ほどなく支持者たちの拍手喝采が頂点に達し、銀髪の候補者が空に拳を突きあげた。演壇のうしろで、中年で男好きのする感じの夫人が、座ったままもじもじと身動きした。

彼女は早くここを離れたいのだと、警護員ふたりは察した。

パンサーが夫人を手招きして前に進ませ、手を握ってそれをふたりの頭の上に持ちあげた。観衆が拍手した。周辺部の正体不明の集団は、じっと立ったまま、強い視線を据えていた。警護員ふたりはおたがいに顔を近づけた。

年上の警護員がいった。「おい、おまえ、トラ猫(タビー)をよく見ろ。地球のべつの場所にいたいっていう顔をしてる」

若い警護員は、駐車場の端にいる陰気な顔の男たちをなおも監視しながら答えた。「六カ月前には、あのご夫人はパリで贅沢(ぜいたく)な暮らしをしていた。亭主がレバノン大統領に選ばれたら、自分の世界全体がめちゃめちゃになる。それを知っているんだ」

「やつは勝利目前(ガット・ア・ショット)だと思うか？」

「やつが撃たれないようにする(ダズント・ゲット・ショット)のが、おれの仕事だ」

「たしかにな。演説が終わったら、きょうの仕事はおしまいじゃないか？　ほかに予定はないが――」

「ないけど、パンサーはぎりぎりになって指示を出すのが好きだ。まだ明るい。ホテルに閉じこもる前に、水ぎせるが吸えるバーか、小ぶりなショッピングモールに寄ろうとするにちがいない」

「そうでなきゃいいが。足が痛い」

「おなじく」

そのとき、候補者と夫人が舞台から駐車場へおりる階段のほうへ行った。そのすぐうしろで、アメリカ人警護班を指揮している警護員が、付かず離れず歩きながら、マイクで指示を伝えた。

壁の上のふたりは、ヘッドセットを通して、それを聞いた。「アルファ1（ワン）から全コールサインへ。移動している。車列までずっと、パンサーを二連菱形（ダブルダイヤモンド）で囲め。運転手、エンジン始動。機敏に動け、おまえたち」

年上の警護員が低い壁からおりて、若い警護員がつづいた。年上の警護員がいった。

「おれたちは後衛だ」

「了解した、1（ワン）」

候補者一行が数十メートル離れているSUV三台に向かうと、観衆が押し寄せた。

アルファ1（ワン）が警護対象の肩に手を置き、マイクを使って先頭の警護員たちに大声で命じた。「やつらを押し戻せ、チャーリー・チーム。押し戻せ。一般人との交流の準備はしていない」

菱形の隊形の先頭にいるチャーリー1（ワン）のすばやい応答を、ブラヴォー5（ファイヴ）は聞いた。

「了解した。失せろ（イムシー）！　失せろ（イムシー）！」

候補者と大人が歩道まで行くと、ふたりが現場から遠ざかれるように、地元警察がゲートのある駐車場内に群衆を封じ込めたが、パンサーが急に立ちどまって、アルファ1（ワン）のほうを向いた。ブラヴォー5（ファイヴ）はその二〇メートルほど後方で、地元住民のあいだを通っていたが、ヘッドセットから聞こえた連絡で、事情がわかった。

「こちらアルファ指揮官。全チーム停止。パンサーがおれと一分、話がしたいそうだ」

ブラヴォー1が、人混みを押しのけて、ブラヴォー5のそばに来た。「おまえがいったとおりだ。パンサーはまだホテルに帰らない」

「いつだって、もうひとり、握手したい相手がいるわけだ」

アルファ1の声が、ふたたび通信網から聞こえた。「全コールサイン、よく聞け。パンサーは遊歩道まで車で行って、支持者と握手したいそうだが、タビーは嫌がってる。おれはA車で先導する。チャーリー1、おまえがリモー（リムジン）担当だ。パンサーをC車に乗せろ。ブラヴォー1、おまえはサバーバンにタビーを乗せて、5および6と行け。リモーと先頭車両がサーエブ・サラーム通りに曲がるまでついてきて、あとはそのままタビーをフェニキア・ホテルまで送っていけ。ブラヴォー・チームのあとの三人は、つぎに寄るところで監視の目を増やすために、おれといっしょにA車のユーコンに乗る」

ブラヴォー1が、無線の送信スイッチを入れた。「ブラヴォー1、了解」ブラヴォー5にうなずいてみせた。「ダフ、おれといっしょだ」

「わかりました、ボス」

2

ブラヴォー1（ワン）、5（ファイヴ）、6（シックス）は、タビーというコールサインの女と、白いシボレー・サバーバンの助手席側リアドアのところで落ち合った。ブラヴォー5（ファイヴ）が彼女のためにドアをあけた。「マダム、うしろの座席（ラ・バンケット・アリエール）、どうぞ（シル・ヴ・プレ）」

女が5（ファイヴ）のほうをろくに見ないで乗り込んだ。ブラヴォー1（ワン）はすぐにつづいたが、ドアのそばで5（ファイヴ）の横を通るときにささやいた。「セクシーなしゃべりかたをするおまえが好きだ」

「ボスのためですよ」5（ファイヴ）が答えて、非装甲のSUVのドアを閉めた。

ブラヴォー5（ファイヴ）は助手席に乗り、ブラヴォー6（シックス）のほうを見た。三十八歳の警護運転手は、前方のC車の後部に注意を集中していた。C車は装甲がほどこされている黒いレンジローバーで、警護対象の要人を運ぶので〝リモー〟とも呼ばれている。

6（シックス）がいった。「前の二台と分かれるまで、目をしっかりあけてろ、ダフ。だれもタビーを殺したいと思ってないから、車列を離れたらもう心配ない」

ダフと呼ばれた5(ファイヴ)――ジョシュ・ダフィー――が、6(シックス)の腕を肘(ひじ)で小突き、リアシートの女のほうを親指で示した。

6(シックス)が小声でいった。「おい、知ってるはずだぞ。あの女は英語がひとこともわからない」

ダフィーは溜息をついて、自分の側のサイドウィンドウをあけ、脅威が出来(しゅつたい)したときにもっと自由に動かせるように、二点負い紐(ひも)からM4カービンをはずした。

運転手と話ができるように、ブラヴォー1(ワン)がフロントシートのあいだから身を乗り出した。「アルファ1(ワン)の指示を聞いただろう、ラリー。前の二台がサーエブ・サラーム通りに曲がるまでついていき、おれたちは道なりにジェネラル・ドゴール通りに進んで、海岸沿いのホテルへ行く」

「こういう急な行動は大嫌いだ。あらかじめルートを決めておかないと、いろんなやばいことが起きかねない」

「だいじょうぶだ、ラリー」

サバーバンが前の二台につづいて大通りを走りはじめたとき、アルファ1(ワン)の声がふたたびチームのヘッドセットから聞こえた。「運転手、車間を詰めろ。対向車と交差点を前もって監視。全戦闘員、ウィンドウをあけ、銃を低く持って準備しろ。助手席のものは交通に注意。車列のあいだによその車を入れるな」

警護班は、三週間前にレバノンに来てから、百回以上、その動きをくりかえしてきた。慣れていない手順はひとつもない。

アルファ1(ワン)が、さらにいった。「赤信号は突破しろ。目をしっかりあけてろ」

運転手のブラヴォー6(シックス)は、前方の道路から注意をそらさなかったが、助手席の5(ファイヴ)に話しかけた。「おい、5(ファイヴ)。タビーをスイートに入れたら、おれの当直を一時間代わってくれないか？　市場(スーク)へ行って、かみさんの土産(みやげ)を買わないといけない」

ダフィーは、サイドウィンドウから外を見つづけ、顔をあちこちに向けて、視界内の人間すべてを眺め、攻撃前の気配を探した。訓練されている脳は、そういった兆候を無意識に見分けられる。だが、ためらわずに答えた。「ああ、ラリー。かまわないよ」

携帯電話でさかんにフランス語をしゃべっているタビーといっしょにリアシートに座っていたブラヴォー1(ワン)が、フロントシートのふたりの話を聞きつけた。ふたたびシートのあいだから身を乗り出して、6(シックス)のほうを見た。「なにを買うんだ？　〝アイ♡ヒズボラ〟Tシャツか？」

車の外の大通りに注意を向けたまま、三人が笑った。6(シックス)がいった。「かみさんは絨毯(じゅうたん)

をほしがってるけど、キットバッグにはいらないだろう？　かみさんは、おれが空(から)のでかいトランクでも持ってあちこち旅行してると思ってるんだ」

ブラヴォー1(ワン)がいった。「イラクで巡礼用絨毯を買ったことがある。うちに帰って巻いてあるのをひらいたら、バラバラになった。そのまま埃(ほこり)になっちまった。あのくその穴できんたまにくらった最後のひと蹴りさ」

アルファ1(ワン)のきびきびしたプロフェッショナルらしい声がまた耳にはいり、やりとりが邪魔された。「最初の交差点に近づいてる。角にデモのプラカードが何枚かある。動じるな」

ブラヴォー1(ワン)がいった。「アルファがいうとおりだ、ダフ。来るときに、どこかの馬鹿野郎が政府寄りの選挙運動の旗を持ってるのを見た。右側にまだいるようなら、おとなしくさせろ」

ダフィーは、目的がはっきりしている監視を順序よくつづけていた。ようやく答えた。

「見つけた。行儀よくしている」

それから数分、リアシートのタビーが電話で話をしているほかは、静かだった。

ラリーがようやく口をひらいた。「当直を代わってくれるのはありがたい、ダフ。あんたのお嬢ちゃんにおもちゃでも買ってこようか？　人形かなにかあるだろう」

自分の監視範囲に目を配りながら、ダフィーは答えた。「マンディーへのプレゼントはもう買ってある。赤ん坊用のが……なにかブルーのがあったら、買っておいてくれ。あとで払う」

「だれの赤ん坊だ？」

ダフィーは、通りから注意をそらさずに答えた。「おれのだ。ニコールが妊娠している。また。こんどは男だ。きのうの夜にわかった」

ブラヴォー1（ワン）は、まだシートのあいだで話を聞いていた。「若いの、どうしてそんなことが起きたんだ？　去年のクリスマスから、家でブーツを脱ぐひまもなかったのに」

「ブーツをはいたままだったかもしれない」

交差点を通過するとき、ブラヴォー6（シックス）は前のリモーと一八メートルの距離を保っていた。運転しながら、6（シックス）がいった。「ひょっとして、赤ん坊はUPSの宅配ドライヴァーに似てるかも」

「笑わせるなよ」

ブラヴォー1（ワン）が、ダフィーの背中を叩いた。「おめでとう、ダフ。すごいぞ」だが、そのとき車の往来になにか不審なところがあるのを見つけて、運転手に注意を戻した。「ラリー、あれを押しのけろ」

低価格のバイクに乗った中年の男が、右側から接近し、速度をあげて、三台の車列が走っている中央車線に移ろうとしていた。

「了解」ラリーがいった。「やつは割り込もうとしてる」

ダフィーは、サイドウィンドウから身を乗り出した。「おれがやる」バイクに乗った男に向けて、片手を上下にふり、どなった。「失せろ（イムシー）！　失せろ（イムシー）！」

男がダフィーに向けて拳（こぶし）をふったが、ヘッドセットとサングラスをかけた西洋人が持っているライフルの銃床にすぐさま気づき、速度を落として、車線変更をやめた。

ダフィーはすばやく片手を胸に当てて、男にうなずいてみせた。「ありがとう（シュクラン）、ありがとう（シュクラン）、わが友（サディーキー）よ」

サバーバンの運転席で、ブラヴォー6（シックス）がハンドルを強く握り締めた。「チンポでもくらえ、くそ野郎」

ダフィーは、前方の道路に注意を戻していた。「あいつは仕事を終えて家に帰ろうとしていただけだ。ここではおれたちがくそ野郎なんだよ、ラリー」

車列の最後尾を走っていた白いサバーバンの後方に、バイクが遠ざかり、脇道に左折した。

その直後に、アルファ1（ワン）が通信網で伝えてきた。「ブラヴォー指揮官（アクチュアル）、こちらアルファ

1（ワン）。われわれはすぐ先で曲がる。そっちは道なりに海岸へ向かえば、十五分（ワン・ファイヴ・マイク）でホテルに着く」

リアシートでブラヴォー1（ワン）が応答した。「1（ワン）、了解」そして、ラリーに向かい、指で前方を示した。「曲がり角の交差点に気をつけろ、左折するのに前の二台は速度を落とさないと――」

ラリーが、フロントウィンドウごしに目を凝らしてなにかを見てから、1（ワン）をさえぎって叫んだ。「前方の南行きのバスが行動を起こしてる！」

ラリーがそういったとたんに、アルファ1（ワン）の荒々しい大声が、ブラヴォー・チームのヘッドセットから聞こえた。「バスに注意！　バスに注意！」

白い乗合バスが加速し、対向車線を高速で車列に近づいてくるのを、ダフィーは目視した。

「リモーに向かっている！」ダフィーは叫んだ。Ｍ4を持ちあげて、車外で構えようとしたが、ＳＵＶの右側の助手席からバスの運転席を射線に捉えることはできなかった。

ダフィーは、フロントウィンドウからスローモーションで見るように、一部始終を見てとった。バスは対向車線を疾走しながら、赤い2ドアの小型車を押しのけ、急ハンドルを切って、アルファ・チームの灰色の大型ＳＵＶ、ユーコンのすぐうしろで、車列が走っていた車線に割り込み、候補者とチャーリー・チームが乗っている黒いレンジローバーと正対した。

そのとき、迫ってくる脅威をフロントウィンドウごしに撃とうとダフィーが決断した瞬間に、三〇メートルもない前方で、バスがリモーと正面衝突した。

リスクが大きい民間の警護の経験が豊富なラリーは、つぎになにが起きるかを知っていたので、急ブレーキを踏んだ。

目もくらむような閃光とともに、交差点全体がホワイトアウトし、なにも見えなくなった。つづいてリモーとバスの上に巨大な火の球が噴きあがった。

金属の破片が四方にすさまじい勢いで飛び散った。

叩きつける残骸のために目の前のフロントウィンドウが蜘蛛の巣状にひび割れるのをダフィーは見たが、甲高い耳鳴りに襲われていて、なにも聞こえなかった。ガラスの破片が顔に食い込み、サングラスにひびがはいった。爆発の衝撃波で、ヘッドレストに頭が激突した。

閃光のために網膜が働かなくなり、一時的に聴覚を失ったが、残骸や瓦礫が空から降り注ぎ、車体が激しく揺れるのが感じられた。

3

甲高い耳鳴りが弱まり、静かになった。気づくとダフィーは左右のニーパッドのあいだからフロアを見つめていて、煙と埃と砂のせいで目が痛く、視界がぼやけていた。意識をはっきりさせるために頭を強くふり、ひびがはいった〈オークリー〉のサングラスをフロアに投げ捨てて、目をあげた。爆発から三秒たったのか、三十秒たったのか、見当がつかなかったが、やがて頭と車内の靄が晴れて、周囲が見えるようになった。ラリーは完璧に機敏だとはいえないまでも、運転席に座り、目をあけていた。顎鬚を生やした顔から血を流し、両手を膝に挟んでいたが、やはり頭を仕事に戻そうと努めて、周囲を見ていた。

ダフィーがうしろをちらりと見ると、ブラヴォー1が咳き込んで黒い痰を吐き出し、サングラスの下の埃をこすり落としていたが、ひどい怪我は負っていないようだった。タビーは額の生えぎわを切って、顔を血が流れ落ち、ショック状態のように目の焦点が定まっていなかった。

衝撃の影響から立ち直り、なにが起きたかを思い出したダフィーは、ひび割れたフロントウィンドウの外に注意を集中した。濃い煙と土埃を透かして動きが見えたので、サバーバンに乗っていたあとのふたりに向けて、すぐさま叫んだ。

「前方に敵を発見!」マイクのボタンを押した。「アルファ! そっちの右の敵を発見。トラック一台分の戦闘員、東側! ここからは……撃てない!」

運転手のラリーに向かっていった。「車を出せ、ラリー!」

直後にアルファ1の声がダフィーのヘッドセットから聞こえた。まだ耳鳴りが治っていなかったが、どうにか聞こえた。これまでのような強気で冷静な声ではなかった。完全に逆上しているような感じだった。「バック! バック! バックしろ!」

前方の道路で、何挺ものカラシニコフが射撃を開始した。アルファのユーコンがバックし、必死で逃れようとして、運転手が速度をあげた。

「だめだ!」アルファ1が甲高く叫び、ユーコンが燃えている残骸の前部に激突し、AKの銃弾がなおもその車に降り注いで、通信網が沈黙した。

ダフィーは、ラリーに向かって叫んだ。「おれが交戦できるように前進しろ!」

ラリーが急に行動を再開し、アクセルを踏みつけ、SUVが急発進した。

ダフィーのうしろでブラヴォー1が、無線機のマイクと、フロントシートのふたりに向けて叫んだ。「第二の敵を発見、三階建てのビルの屋上、右側！　交戦する！」ダフィーのすぐうしろのサイドウィンドウから、ブラヴォー1(ワン)が数発放ってからどなった。「くそ！　RPGだ！　東だ！」

対戦車ロケット擲弾(てきだん)が灰色の条(すじ)を引いて前方の交差点に向けて飛び、男三人と女ひとりが乗っているB(ブラヴォー・ヴィク)車の三六メートル前方で、すでに動けなくなっていたA(アルファ・ヴィク)車に命中して起爆した。爆発によって飛び散った破片がふたたびサバーバンを襲い、フロントウィンドウのガラス片がダフィーの顔に当たった。ラリーがブレーキを踏みつけ、タイヤが悲鳴をあげた。最初の爆発の影響が薄れていたので、それがよく聞こえた。

ブラヴォー1(ワン)とダフィーは、右の屋上めがけて発砲し、急いでRPGの二発目の狙いをつけようとしている男たちにたてつづけに弾丸を浴びせた。熱した空薬莢(からやっきょう)が車内のあちこちで跳ね、ふたりのM4カービンが反動し、煙を吐いた。

警護対象の女が、耳を押さえて悲鳴をあげた。

フロントシートのダフィーが、弾倉の全弾を撃ち尽くした。「再装塡(そうてん)する！」

ブラヴォー1(ワン)が、射撃の間隔を長くしたが、撃ちつづけた。「掩護(えんご)してる！　パンサーのところへ行かなければならない！」

運転席でブラヴォー6(シックス)がわめいた。「リモーを見ろ！」リモーことC(チャーリー・ヴィク)車は、正面一八メートルほどのところで、道路と四五度の角度をなしてとまっていた。完全に炎に包まれ、レンジローバーだと見分けられないどころか、SUVだというのもわからないほどで、おなじように潰れたバスが食い込んでいた。「あれじゃだれも生き延びられない！　アルファも死んだ！　おれたちだけだ！」

リアシートでは、夫が乗っている車が前方で燃えているのを見たタビーが、泣きわめきはじめた。

6（シックス）が抗議したにもかかわらず、1（ワン）は撃ちつづけながらふたたび叫んだ。「パンサーのところへ行く！」

6（シックス）がまた反対した。「タビーがいるじゃないか！」

「タビーはおれたちの主警護対象じゃない！」

「ああ、だけどその男は死んだ！」

ダフィーはM4のボルトリリース機能を使い、カチリという大きな音とともに初弾を薬室に送り込んだ。「射撃準備よし！」

「再装填する！」ブラヴォー1（ワン）が告げた。弾倉を交換しながらいった。「よく聞け、ダフ。動けなくなった車のガソリンタンクが爆発するといけないから、サバーバンはここにとめる」

ダフィーは、燃えている残骸の向こうのターゲットめがけて、サイドウィンドウから二発放った。ターゲットの頭がひっこんだが、命中したとは思えなかった。「了解」1（ワン）がなおもいった。「おれとおまえがおりる。おれが掩護するから、おまえは主警護対象を見つけて判断しろ。パンサーが生きてたら、このB車まで連れてこい。わかったか？」

「わかった」

ラリーがまたわめいた。「だめだ！　もうやめよう！　銃やRPGを持ってるやつが十人以上いる。逃げなきゃならない！」

ブラヴォー1（ワン）が、ボルトを前進させて新しい弾倉の初弾を薬室に送り込んだ。「おれはやる！　ラリー、じっとしてタビーを見張れ。ダフ……リモーまであと一五メートル。突っ走れ！　頼んだぞ！　いまだ！」

サバーバンの助手席側のフロントドアとリアドアが同時にあき、AKのけたたましい執拗（しつよう）な発射音のなかで、男ふたりが跳び出した。ふたりとも応射した。ダフィーは車列の前方で燃えはじめたA車付近にとまっているトラックの荷台の男たちに向けて、1（ワン）は東の屋上のライフルを持っている男たちに向けて、それぞれ発砲した。

ダフィーは撃ちながら、燃えさかっている残骸に向けて全力疾走した。通りの濃い煙のなかを、リモーまで半分も行かないうちに、ブラヴォー1(ワン)が通信網でどなった。「東の屋上からまたRPG!」

飛翔(ひしょう)する擲弾が、ダフィーの頭上三メートルを通過して、大通りの向こう側の店先に突っ込んだ。

ダフィーは走りつづけた。数がわからない敵に対して独りだけで戦い、友人たちが何人も乗っている車二台の残骸から流れる煙だけに護(まも)られていた。

リモーの車内をちらりと覗(のぞ)いただけで、知るべきことはわかった。つづいて前方の灰色のユーコンを見た。膝をついて、M4カービンの弾倉を交換し、マイクのボタンを押した。

「ここもA車も生存者はいない。主警護対象の死亡を確認。全員逝(い)っちまった、ボス」

ブラヴォー1(ワン)が、応答するときだけ射撃を中断した。「了解した。こっちに戻り、注意して――」

激しい銃撃戦のなかで、どの銃よりもひときわ大きい銃声が響いた。

ダフィーは、それが強力な狙撃銃(スナイパーライフル)の音だと聞き分けた。

ふたたび初弾を薬室に送り込むと、ダフィーは向きを変え、B車に向けて駆け戻った。

ラリーの声が雑音まじりでヘッドセットから響いた。「ブラヴォー1(ワン)が殺(や)られた！ おれの前のボンネットで。顔を吹っ飛ばされた！」

ダフィーは煙のなかを突き進み、白いサバーバンが見えるようになった。ブラヴォー1(ワン)が仰向(あおむ)けになって、両腕をひろげ、両足がボンネットの横から右前輪の上に垂れていた。M4カービンは通りに転がり、血と肉片が舗装面に流れ落ちていた。あと七、八メートルというところで、ダフィーは折り敷き、屋上のほうをふりむいて、片手で発砲しながら、反対の手で胸の送信ボタンを押した。「ラリー、ここまで来てくれ！　おれが掩護する」

連射していたので、B車がほんとうに来てくれるのかどうか、聞き分けられなかったが、ダフィーはターゲットに向けて残弾をすべて放ち、ひとりの頭を撃って殺し、あとの敵が物蔭に隠れるのを待って、肩ごしに確認した。ラリーがすぐ近くでサバーバンを横滑りさせてとめ、身を乗り出して、助手席側のフロントドアをあけた。ブラヴォー1(ワン)の死体が、まだ仰向けでボンネットに横たわっていた。ダフィーは死体をそのままにして、さっと向きを変え、SUVの車内に跳び込んだ。手をのばしてうしろでドアを閉める前に、ダフィーは甲高(かんだか)く叫んだ。「行け！　行け！行け！」

ラリーがアクセルを強く踏み、燃えている残骸をよけるために、ハンドルを右に大きくまわして、武装した男たちが乗っているトラックに向けて走らせた。ブラヴォー1(ワン)の死体が、ボンネットのダフィーの側で前後に揺れ、脚はまだぶらさがったままだった。

サバーバンのリアシートの女は、悲鳴をあげつづけていた。フランス語でなにかを叫び、アラビア語でも叫んだが、ダフィーは必死で弾倉を交換していたので、注意を払わなかった。ラリーが着装武器（サイドアーム）のベレッタを抜き、カラシニコフを持った戦士たちのトラックの右側を通過するときに、蜘蛛（くも）の巣状のひびがはいっている運転席側のフロントウィンドウごしに撃った。死んでいる戦士が多かったが、数人が効果的に応射してきた。

再装塡を終えたダフィーがどなった。「射撃準備よし！　ケンをボンネットからおろさないといけない！」

ダフィーは、ブーツをダッシュボードの上にあげて脚を勢いよくのばし、残っていたフロントウィンドウのガラスを一気に蹴りとばした。ダフィーが腕をのばして、ブラヴォー1（ワン）の右腕をつかみ、車内にひきずり込んだとき、ラリーが右に急ハンドルを切った。サバーバンは海岸線から遠ざかり、ベイルートの中心部に向けて走っていた。

ダフィーは、銃創を負った人間を手当てする訓練を受けていたが、ブラヴォー1（ワン）は高性能ライフルの大口径弾に鼻梁（びりょう）を撃ち抜かれていて、手のほどこしようがなかった。それでも、ダフィーは呼びかけた。「ボス！　ボス！　ケン！」

ラリーがどなった。「よく見ろ、ダフ！　ケンは殺（や）られちまった！　おれたち以外は、みんな死んだ！　くそ！　どこへ行きゃいいんだ？」

「いいから走りつづけろ！」

ダフィーはタビーのようすを見ようとしてふりかえり、そのときに撃ち砕かれたリアウィンドウからうしろを見た。黒いピックアップ・トラック四台が、うしろから接近していた。

ラリーも、バックミラーで同時にそれを見た。「ああ、くそ、きょうだい！　敵の車が追ってくる！　どうすりゃいいんだ？」

ダフィーは、ラリーよりもずっと落ち着いていた。膝に横たえていたチームリーダーの血まみれの胸掛け装備帯（チェストリグ）をはずしながらいった。「おれはタビーにケンの抗弾ベストを着せる。リアウィンドウから交戦し、追ってくる車を遠ざけて、作戦中枢（オプス・センター）にこれを連絡する。あんたはただ運転して、なにか見えたら報告しろ」

ダフィーの落ち着いた声は、ラリーをどうにかパニックの手前に引き戻した。ラリーは顔から汗を滴（したた）らせていた。「ああ、ああ、わかった」

ケンの抗弾ベストをはずすのに数秒かかり、体の下からそれを引き出してリアシートへ這（は）っていくのに、さらに数秒かかった。リアシートへ行くと、ダフィーはタビーをフロアに伏せさせ、抗弾ベストでできるだけ体を覆（おお）った。そして、フロントシートに手をのばし、

M4を取った。

追ってくる車からAKの鋭い銃声が聞こえ、ダフィーはリアシートにかがみ込んで、M4を引き寄せ、無線のチャンネルを変更して、送信ボタンを押した。

「オプス・センター！　オプス・センター！　こちらブラヴォー5（ファイヴ）。いま銃撃を受けている！　パンサーは戦闘中死亡（KIA）。くりかえす、パンサーは戦闘中死亡（KIA）。遺体未回収（ABNR）。サーエブ・サラームとハビーブ・アビー・チャフラーの跨線橋（こせんきょう）にただちに、即応部隊（QRF）と負傷者後送（CASEVAC）をよこしてくれ！」

ふたたび後方から連射が放たれ、フロントシートのラリーが叫んだ。「やつら、どうしておれたちを追ってくるんだ？　パンサーは死んだのに！」

4

切迫してはいるがプロフェッショナルらしい女性の声が、一瞬置いて、ダフィーのヘッドセットから聞こえた。「ブラヴォー5（ファイヴ）、オプス・センターはすべて受信した。パンサーKIA、遺体未回収、了解。グレゴリウス・ハダードを東に進んでいるのを位置情報で確認している」

「そのとおり。いまタビーを乗せて集合地点（ラリー・ポイント）……えー……ブレーク（応答せずこちらの送信を待て）」フロントシートのラリーに向かっていった。「D（デルタ）まで行けるか？」

「デルタまで行けるわけがねえだろう！」

ダフィーの声は、プロフェッショナルらしさを保っていた。「オプス・センター、われわれは集合地点（RP）E（エコー）を目指す。報（しら）せる。いまも敵はすぐうしろから追跡している。どうぞ」

「いまのところは敵を回避していると解釈する。アルファの現況を、連絡できるときに伝えて」

「アルファとチャーリーの全員とブラヴォーの三人が、主交戦域で殺られた（ダウン）。くりかえす、全員、Xでダウン」ガラスで切った鼻から口に流れ込んだ血を吐き出してから、ダフィーはマイクのスイッチを入れた。「ブラヴォー指揮官（アクチュアル）はここにいてKIA。ブラヴォー6（シックス）はおれといっしょでだいじょうぶだ。おれたちが最後のふたりだと思う。受信しているか？」

「だいじょうぶじゃねえよ！　やばいことになってる。おれたちはみんなやばいことになってる！」ラリーはふたたびパニックに呑み込まれそうになっていた。

「落ち着け、ラリー」

オプス・センターの女性が、ふたたび無線でいった。「確実に受信している、ブラヴォー5（ファイヴ）。集合地点EへのQRF到着予定時刻（ETA）を報（しら）せるまで待て」

タビーのわめき声がいっそう激しくなっていたので、急ハンドルを切ってビジネス街の二車線の道路に曲がったあと、ラリーは車の無線機をオプス・センターのチャンネルに切り換えた。ダフィーが死んだときには、ラリーがオプス・センターとの連絡を維持しなければならないからだ。

つづいて、ラリーはダフィーに向けてどなった。「おれが考えられるように、その女を黙らせろ」

ダフィーは、タビーのほうへ身をかがめた。「落ち着け（カルメ・ヴー）！　落ち着け（カルメ・ヴー）！　頼む（シル・ヴ・プレ）、マダム！　だいじょうぶだ（ヴゼット・ビアン）」

ダフィーは頭をさっとあげて、後方のいちばん近いピックアップに狙いをつけ、数発放った。たちまち応射があり、ダフィーは首をひっこめた。

「なにが見えてる、きょうだい？」ラリーがどなった。

「改造戦闘車（テクニカル）三台が追ってくる。敵は八人か……十人、全員AKを持っている。一分前には四台いたと思った。曲がる前だ。前方に敵影はないか？」

「いまのところは見えねえが、交差点がやたらとある。いなくなった一台は、平行する道路を走って、横から攻撃してくるかもしれねえ」

「そいつに気をつけていてくれ」

「わかってる」

まもなくオプス・センターの連絡が、ダフィーのヘッドセットから聞こえた。「ブラヴォー5（ファイヴ）、こちらオプス・センター。QRFが向かっている。集合地点（RP）EへのETAは十三分後。くりかえす、一・三・分後（ワン・スリー・マイクス）」

ダフィーは首をふり、ピックアップに一台あたり一発ずつを放った。「だめだ（ネガティヴ）、オプス・センター。QRF到着を早めろ！　敵車両に追跡されているんだ。RPに三分ないし五分で到着するし、敵の数は圧倒的に多い」

「了解した、ブラヴォー5。えー……敵から離脱するよう勧める」

ラリーが、無線ではなくダフィーに向けてどなった。「彼女、本気か？　こいつらが離れていってくれるとでも思ってるのか？」

ダフィーはあきれて目を剝き、通信網に応答した。「こっちは精いっぱいやってるんだ、オプス・センター。おれとラリーしかいないんだ」弾薬を節約しなければならないのを意識し、短い一連射を放った。

オプス・センターが応答するまで、短い間があった。「ブラヴォー5、報せる。タビーは主警護対象ではない。そちらの判断でタビーと離れ、RPへ行ってかまわない」

リモーが爆発してからはじめて、ラリーが大声を出さずにささやいた。「彼女、なにをいってるんだ？」

ダフィーもわけがわからなかった。「オプス・センター、こちらブラヴォー5。最後のところをくりかえしてくれ」

応答はなかったが、ラリーがまたどなりはじめた。「見えなくなったテクニカルを発見！　そいつが先行してる！　つぎの交差点！　伏せてろ！」

ダフィーはM4を抱えてシートに伏せ、タビーを覆っている抗弾ベストを押さえた。空いた手でまた送信ボタンを押した。「オプス・センター、オプス・センター。最後のところが受信できなかった」

ラリーがサバーバンの速度をあげて、側面にまわったピックアップの前を通過したとき、車外のすぐ近くで銃声が響いた。ダフィーは横に転がり、腹這いになって、抗弾ベストの下のタビーのようすを見た。タビーはあいかわらずヒステリーを起こしたようにわめいていたが、怪我はなかった。ダフィーは膝立ちになって、リアウィンドウから射撃をつづけようとしたが、車がすさまじい勢いで左に曲がったので、右に投げ出され、助手席側のリアドアにぶつかった。

「くそ、ラリー！　こういう機動をやるときにはいってくれ。ここからは道路が見えないんだ――」

こんどは車体が右に大きく揺れるのがわかり、ダフィーは膝をついてフロントシートのほうを見た。ラリーの目はあいていたが、焦点が合っていなかった。ハーネスが上半身を支えていたが、血まみれの頭が横に垂れていた。ラリーの脳の切れ端がダッシュボードと、隣の助手席に転がっていたブラヴォー1の死体に飛び散っていた。

ハンドルが死人の手に握られていて、自分と警護対象がリアシートに乗っているサバーバンが、交通量の多い道路を時速九五キロメートルで突っ走っていることに、ダフィーは即座に気づいた。タビーに全体重をかけて、カンバスのカバー付きの抗弾ベストを押さえつけ、フロアにぴったり伏せさせて、自分の頭を両腕で覆った。

なにが起きようとしているのか、ダフィーには見えなかったが、体で感じることができた。大型SUVは、一台の車をかすめ、もう一台にも軽くぶつかってから、縁石を越えて跳ねあがり、ほとんど動かない物体に正面衝突していた。ダフィーはフロントシートの背もたれにぶつかり、跳ね返って、ケンの抗弾ベストとタビーの上に落ちた。駐車している車に衝突したような感じで、ダフィーが顔をあげて見ると、駐車場でとまっているのがわかった。サバーバンの折れ曲がったボンネットが、パネルバンの後部に覆いかぶさっていた。

ラジエターから、シューッという音をたてて湯気があがっていた。ダフィーがぼうっとして体を起こすと、割れたガラスが体から落ちた。濃い土埃と煙が漂っていた。

たった五分のあいだに二度目の感覚麻痺と闘いながら、ダフィーは顔の血を拭いた。頭をはっきりさせるためにふり、タビーのほうを見おろして、抗弾ベストをひっぱってはずした。「あんた……だいじょうぶか？　えー、つまり、ヴゼット・ビアン、マダム？」

タビーも抗弾ベストを押しのけ、ダフィーのほうを見た。「わたし……だいじょうぶよ」

ダフィーはまだ頭に霧がかかったようだった。自分たちを殺そうとしている後方の男たちの配置を、まだたしかめていなかった。だが、それでも大声でいった。「英語？　あんたは英語が——」

ダフィーの携帯電話が、ポケットのなかで鳴った。リアウィンドウから見ると、黒いピックアップ四台が、近くの通りにとまっていた。ほかに往来はない。地元住民はすべて、分別をはたらかせて避難したのだ。武器を持った男たちがピックアップからおりて、車体の蔭でひざまずいているのが見えた。

携帯電話はまだ鳴っていた。それが不意にダフィーの希望をふくらませた。窮地から救われる希望が湧いたのではなく、最後にもう一度、妻と話ができるかもしれないと思った。ダフィーは携帯電話をポケットから出して、耳鳴りを起こしている耳に押しつけずにすむように、スピーカーホンにして、低い声でいった。「ニッキ？」

だが、聞こえたのは男の声だった。早口で、居丈高にいった。「よく聞け、ダフ。こちらはユナイテッド・ディフェンス・オペレーショナル、戦域統制官だ。われわれはパンサーと契約していた。パンサーだけだ。パンサーは関係なくなったから、おまえがいま巻き込まれてる状況から報酬は得られない。やつらがどうしてタビーを狙ってるのかわからないが、それはわれわれとは関係ない。タビーをおろしてそこを離れれば、やつらはおまえを追わないだろう」

ダフィーは答えなかった。フロアから起きあがってそばで座っていたレバノン人の女を見ていた。白髪がまじっている赤みがかった鳶色の髪が、くしゃくしゃに乱れている。

統制官がなおもいった。「聞いているのか？　タビーを通りに残して、おまえとラリーはさっさと逃げろ。もしもし？　ダフ？　いいかげんにしろ！　その女を厄介払いして、ろくでもない状況から生きて逃げ出せ！」

濃さを増す煙のなかで咳をしてから、ダフィーはようやく答えた。「戦域統制官、受信できなくなった。最後のところが聞こえなかった」

「馬鹿野郎、ダフ、聞いたはずだ。その女を道路に投げ捨てて――」

ダフィーは電話を切り、ポケットに戻してから、無線機の送信ボタンをもう一度押して、オプス・センターの女に呼びかけた。タビーを残して、テロリストに殺させろという命令に動揺し、自信なげな声になっていた。「オプス・センター、こちらブラヴォー5。報せる、ブラヴォー6はＫＩＡ。今回は車も動かなくなった。煙が充満している。見えるのは……多数の武装戦闘員が車をおりていて、おれたちには逃げ場がない。おれとタビーしかいない。まもなく蹂躙される」

オプス・センターの女は懸念を隠さなかったが、プロフェッショナルらしい態度は保っていた。「了解、ブラヴォー6(シックス)はKIA。車は動かない。QRFがそこに到着するのを待って」

ダフィーは、やれやれというように、緊張した笑い声を漏らした。「銃を持ったやつがおおぜい、こっちに来る。QRFの到着に一分以上かかるようなら……中止して食事に行ったほうがましだと伝えてくれ」

「できるだけ早く行かせる、ブラヴォー5(ファイヴ)。幸運を祈る」

ボロボロになったサバーバンの車内で、ダフィーはタビーのほうを見た。「どれくらい……どれくらいわかったんだ。さっきの電話を？」

タビーが咳き込んでからいった。「あなたたちの会社は、わたしを置き去りにしたいのね」

ダフィーはうなずき、銃撃でガラスがほとんどなくなっているリアウィンドウから外を見た。一瞬の沈黙のあとで、M4カービンを持ちあげ、弾倉を抜いて残弾数を確認してから、またはめ込んだ。「そうはならない。おれたちはこれをいっしょに切り抜ける、マダム」

タビーが答える前に、後方の通りから声が聞こえた。ピックアップの後部に乗っている男が、英語で叫んでいた。「わが友よ！　わが友よ！　おれたちの狙いはその女だ。女を外に出せば、おまえは生きていられる！」

5

タビーが、シートにいっそう身を沈めた。「なにをやるつもり？」

「考えさせてくれ」ダフィーは周囲を見た。湯気と煙が濛々と立ち込め、よく見えない。

「これは頑丈な車だ。エンジンをかけられるだろう。タイヤも撃たれているが、パンクしてても走れる。一〇〇メートルくらい走ったら、バラバラになるかもしれない」じっさいは見込みがなさそうだと思っていたが、ほかに手立てがなかった。

ダフィーはフロントシートに手をのばし、ラリーの死体からハーネスをはずして、抗弾ベストやその他の装備で一〇キロ近く重くなっている死体をシートからどうにかどかした。低い声でいった。「すまない、ラリー」ブラヴォー1の死体の上に、ラリーの死体を持ちあげた。

ダフィーがそれをやっているときに、タビーがきいた。「わたしにできることは？」

煙のなかで、ダフィーは咳をした。「あんたのシートのうしろに黒いケースがある。頭を低くしたままで手をのばして、それを取ってくれ」

ダフィーは運転席に這い込み、ラリーの頭の傷から出た血の上に座った。煙がフロアから立ち昇っているのに気づいた。フロントウィンドウはなくなっていたし、ボンネットはひしゃげていた。湯気のシューッという音は消えていた——たぶん、ラジエターの冷却液がすべて蒸発したからだろう。

「ケースはあいている」タビーがいった。「こんどは？」

「〝M18発煙赤〟と書いてある緑色の筒がふたつあるだろう？　それを渡してくれ」

後方のピックアップから、またどなり声が聞こえた。「ほかに方法はないぞ、わが友よ。女を渡さないと、攻撃する」

テロリストたちは、サバーバンの車内で武装した何人が生き残っているか、見当がつかないのだと、ダフィーは気づいた。それで数十秒稼げるが、敵も長くは待たないだろう。

タビーが、筒をふたつ、ハーネスを締めていたダフィーに渡した。ダフィーはいった。「これからなにをやるか教える。おれは発煙弾二発を発火させて、うしろに投げる。それから、アクセルをめいっぱい踏んでバックする。やつらもなにも見えない。おれたちはなにも見えないが、おれたちがやつらのそばを通過するとき、やつらもなにも見えない」

タビーが不安をにじませた。「走って逃げるだけ？」

「やってみるしかない。走りながら左右のウィンドウから拳銃で撃つ。敵は何人か、頭をひっこめるだろう」

「でも、なにも見えないのに！」

「ほかに計画はないんだ、奥さん。抗弾ベストをかぶって、伏せていてくれ」

タビーがいわれたとおりにしたが、体を抗弾ベストで覆うと、「ムッシュー、ありがとう」といった。

「先走りはやめよう。おれはまだなにもやっていない」

うしろからまた叫び声が聞こえた。「十秒たったら撃つ！」

ダフィーは、発煙弾二発のピンを抜き、肩ごしにタビーの横からSUVの後部に投げ込んだ。発煙弾がたちまちシューッという音とともに不透明な赤黒い煙を噴き出し、それが割れたリアウィンドウや弾丸の穴から車外に流れた。ダフィーがキーをまわして、アクセルを踏みつけると、サバーバンのエンジンが猛然と始動した。ダフィーはセレクターをバックに入れた。

追突したデリバリーバンからサバーバンが離れるとき、タイヤが一瞬、悲鳴をあげ、煙があがったが、すぐに勢いよくバックしはじめた。

そのとたんにAKの射撃が開始され、金属が金属を貫通する音が、銃声とおなじくらいけたたましく響いた。ダフィーはうしろを見ずにアクセルを踏みつけて、ピックアップがとまっているだいたいの方向に向けてサバーバンをバックさせた。片手でハンドルをしっかり押さえ、反対の手でベルトのホルスターからシグ・ザウアーを抜いた。

赤い煙を曳(ひ)きながら一メートルごとに速度を増して通りをバックで突っ走るサバーバンは、ロケットのように見えるにちがいないと思った。

サバーバンが、一台のピックアップの左側あおりの前のほうに激突し、車体がまわって、それを遮掩(カヴァー)に使っていた男たちが、地面に投げ出された。その衝撃を感じると同時に、ダフィーは助手席側のサイドウィンドウから拳銃で発砲を開始した。赤い煙幕以外、なにも見えなかったが、応射を思いとどまらせるために撃ちつづけた。

ベイルートの通りをバックで疾走し、ダフィーがシグ・ザウアーに装弾されていた十六発の半分を撃ったとき、あらたな自動火器の斉射が左側で鳴り響いた。

ダフィーは体の前で腕を左にのばし、渦巻く赤い煙ごしに運転席側のサイドウィンドウから撃って、そちらの脅威を制圧しようとしたが、引き金を絞る前に、左膝(ひざ)の下に衝撃を感じた。

鋭い痛みが、稲妻のように全身を貫いた。

ダフィーは悲鳴をあげて、左手をハンドルから離し、右手の拳銃を落として、激痛の源をつかんだ。

指のあいだから血が流れ出し、骨の尖った先端が手の肉を圧迫した。

ダフィーはもう一度悲鳴をあげ、頭に浮かんだあらゆる悪態を叫んだ。

痛みのせいで時間と距離の感覚が失われ、走ったのが五〇メートルか五〇〇メートルかわからなかったが、疾走するサバーバンは左右の駐車している車にぶつかった。やがて階段のようなところに乗りあげ、後輪がコンクリートに激突して、リアバンパーがつぶれた。そのため勢いを失っていたので、最後の衝突はダフィーがそれまで数分間味わった十数回のなかで、もっとも衝撃が小さかった。

ようやく停止したとき、発煙弾のシューッという音と弾丸を何発も撃ち込まれたサバーバンのエンジンの断末魔のうめきが、耳鳴りよりも大きく聞こえていた。

赤い煙が晴れはじめていた。ダフィーはひりひり痛む目で外を見た。サバーバンは、大型ショッピングセンターに通じるコンクリートの階段の上で大破していた。周囲では通行人が、ふだんは平和な地区で響いている銃声と車の甲高い爆音に怯えて、物蔭に駆け込んでいた。

ダフィーは、撃たれた膝の下を握った。カラシニコフの七・六二ミリ弾をくらったことはまちがいない。その脚に体重をかけられるか、それとも骨が砕けていて、脚がまったく役に立たなくなっているか、見当がつかなかった。

そのとき、炎が見えた。目の前の曲がったボンネットの下から、炎が出はじめていた。

ダフィーは、タビーを呼んだ。「だいじょうぶか?」ハーネスをはずしかけたとき、あらたなパニックが湧き起こった。

「ええ。だいじょうぶよ。あなた、怪我したの?」悲鳴と悪態を聞いたにちがいない。「車が燃えている。外に出ないといけない。左側から」

ダフィーは、撃たれた脚から手を離して、ハーネスをはずし、血でべとべとになっている手でフロアから拳銃を拾いあげた。ドアレバーをつかんだ。つぎの瞬間には、ショッピングセンターのエントランスの階段に倒れ込んでいた。タビーがたどたどしい足どりで近づいてきて、ダフィーを助け起こした。敵のピックアップはまだ見えないが、警護対象とここにいて助けを待つわけにはいかないとわかっていた。

「移動しないといけない」

タビーが、ダフィーの左腕を自分の肩に載せ、ふたりでゆっくりと建物のエントランスを目指した。

何人もの男と女が、びっくりして見守っていた。ほとんどがいまもしゃがむか、地面に伏せていた。

タビーの助けでどうにか歩けるとわかったが、痛みがすさまじく、見た目と感じからして、出血がじきに厄介（やっかい）な問題になるだろうとわかった。弾丸は膝のうしろ側の動脈と静脈には当たっていなかったが、破れやすい血管の近くで骨が折れている脚で歩くと、災厄（さいやく）を招きかねない。足をひきずって歩くたびに、骨の破片が太腿（ふともも）を貫き、そういう結果に近づいていく。

だが、ダフィーは歩きつづけた。ふたりでショッピングセンターのなかを通るあいだ、目に汗と涙がはいって、よく見えなかった。

もちろん、ふたりはひと目を惹（ひ）き、すぐに警備員ひとりが近づいてきた。アラビア語で話しかけたその男の顔に、ダフィーは拳銃を突きつけた。

即座にタビーが拳銃を押し下げた。「やめて！　手助けが必要かどうか、きいているだけよ」

タビーが警備員に話しかけ、やりとりはほんの数秒ですんで、警備員はふたりを通し、階段に衝突したサバーバンのほうへ走っていった。ダフィーはわけがわからなかったが、激痛のせいで考えていられなかった。

従業員用の廊下に出るまで、ふたりは進みつづけた。そこでダフィーは足をとめて、胸掛け装備帯（チェストリグ）の救急用品パウチから止血帯を出し、股のすぐ下で太腿を締めつけた。ふたたび痛みのために悲鳴をあげた。

横になってしばらく作業しないと、自力ではじゅうぶんに締めつけられないと、すぐに気づいた。武装した男たちが躍起になって自分とタビーを捜しているので、そういうことをやっている時間はない。止血帯は血の流れをとめることはできないが、遅くすることはできるはずだと思った。それに、どうせ動きつづけていたら、出血はとまらない。

だが、タビーが危険から脱するまで、意識を失わずに移動しつづけなければならない。

ダフィーは、妻のニコール、娘のアマンダ、六カ月たたないと生まれない息子のことを思った。

ダフィーの亡父にちなみ、ダフィーとニコールは息子をハリーと名付けるつもりだった。

ダフィーは歩きつづけたが、タビーの助けがあったからだった。

一分後、失血が脳に影響しているのを、ダフィーは感じた。思考が混乱し、疲労がこたえはじめ、動作が鈍くなった。搬入口に通じる裏のドアをあけると、目の前に何台か車がとまっていた。ダフィーは血まみれの手にまだ握っていた拳銃を左右に向け、夕方の暗がりのなかでターゲットを捜した。

どうすればいいのか、ダフィーにはわからなかったが、タビーがまた知恵を貸した。

「あれよ！　パン配達トラック。運転席側にドアがないし、エンジンがかかっている」

ダフィーは二度いわれるまでもなく察した。ふたりはそっちに向かい、途中でダフィーがいった。「あんたに運転してもらわないといけない」

「わたしが？　運転？」

ダフィーは、血まみれの拳銃を持ちあげて、グリップをタビーのほうに向けた。「撃つか、運転するか？　どっちが得意だ？」

タビーが一瞬考えた。「ウイ、ムッシュー。運転するわ」

6

パン配達トラックに向けてのろのろと進むあいだに、タビーがいった。「あなたを医師のところへ連れていかないといけない」

ダフィーは首をふった。短く刈った顎鬚(あごひげ)から、汗が飛び散った。「だめだ。あんたを安全なところへ連れていく」向きを変えて、タビーを見た。「どこが安全だ？」ベイルートのユナイテッド・ディフェンス本部に連れていけないことはわかっていた。彼らはタビーをドアから押し出して、テロリストに渡すだろう。

タビーが答を知っていた。「ワールディィエ病院。遠くない。わたしの夫が……亡くなった夫が……とても人気がある地区にあるし、そこの理事長はわたしたちの選挙運動に献金している。警備も厳重だし、あなたを手当てする優秀な医師もいる」

ふたりはパン配達トラックの助手席側に着いた。「納得した」

タビーが手を貸してダフィーをシートに座らせ、急いでトラックの運転席側へ行った。

タビーが、耳障りな音をたてて、ギアを入れた。あまり運転が上手ではなく、こういう大きく扱いづらい車を運転した経験がないことが、すぐにわかった。それでも、ショッピングセンターの荷さばき口からなんとか出して、交通量の多い通りまで行った。そのあいだ、ダフィーは付近の全方位を精いっぱい監視した。

ダフィーの視野が狭くなった。ダフィーは左手で股のきちんと取り付けられていない止血帯を押さえ、手が空いていれば携帯電話でヴァージニアの妻に最後の電話をかけられるのにと思った。生き延びられるとは思っていなかった。

道路に出て北西へ向かうときに、タビーがダフィーのほうを見た。「気分はどう？」

「見た目どおりだ。道路に気をつけてくれ、頼む」

タビーがフロントウィンドウから前を見たが、またすぐに若いアメリカ人のほうを向いた。

「わたしの夫。まちがいなく……死んでいると、どうしてわかるの？」

ダフィーは、痛みと悪い報せを伝えなければならない不快感のために、顔をゆがめた。「気の毒だが、ご主人は死んだ。詳しいことはいわないほうがいいだろう」

タビーはそれ以上きかず、ダフィーの脚を見おろした。「どれくらいひどいの？」

ダフィーは肩をすくめた。「かなりひどい。出血が大きな危険だ。眠り込んだら目を醒まさないかもしれない」

タビーはトラックの速度をあげていた。「話をしましょう。痛みを意識しないで、起きていられるように」

地球上のだれが相手だろうと、この窮状を忘れられるような話ができるとは思えなかったが、ダフィーはうなずき、いうことを考えようとした。

「あの警備員。ショッピングセンターの。なにをいったから、あんなふうに通してもらえたんだ？」

「わたしを見てといったの。だれだか知っているはずよ、と。ベイルートの住民は、みんなわたしがだれか知っている」

ダフィーはぼんやりとうなずいた。「あいつがファンだと、どうしてわかったんだ？」

「わからなかった。夫の支持者なら通してくれる。敵だったら……」間を置いた。「あなたが彼を撃つのを見ていたでしょうね」

ダフィーはうなずいた。三週間ずっとタビーのそばにいて、威圧的なカリスマ的な夫に支配されている引っ込み思案な女だと思っていた。敵が彼女を追っている理由が、いまわかりはじめた。

彼女自身も強力な政治勢力なのだ。

ダフィーの瞼(まぶた)が、ふたたび重くなってきた。小さな金属製の巻きあげ棒を両手でまわして、止血帯をもっと強く締めようとした。脚の感覚はほとんどなく、出血を二五パーセント抑えられていると確信していたが、それでもまもなく大量に失血することはわかっていた。

巻きあげ棒で締めるのをあきらめて、両手を膝(ひざ)に置き、ダフィーは目を閉じた。

ダフィーが意識を失いかけていることに、タビーが気づいたようだった。「あなた！名前は？」

「ジョシュ」

「みんなダフと呼んでいた」

「ダフィーをちぢめたんだ」そこでダフィーは、タビーのほうを見あげた。「あんたの夫がイリヤース・ハッバーズだというのは知っている。でも……あんたのファーストネームは知らない」

「ラフカ。ラフカ・ハッバーズ。会えてよかった」

ダフィーがくすくす笑い、また瞼が閉じそうになった。「ほんとうに？」

「ほんとうよ。あなたはわたしの命を救った。ものすごく勇敢だった」

病院へ行くまで持ちこたえられないだろうとダフィーは思ったが、タビーがパニックを起こさないように黙っていた。目を閉じて、頭をすこし垂れた。

たちまちタビーが叫んだ。「ムッシュー？　起きて！　もうすぐ着くから」

ダフィーの頭がぐらりと揺れて、目があいた。「だいじょうぶだ」まわりを見た。「また眠らないように、ずっと話しかけてくれ」

「ウイ。脚のぐあいはどう？」

ダフィーは、下を見てから、目をあげた。「それ以外の話はできないか？」

驚いたことに、タビーの緊張しているパニック寸前の顔に、また笑みが浮かんだ。「赤ちゃんが生まれるんでしょう？　男の子が？」

「あんた……それを聞いていたのか？」ダフィーは溜息をついた。「会えるといいんだけど」

「会えるわよ。もうじき病院で手当てを受けられる」

ダフィーの頭が垂れたが、すぐに顔を起こした。「おい、どうして……英語がしゃべれるのをおれたちにいわなかったんだ？　おれのフランス語はひどいし、そのほうがずっとやりやすかったはずなのに」

「あなたのひどいフランス語が、とてもありがたかったのよ、ジョシュ」しばらく無言で運転してから、ラフカがいった。「わたしたちの警護にアメリカ人を雇ったことが、わたしは気に入らなかった。ごめんなさい。さっきはありがとう。わたしを置き去りにしなかったことよ。置き去りにもできたのに。そう命じられたのに。でも、あなたはそうしなかった。ムッシュー？　ムッシュー、目を醒まして。着いたわよ。眠らないで」

パン配達トラックがワールディエ病院のエントランスに曲がり込んだとき、ダフィーはついに意識を失った。

7

ラフカ・ハッパーズは、トラックから跳びおりて、緊急救命室（ER）のエントランスへ走っていった。白いワンピースが血で汚れていた――ラフカ自身と、ダフィーと、サバーバンのリアシートでかぶっていたブラヴォー1（ワン）の抗弾ベストの血だった。

すぐに女性看護師を見つけ、用務員数人がダフィーをトラックからおろして、車輪付きベッド（ガーニー）に乗せた。用務員がERのエントランスにガーニーを押していくとき、そこでラフカが男性医師、病院の警備員ふたり、女性看護師三人とともに立っていた。だれもがラフカを知っていて、ここに来たことと、服が血にまみれていることにひどく驚いていた。

医師がいった。「マダム、お目にかかれて光栄です。ご主人を全面的に支持しています」あとの五人も、おなじ気持ちだということを告げた。

ラフカが、全員に向けてアラビア語でいった。「ありがとう」近づいてくるガーニーに乗せられている意識を失ったダフのほうを手で示した。「彼は夫とわたしのために命を危険にさらしたのよ。彼を助けるために手を尽くしてほしい」

医師は、患者のほうを見もしなかった。「ご主人はどこですか、ハッバーズさん？」

「夫はもう手当てのしようがないから、この若いひとを助けてあげて」

医師が、ガーニーに乗せられている男を見おろした。抗弾ベスト、胸掛け装備帯（チェストリグ）、顎鬚（あごひげ）を生やした若い白い顔、ハイキングブーツ、ジーンズを見てとった。「ただの……ボディガードでは？」

ラフカが、医師に語気鋭くいった。「このひとに、あなたたちの最高の治療を受けさせるのよ！」

医師がすぐさまうなずいてどなった。「一号室！」

ラフカは一行のあとからERへ行った。制止しても無駄だということを、だれもが承知していた。ダフィーは意識が薄れかけている状態で、ひとりごとを低い声でつぶやき、周囲のことがわかっていないようだった。看護師ひとりがズボンを腰まで切り裂き、もうひとりが抗弾ベストなどの装備をはずすのに苦労していた。つづいて、ダフィーは生命兆候（ヴァイタル・サイン）をモニターするために、ありとあらゆる機械に接続された。用務員ひとりが左足のブーツを脱がせようとしたが、痛みのあまりダフィーが悲鳴をあげたので、医師が手をふって離れさせた。

傷口が見えるように、膝(ひざ)に水が注がれ、そのあいだに外科医が急いではいってきて、脚と鼠径部(そけいぶ)のあいだで止血帯を強く締めた。ダフィーはそれにまったく反応しなかった。ただ小声でつぶやいているだけだった。

左脚の左側にある膝関節(しつかんせつ)のわずか二センチ下の銃創を、外科医が診(み)た。それから、膝の右側を調べた。「弾丸は貫通している。動脈や右脚に当たらなかったのは奇跡だ」金属の器具を使って骨と肉をどかし、動脈を探した。数秒後に目をあげて、患者の血圧、酸素、脈拍を記録している機械をざっと見ていった。それから、ERに到着した外科手術チームに向かっていった。「損害がひどく、かなり出血している。脚を切除して輸血しなければならない」

外科医はラフカ・ハッバーズのほうを向いて、承認を求めた。ラフカはたいへんな敬意を払われていたので、外科医は自分の決定に賛成してもらいたかったのだ。

重々しい目つきになって、ラフカはうなずいた。「やらなければならないことをやって。彼の命を救って。彼の子供が生まれるのよ。その息子に会わせてやりたい」

「了解しました」外科医が、チームのほうを向いた。「切断手術の準備をしろ」

ダフィーが不意に目をあけた。目つきはどんよりしていたが、それでもまだある程度、はっきりと見えていた。アラビア語がすこしは理解できた。

ダフィーは英語で叫んだ。「だめだ！　おれの脚を切らないでくれ！」

麻酔医が到着して、患者にすばやく鎮静剤を打った。そのあいだに、外科医が英語で話しかけた。「気を楽にしてください。最善の措置をやっているんです」

「脚はだめだ。頼む……頼む」鎮静剤がすぐに効きはじめた。

ラフカが、看護師ふたりのあいだから進み出て、ダフィーの手を握った。

「あなたのそばを離れないわ、ジョシュ」

ダフィーは、ラフカのほうを見なかった——目を閉じていた——それでも、ひとこと発した。

「だめだ」

そのとき心電図記録計(EKG)が、脈拍が乱れ、とまったことを示した。甲高(かんだか)い警報が鳴った。

医師がいった。「心臓がとまりかけている！　パドルを渡してくれ」

重症者救命に躍起(やっき)になっている外科手術チームが進み出て、ラフカ・ハッバーズは押しのけられた。

ダフィーの汗まみれのシャツが切り裂かれ、顔の裂傷から出ている血が胸にかかり、心臓の上の〝ニッキ〟というタトゥーを汗が濡らした。

除細動器のカートが近づけられ、パドルがきちんと密着するように、看護師がダフィーの胸の血をぬぐった。

数秒後に、医師が除細動器のパドル二個を、ダフィーの動かない胸に当てて叫んだ。

「離れて！」

8

三年後

湯気をあげているシャワーの下に男が立ち、前かがみになってシャンプーを短い髪から洗い流せるように、左右のタイルに手をついていた。熱い流れが、髭(ひげ)をきれいに剃(そ)った顔から喉(のど)に、そしてタトゥーを入れた胸に流れ落ちた。

〝ニッキ〟という文字が、流れ落ちるシャンプーにつかのま隠れたが、やがてまた見えるようになった。

ジョシュ・ダフィーが頭を低く垂れていたのは、シャンプーを洗い流す必要があったからだけではなかった。落ち込んだ気持ちが生理機能に影響していた。湯で涙を隠さなければならないほど泣いていたわけではなかったが、かすんだ目を湯気がごまかしてくれた。

きょうもまた後悔の一日、屈辱の一日になる。いまからそれをふり払って勇ましい顔を装うことになる。体裁を取り繕ってなんとか毎日をやりすごしてきたので、それができるとわかっていたが、毅然としてそれをつづけるのが、日に日に難しくなっていくように思えた。

そう、生活するためにやることがいろいろあるし、もちろんそれをやっている。しかし、この暮らしは、自分と家族のために思い描いていた暮らしとは、似ても似つかない。

ダフは憂鬱をふり払い、シャワーをとめて、薄っぺらなカーテンをあけた。考えごとにふけっていたので、うわの空で洗面台に手をのばし、あちこち探っているうちに、ここと現在に戻り、用心深くしゃがんでから、まわりをもっとよく調べた。

目当てのものが見つからなかったので、溜息をついて、立ちあがり、壁に両手をついて、バランスをとった。

大声で、ダフィーはいった。「ニッキ？　おれの脚をどうしたんだ？」

「待って、ジョシュ」べつの部屋から、ダフィーの妻のニコールが答えた。「マンディーが持っていくから」

廊下の安っぽい合板の床を小さな裸足でパタパタ歩く足音を聞きながら、ダフィーは腰にタオルを巻いた。胸を張って、笑みをこしらえたとき、茶色の髪がカールしている五歳の娘が、元気よくバスルームに駆け込んできた。

「おはよう、ダディ」

「おはよう、スイートハート」

娘は両手で、ダフィーの左脚用の義足をかかえていた。黒いドレスシューズと黒い靴下をすでにはかせてあった。ダフィーの義足は膝のすぐ下からの義足で、上に厚いゴムの鞘があり、脚の切断手術を受けた人間が膝と太腿のまわりにそれを巻いて固定できる仕組みになっている。義足はチタンとカーボンファイバーでできていて、非常に軽いので、マンディーは片手で父親に渡すことができた。「ママが臭いっていったの。だから洗って、靴も取り換えたのよ」

「ありがとう、ベイビー。すぐに出ていくよ」

幼い少女が、裸足でくるりと向きを変え、歌いながらバスルームから駆け出した。

ダフィーの笑みが、現われたときとおなじくらい不意に消えて、不機嫌な顔で、義足をぶらさげ、半裸で水を垂らしながら立っていた。

十五分後、ダフィーは紺のブレザーを着て赤いネクタイを締め、髪を横で分けて、ふたたび屈託のない雰囲気を装っていた。フォールズチャーチにある八三・六平方メートルの狭い家のリビングを覗くと、マンディーがテレビを見ていて、三歳の息子がブロックで遊び、妻のニコールは角のミシンで熱心に裁縫をやっていた。マンディーのワンピースを縫っているところで、出来栄えに満足していないのだと、ダフィーは彼女の表情から察した。ダフィーにすこし怒っていることも明らかだった。それは表情ではなく、言葉で知らされた。「それを清潔にしておかないとだめよ、ジョシュ。ことに膝と接触するところは」

「仕事の前にランニングをやったんだ。つける前に洗うつもりだった」

「それは上等な義足なのよ。壊れたら、安物に代えなければならなくなるのよ」

「わかっているよ」叱られたダフィーはいった。

ニコールが、手元から目を離さずにきいた。「今夜は何時に仕事が終わるの？」

「六時だ。六時半には帰れる」

「わかった。わたしは九時から仕事よ」

ダフィーは溜息をついた。「また夜勤か？」

ワンピースを縫うのに集中したままで、ニコールがいった。「アリグザンドリアの銀行と、クリスタルシティのオフィス二カ所。銀行で床にワックスがけするから、帰りは遅くなる。たぶん六時ごろね」

ミシンがときどきカタカタと音をたてるだけで、しばし沈黙が流れた。やがて、ダフィーが無理に明るい声でいった。「火曜日は仕事が休みだ。あちこちに履歴書を持っていくよ」

ニコールが縫うのを中断して、顔をあげた。「火曜日はマンディーとハリーの世話をしてもらわないと。忘れたの？ その日はパーネルさんの家の掃除よ。二百ドル。仲間と分けるけど、六十ドルはいる」

ダフィーは、長いあいだずっと感じている屈辱を感じ、それが態度にも忍び込んだ。精いっぱい努力したが、肩がすこし落ちて、うなだれ、三十二歳の顔がまたたくまに年老いたように見えた。

息苦しくなるくらい狭いリビングに座り、ダフィーはしばし子供たちを眺めてからいった。「こういうことは、そんなに長くはつづかないと約束する。脱け出そう」

ニコール・ダフィーが、ミシンをとめて、狭いスペースごしに夫のほうを見あげ、立ちあがって近づいた。両腕をダフィーの首に巻きつけて、キスをした。

笑みはなかった。近ごろのニコールは、あまり笑わない。「そうなるとわかっているわ。がんばればいいだけよ」

ダフィーは、かすかな笑みを浮かべた。それは空元気で、ダフィーはやはり自分と家族のために打ち立てた暮らしに不満だったが、ダフィーはニコールを愛していたし、ニコールもダフィーを愛していた。それを見失ってはならないと、ダフィーにはわかっていた。

マンディーが、コーヒーテーブルのそばの床から跳びあがり、走ってきて、父親のいいほうの脚にしがみついた。「あたしたち、ダディを愛してる」

「おれもだ」

ハリーはおもちゃから目をあげなかったが、姉の言葉を口真似した。「ダディを愛してる」

ダフィーが答える前に、マンディーがいった。「モールのみんなを護（まも）りにいってね。それに、悪いやつらに気をつけて」

ダフィーは身をかがめて、マンディーの頭にキスをした。「そうするよ、ベイビー」

マンディーがテレビの前に戻り、ダフィーはニコールのほうを見た。

ニコールがいった。「毎日どこへ行くのかって、マンディーがきいたから、教えたの」

「そうか」すこしふくれて、ダフィーはいった。「おれがやっているのはそれだ。〈タイソンズ・ギャラリア〉の保安官だ」

ニコールが、またダフィーにキスをした。「ポジティヴにね、ジョシュ。お願い」

ダフィーはうなずいた。なんとか笑みをこしらえようとして、口の両端を持ちあげた。

「わかった」

9

ヴァージニア州マクリーンにあるショッピングモール〈タイソンズ・ギャラリア〉は、春の月曜日にはたいがいゆっくりと静かに開店するし、きょうもおなじだった。店主たちがドアやゲートをあけ、広大な三層のスペースで数すくない客がぶらぶら歩いている。たいがいショッピングのためのエネルギーを補給するために、まず〈スターバックス〉かフランス風のパン屋に寄る。

ジョシュ・ダフィーは、彼らのあいだを歩いていた。きょうは当直リーダーなので、ほかのスタッフとは異なり、背中に黒字で派手に〝警備〟と描かれている鮮やかな黄色いジャケットは着ていないが、紺のブレザーの胸ポケットに銀色のバッジをつけていた。ブレザーの下で腰に携帯無線機を取り付け、朝の客と店主の両方に目を配りながら、ゆっくりと歩いていた。

ダフィーは、眼鏡(めがね)店の小柄なアジア系アメリカ人の女性がゲートを持ちあげてあけるのを手伝ってから、〈ルイ・ヴィトン〉のカウンターの奥でレジの準備をしている若い男に挨拶した。レストランの〈レバニーズ・タヴェルナ〉のそばを通り、空気中にすでに漂っていたいい香りのせいで、べつの時期と場所に引き戻された。もっとも、レバノンでのダフィーの個人的な経験は、かんばしいものではなかった。

午前十一時十五分、ダフィーが店員に会釈しながらニーマン・マーカス百貨店を通っていると、年配の女性がうしろから近づいてきて、手をのばし、腕をぎゅっとつかんだ。ダフィーは足をとめてふりむき、女性を見た。数年前だったら、だれかが死角から接近して体に手をかけたら、暴力的な反応に見舞われていたはずだと、ふと思った。軟弱になったな、ダフ、と自分にいい聞かせた。そのことに気落ちした。

とはいえ、この女性は脅威ではない。ダフィーは無理に笑みを浮かべた。「どういったご用件でしょうか？」

女性が、バッグから紺のワンピースをひっぱり出した。「きのうこれを買ったのよ。黒がほしかったの。お葬式用だから。うちに帰ったら、家政婦が紺だというの。これは紺？」

「そうですね、奥さん。とても濃い紺ですが、紺ですよ」

自分の身に最悪の事態がふりかかったと思っていることが、女性の表情からわかった。

女性がワンピースをダフィーのほうに差し出した。「交換してちょうだい」

以前のダフィーだったら、その年配の女性に店員のほうへ行くように指さしてから、大股で立ち去っていただろう。しかし、いまの温和で従順なダフィーは婦人服のカウンターまで付き添っていき、彼女があらためて説明しなくてもいいように店員に事情を話してから、黒い喪服を買って彼女が参列する葬式の故人にお悔やみをいった。

一分後、ダフィーは静かなモールの二階にある百貨店を出た。有線のBGMが流れていた。世界でもっとも平和な場所に思え、ジョシュ・ダフィーは憂鬱に完全に呑み込まれそうになった。おれはいったいどういう人間になってしまったんだ？　警護員でなかったら、何者なのだ？　ここには警護しなければならない人間はいない。一家の主でなかったら、何者なのだ？　この仕事では、生活費をまかなうことすらできない。

どうして生きているんだ？

ダフィーは、エスカレーターで一階へ行った。広い〈スターバックス〉の店の裏手に出た。数人の客をダフィーは眺めた。ほとんどがモールの従業員で、あらかじめ注文してあった飲み物が渡されるのを待っていた。ダフィーは古いコーヒーメーカーでいれる無料のコーヒーに代替ミルクを入れて警備室で飲むだけだった。〈スターバックス〉のしゃれたコーヒーを買うような五ドルの持ち合わせもない。

だが、〈スターバックス〉からはいい香りが漂っていて、当番中に十回巡回するときに、それだけでも頭をはっきりさせる刺激をあたえてくれるような気がした。

ビジネススーツ姿の男が、独りでカウンターの前に立ち、ラージカップの蓋をあけようとしているのが、目にはいった。

ダフィーはその男にあまり注意せず、そのまま歩きつづけたが、数秒後に急に立ちどまった。〈スターバックス〉のほうへひきかえして、その男をもっとよく見た。

五秒か十秒見ていた。男は顔をあげず、コーヒーに砂糖とクリームを入れていた。

ダフィーは、そちらに近づいた。

一メートル半ほどに近づいたところで、男が顔をあげてダフィーのほうを向いた。

ダフィーは立ちどまり、にやにや笑って男を見た。

「なにか用か？」

「ゴードンか？」

男は四十代の強健な感じのアフリカ系アメリカ人で、黒い髪を短く刈り、髭をきれいに剃っていた。美男だったが、目のまわりの深い皺が、きょうの周囲の状況——ヴァージニア州の高級ショッピングモール——とはまったくちがう生活を送ってきたことを物語っていた。

男がダフィーをじろじろ見てからいった。「人ちがいだ」

「マイク・ゴードン」ダフィーは、今度は自信をこめていった。「マイク……おれだ。ジョシュだ」

「ジョシュ？」目の前の男に見おぼえがないと思っているのは、明らかだった。

「ダフィーだよ」

もっと時間がかかったが、やがて男が目を丸くした。「ダフ？ 驚いたな。ダフ？ おまえか？」

ダフィーは笑っていった。「おれだよ、あんた。前に会ったときは顎鬚を生やしていたから、わからなかったんだな」

ゴードンがコーヒーを置き、ふたりは暖かい抱擁をして、周囲の人間が目を向けるくらい大きな音をたてて背中を叩き合った。

ダフィーはいった。「久しぶりだな」

「まったくだ、きょうだい。五年近くたってるかも」ゴードンは、遠くを見る目つきになった。「おい……最後におまえに会ったのは、Jバードだった」

「そうだ。ジャララバード。ホウストでも敵と戦った。ガルディーズでも」

マイク・ゴードンが、笑みを浮かべた。「ずいぶんあちこちへ行ったな？ あらゆるくそ壺(つぼ)に。でも、おれたちは地域で最高の民間軍事会社(PMC)だった。Jバードでイスラム教徒(ハージー)をしこたま殺した」

「ああ、そこでひとり失ったが」

「そうだった。そうだった」ゴードンがカウンターからコーヒーを取って、ゆっくり飲んだ。「南アフリカ人。背の高いやつ。おもしろいやつで、いつもジョークばかりいってた。名前は忘れた」

ダフィーはすかさず答えた。「アンディー・カルース」

「カルース。そうだ。いいやつだった」またコーヒーをひと口飲み、溜息をついた。「くそ、あの夜はめちゃくちゃだった」

ダフィーが黙っていたので、ゴードンはまた話をつづけた。「おまえはあのすべてで、ロックスターだった。ああ、カルースは肺に七・六二(セヴン・シックス・ツー)ミリ弾を一発くらったが、おまえがおれたちみんなをあそこから脱出させた。おれのライフルがいかれたあともだ。ろくでもないことは起きるものだ。おまえはだれよりも、それをよく知ってる」

ダフィーは、うわの空でうなずいた。けさ仕事に出てきたときには、ジャララバードのその晩の出来事を回想するはめになるとは思いもしなかった。

ゴードンがつづけた。「おまえはおれの命を救った。忘れたことはない。ぜったいに忘れない。その恩をまだ返してない。ガルディーズでも、おまえはくそのサンドイッチからおれを救い出した」ダフィーの腕を叩いた。「くそ、おまえと会えてうれしい」

「おれもうれしい、ボス」ゴードンとダフィーは、最初は民間軍事会社の下っ端のチームメートだったが、ゴードンは昇進し、契約が切れる前にダフィーのチームリーダーになっていた。

ゴードンが、またひと口飲もうとして、コーヒーを持ちあげ、そのときはじめてダフィーのブレザーのバッジに気づいたようだった。

ゴードンが、つかのま言葉を切った。「待てよ、おまえ……ここで働いてるのか？」

「ああ」

「嘘だろう」信じられないというように笑って、ゴードンがいった。「まさか」

「なんだよ？」ダフィーはきいたが、なにをいわれるか、わかっていた。

ゴードンがひとことずつ声を大きくして、いいつのった。「ジャラララバードのダフが、モールの警備員だなんて、ありえないよ」とうてい理解できないというようないいかたで、大声だったので、話が聞こえるところにいただれもが、ふたりをじろじろ見た。

ダフィーは肩をすくめてちょっと笑ったが、恥をかかされて内心では怒っていた。「どういえばいいんだ？　この仕事は、ジャララバードよりも飛んでくる迫撃砲弾がすくないんだよ」

「ああ……」ゴードンは、周囲を見まわした。「それはわかる」また、信じられないというように首をふった。

ダフィーは話題を変えた。「買い物に来たのか？」

ゴードンが笑い、自分の体を見おろした。「ああ。新しい仕事が見つかって、おれはチームリーダー（TL）なんだ。四十五分後に統率官（エージェント・イン・チャージ）と会う。馬鹿高い（ニードレス・マークアップ）店でこのスーツを買ったところだ」

「どこだって？」

「前の女房が、いつもニーマン・マーカス百貨店のことをそう呼んでたんだ。とにかく、値札は切り取ってもらった」ゴードンがいった。「洗面所で着替えた」

「国内の仕事か？」

「ちがう。きょう仕事をもらって、あした出発する」

すっかり感心し、うらやましく思っていることを、ダフィーは隠さなかった。「運がいいな。近ごろは警護の契約はなかなか見つからないと聞いている」

「おいしい仕事はそうだ。こいつはろくでもない仕事だが、どでかい金をもらえる」

「そんなにもらえるのなら、ろくでもない仕事じゃないだろう」

ゴードンは、またホットコーヒーをひと口飲んだだけだった。

「もしかして……」ダフィーはいった、「もしかして……アーマード・セイントの仕事を引き受けるような馬鹿なことをしないかぎり」

ゴードンはそれに対して、目をそらし、腕時計を見おろしただけだった。

「まさか。おい、ほんとうにそうなのか？」

「おまえもいったじゃないか。厳しい時期なんだ」

「しかし、アーマード・セイントだって？　くそ」アーマード・セイントは、世界最悪のPMCだという評判だった。ダフィーがベイルートで雇われていた会社も、汚点がひとつもないとはいえないが、それでもおおむね評判はいい。

ダフィーはすぐに話題を変えた。「この仕事だが、砂場（サンドボックス）（中東）に戻るのか？」

「ちがう。南のメキシコだ」

「それなら、そんなに悪くなさそうだ」

「おまえは任務の内容を知らない」

「教えてくれ」

ゴードンが両眉をあげ、歯をむき出して笑った。「一日千二百ドル、三週間の任務だということだけいっておく」

ダフの羨望(せんぼう)はいっそう強まった。「驚いたな、マイク。そいつはすごい」

「それに、TLになったら、一万ドル割り増しだ。合計三万五千ドルになる」

「信じられない。しかし……アーマード・セイントか？　あそこの連中はいかれてる」

ゴードンが、もとの同僚を指さした。「言葉に気をつけろ。おれもいまはそのひとりなんだ」

「すまない」ダフィーは、まわりをすばやく見まわした。「おい、おれは巡回しないといけないんだ。しばらく付き合わないか？」

ゴードンが、またすこし笑った。「徒歩で移動。以前みたいに？」

「おれが先鋒だ」

「おまえはいつだってそうだった」

10

男ふたりはぶらぶら歩き、もっぱらゴードンが話をした。ゴードンは、ダフィーが憶えているとおりだった。いいやつで、まともなチームリーダーだが、おしゃべりですこしゴシップ好きだった。それでも、ダフィーは三年間、民間軍事契約の仕事をやっている人間に会ったことがなかったので、ゴードンの話を吸収し、自分もその仲間になったような気がした。

ゴードンは、ダフィーや自分がともに働いた男たちの何人かについて語った。アルコール依存症、麻薬中毒、結婚生活の破綻、ひとりは自殺した。気分が高揚するような会話ではなかったが、ダフィーは夢中で聞いた。ゴードンのことにも興味があった。「アフガニスタン東部のあと、どうしていたんだ？」

ゴードンが答えた。「だいたいあの稼業をつづけてた。いい契約もあれば、悪い契約もあった」肩をすくめた。「正直いって、だんだん最悪になった。おまえがいったように、業界が以前とはまったくちがう。国防総省の予算がなくなって、トリプル・キャノピーの最後の仕事を失った。北アフリカでオーストラリアの民間軍事会社(PMC)の仕事をしたが、国連のやつらがその儲(もう)かってた会社を潰した。クウェートで、ろくでもない施設警備までやったが、聖戦主義者の脅威が起きなかったので、規模縮小で解雇された」

ダフィーは、〈アンソロポロジー〉のエントランスのディスプレーでシャツを畳(たた)んでいた若い男に手をふりながら笑った。「聖戦主義者のやつらは、現われてほしいときにはいないんだよ」

ゴードンが答えた。「いくらでもジョークにすればいいさ。でも、あんたもそういう目に遭ってるんだ」

「ああ、わかっている。ほんものの脅威がなかったら、おれたちみたいな人間は必要とされない」

ゴードンが向きを変えて、年下のダフィーを見た。「おれたちみたい？　気を悪くしないでほしいが、モールの警備員の仕事に就いたとき、おまえは猛者急行(アスキッカー・エクスプレス)からおりたはずだ。仕事のことを話してみろ。最近、一流の万引き犯を捕まえたか？」

ダフィーは羞恥心(しゅうちしん)と闘った。弁解するようにいった。「これはいまだけだ。下調べしている。いろいろな仕事を。そんなところだ」

ゴードンは、思ったことを隠すような男ではなかった。「この仕事じゃ、おまえみたいな家族持ちはやっていけないだろう」

ダフィーは歩きつづけた。なにも異状がないことをたしかめるために、〈プラダ〉の店に視線を投げた。〈プラダ〉には専属警備員がいるから、つねに万事異状なしだった。ようやく、ダフィーはいった。「ああ、ぜんぜんやっていけない」

「ニッキはどうしてる？」

「ニッキならだいじょうぶだ」歩きながら、ダフィーは肩をすくめた。「いや……だいじょうぶじゃない。たいがいすれちがいだ。幼い子供がふたりいる。おれは昼間働き、ニッキは夜にオフィスの清掃をやる」

ゴードンがいった。「ニッキが清掃員を？」

「二年前に自分の清掃会社を立ちあげた。だけど、そうだな。実質的に清掃員だ。それでも、おれの二倍稼いでいる。彼女の稼ぎがなかったら、おれたちはみすぼらしい狭いアパートメントに住むしかなかっただろう。いまはみすぼらしいちっぽけな家に住んでいる。家賃を払うのがやっとだ」

ゴードンが、口笛を鳴らした。「くそ、ダフ。ニッキはとんでもなく優秀だったんだぞ。生まれつきのリーダーだ。大尉になったのが、二十五歳だっけ？　三十で少佐になれたはずだ。ずっと陸軍にいて年金をもらうんじゃないかと、おれはいつも思ってた」

「ああ」ダフィーはつぶやいた。その事実を考えない日は一日もないので、いわれなくてもわかっていた。

「あんなに頭がいい女将校が？　父親とおなじように、四十前に大佐になってただろう。あれだけの人柄だから、将軍になれたかもしれない。一生安泰だったのに」

ゴードンが話を盛っていると思ったので、ダフィーはすこし防戦した。「ああ、いや、当時はいまとは事情がちがっていた。ＰＭＣとの契約で、おれは年間二十五万稼いでいた。おれたちは子供がほしかった。一戸建てに住むとか、そんなふうなことだ。おれたちには計画があった」

「そのあとがベイルートか？」

ダフィーは、〈ラルフ・ローレン〉の前で立ちどまった。この旧友ときょうばったり会ったのを悔やみはじめていた。自分の精神はこれを処理できないだろうと感じた。「あのことを聞いたのか？」

ダフィーを雇っていた会社には、レバノン大統領候補暗殺の最中に自社が関わっていたことについて、詳細の大部分を隠蔽（いんぺい）する手段があったので、それらの事実はニュースではほとんど報じられなかった。

それでも、噂は業界内でひろまったので、ダフィーがそこにいたのをゴードンが知っていたことに驚きはなかった。

ゴードンが、ダフィーの肩に手を置いた。「おまえが自分の仕事をやったことを聞いた。脱出中に会社がおまえにひどい仕打ちをして、あとで治療費も出さなかったことも聞いてる」

「ああ、だいたいそんなところだ」

ゴードンは、ダフィーの顔に一本指を突きつけたが、そうしながら笑みを浮かべた。

「そのとき、おまえを雇ってたのはアーマード・セイントじゃなくて、ユナイテッドだった。おれのいまの雇い主を非難することはできないぜ」

ダフィーがまた歩きはじめ、ゴードンがコーヒーの空カップを屑入れに投げ捨ててからつづいた。

ダフィーはいった。「アーマード・セイントは最悪だと、みんながいう。契約した仕事で死んだとき、家族が遺体袋の代金を払わなければならないと」

「それはジョークだよ、ダフ」

「ああ、だがそのジョークは根も葉もないことじゃない。評判が悪すぎる」

「いいかげんにしろ」とゴードンがいったので、いいすぎたとダフィーは気づいた。

「悪かった、マイク。正直いって、妬ましいんだ。いまの暮らしは厳しい。わかるだろう？」

「わかるよ。おまえとニッキはつらい目に遭ってる。だけど、ふたりとも強い人間だから、きっと成功する」ゴードンが、また腕時計を見た。「会えてすごくうれしかった。だけど、二十分後に統率官と会うから、もう行かないと――」

「その……」ダフィーは、ゴードンの腕に触れて、不安げに顔を見た。「ひょっとして……おれをくわえることはできないかな」

ゴードンが首をかしげた。「くわえるって、なにに？」

「メキシコの仕事だ」

ゴードンが驚愕のあまりたじろぎ、断固として首をふった。「やめろ。メキシコはホラー映画みたいになる。みんなそれを知ってる。アーマード・セイントだけが契約を取れたのは、ほかのまともなＰＭＣが〝ぜったいに断わる〟といったからだ」

「アーマード・セイントはいい会社だといったばかりじゃないか」

「それに、おまえはひどい会社だといったのに、そこの仕事をもらおうとしてる。おれたちは、ふたりとも嘘つきだな、ダフ。とにかく、メキシコはおまえ向きじゃない」

「おれは仕事をこなせる。まだ頑健だ」

「そんなに頑健なら、どうしてここにいる？」

ダフィーは顔をそむけた。「リスクの大きい仕事をしばらくやめなければならなかったんだ。ベイルートのあと、ニッキが動転した。子供もいる。わかるだろう。とにかく、復帰する潮時だ」

「ベイルートで体がめちゃくちゃになったと聞いた」

「とんでもない！　おれは働ける。千二百ドル稼げる戦闘員でなくてもいい。もっと安くてもいい。なんでもやる。作戦支援、兵站（へいたん）、通信、必要なことをなんでもやる。おれに借りがあるっていったじゃないか、ゴードン」

「借りじゃない。〝恩〟を返さなきゃならない。おまえをメキシコへ連れていくのは、恩返しにならない」ゴードンが、そっけなくうなずいた。「ニッキによろしく」向きを変えて、立ち去ろうとした。

ダフィーは急いでゴードンのそばに戻り、歩調を合わせて歩いた。「じつは……ベイルートのあと、治療費の借金があるんだ。そこから脱け出せそうにない。まだ二万ドル残っている。このメキシコの仕事が必要なんだ、ゴードン」

ゴードンは、しばらく歩きつづけてから立ちどまり、旧友のほうを向いた。「おれにこれをやらせないでくれ」

「頼む。なんならひざまずいてお願いする」

「まったく、落ち着け」ゴードンは、つかのま沈黙していた。口添えしたくないのだと、ダフィーは察した。だが、ようやく溜息をついていった。「この仕事の統率官(AIC)は、シェーン・レミックだ」

その情報を聞いて、ダフィーはびっくりした。「レミック？ 元海軍SEALの？ 彼のポッドキャストを聞いた。本も読んだ。大物じゃないか」

「そうだ。やつはセレブだ。それにとてつもないくそ野郎だ」

「ああ、それも聞いた。うぬぼれが強いみたいだな。でも、どうしてやつがアーマード・セイントの仕事をやっているんだ？」

ゴードンが、ダフィーの顔にまた指を突きつけた。「たったいまから、アーマード・セイント(AS)をけなすのはやめろ！ 仕事をやりたいのか、やりたくないのか？」

「ああ……ほんとうにやりたいんだ、ゴードン」

ゴードンは、ようやく気分を直したようだった。「レミックがASの仕事をしてるのは、会社を経営してるやつと友だちだからだし、よそよりもずっと報酬が多いからだ。正直いって、この作戦のどこかに余分な人間をくわえる必要があると、レミックが思うかどうか、おれには見当がつかない。おれたちはすぐに出発するから、手配はほとんど済んでるだろうが、いちおうおまえのことは話してみよう。やつが興味を持ったら、大至急会いに来いっていうはずだ。レミックはここのリッツにいる」

「好都合だな」ダフィーはいった。

「履歴書はあるか？」

「あるさ。いまメールで送る」ダフィーは笑みを浮かべた。「ありがとう、ゴードン」

「礼はいうな。レミックがおまえを閉め出すのがいちばんいいんだ。メキシコでの三週間は、おれたちがアフガニスタンで仕事をやったあの年より、ずっとひでえことになるだろう」

11

ジョシュ・ダフィーは、一年以上そのモールの警備員をつとめていたが、タイソンズ・コーナーのリッツ・カールトンに足を踏み入れたことはなかった。ホテルは〈タイソンズ・ギャラリア〉の二階と出入口を共用しているので、午後三時前にダフィーはその出入口を通り、面接を受ける階へ行くエレベーターを探した。

リッツに行く前に、ダフィーはバッジをはずして警備室に置き、バスルームでできるだけ身ぎれいにした。運用関係の楽な仕事に就きたいと思っていた。通信室、情報といったようなことだ。この手の警護契約には、そのほかにも管理や兵站（へいたん）の職務があるはずだが、それらは通常、経験豊富な要員に占められているはずだ。だめだ。おれはずっと警護員だった。戦い、保護する訓練を受けているチームの一員だった。

楽で報酬の多い仕事には就けないだろうし、高度の脅威に対処する最前線の警護員には向いていないとわかっていた。

どこかの部門の契約を得られればいいと思っていて、借金の一部を返せる金を稼ぎたかった。

ゴードンが一時間前にメールしてきたように、ダフィーは指定の時刻ぴったりに、レミックのスイートに到着した。一瞬、外に立って何度か深呼吸し、半びらきになっていたドアを、自信があり、実情とはちがって切羽詰まってはいないと思われるくらいの強さでノックした。

威圧するような声が、内側から聞こえた。「あいているぞ」

ダフィーがなかにはいると、そこはリビングの隣に仕切りのないダイニングルームがある広いスイートだった。五十代はじめの長身で引き締まった体つきの日焼けした男が、脚をテーブルにあげて向こう側に座っていた。筋肉隆々の腕を見せびらかすように、ぴっちりしたポロシャツを着ている。現役のSEALにはめったに見られないような、頭頂部を短く刈り、あとは剃りあげた髪型だった。元SEALにも似つかわしくないとダフィーは思った。老眼鏡をかけ、書類を何枚か持っていた。それを読みつづけていたので、ゴードンに送った略歴のプリントアウトだろうかと、ダフィーは思った。

「レミックさん？　ジョシュ・ダフィーです。マイク・ゴードンから話があったと思いますが――」

「ああ、メールで届いたばかりの履歴書（CV）を見ているところだ。はいってきて、座れ」

「ありがとうございます」ダフィーは腰をおろして、冗談をいおうとした。「リッツ・カールトンの部屋で面接したことはないんですよ。すごく高級ですね」

だが、レミックは雑談には興味を示さなかった。「おまえは特技区分11B（MOS・イレヴン・ブラヴォー）、つまり陸軍歩兵だった。勤務四年」

質問ではなく事実を告げただけだったが、ダフィーはそれを勘違いした。「はい。そのあと、高度の脅威向け警備業界で七年」

大男のレミックが、老眼鏡の上からはじめてダフィーの顔を見た。「読めばわかる」

「はい」

「おまえは、アカデミ、トリプル、ユナイテッド・ディフェンスで働いた。激戦地に行った。ファルージャ、ジャララバード、ガルディーズ、クエッタ、ベンガジ。かなりあちこちへ行った」

ダフィーは、黙ってうなずいた。

「モガディシュにもいた。だいぶ前に、おれもトリプル・キャノピーでそこへ行ったことがある。ガルーンカ・カーラミガ（モガディシュのアデン・アッデ国際空港のこと）を何度往復した？」

「かなりの回数です」

「だれだって、地獄を抜けて走った回数は正確に憶えている、若造」

「はい、それは事実です。空港と街を二百四回往復しました」

レミックがまた眼鏡の上から見あげ、不意に目を丸くした。「冗談だろう？」

「ほんとうです」

「くそ」レミックが、そっと口笛を鳴らした。「おれは五十一回、移動したが、毎回ひどいもんだった。三分の一は銃撃を受けた。おまえは何度、銃撃された、ダフィー？　数えていたはずだ。みんな数える」

「数えていました。八十八回、銃火を浴びました」

「そうか。何度撃ち返した？」

「八十八回です」

元SEALのレミックが、笑みを浮かべた。「おれの好きな返事だ、若造」プリントアウトに目を戻し、声をひそめた。「そのあと……ベイルートでおまえはやばいことになった。おまえがここに来る前に、おれは一本、電話をかけた。おまえが雇われていた会社の本社で働いていて、おまえが雇われていたときよりもあとでユナイテッドにはいった男なので、なにがあったか、ほんのすこし知っているだけだった。ハッバーズ暗殺の際に、どこを負傷したか聞いた。それで働けなくなったわけだな」

くそ、ダフィーは心のなかでつぶやいた。嘘をついて仕事に就く覚悟だったが、ここで引きさがるわけにはいかない。「働けますよ。一〇〇パーセント頑健です。作戦中枢、通信室、支援車両の運転、なんでも任務に必要なことをやります」

レミックが溜息をつき、頭のうしろで両手を組んで、体をそらした。「おまえはまったくわかっていない。おれが現場で部下を指揮するあいだ、デスクワークや食糧のトラックを運転したがる役立たずの元戦闘員など、掃いて捨てるほどいる。そういう人間はありあまっているんだ。だめだ、若造。おれが必要としているのは、最高の技倆の高リスク向け警護員だ。装備をつけて後部に乗るやつはいらない。特殊部隊なみの戦闘員がほしい」

メキシコの仕事がほしいとゴードンに頼んだとき、ダフィーが真っ先に恐れたのはこのことだった。たしかに警護班の人間のほうが作戦中枢勤務よりも報酬が多いが、メキシコで実戦に参加する戦闘員にはなりたくなかった。この三年間、ライフルには触れてもいない。高リスクの警護をやれるような体力はないし、射撃したり走ったりしたら、片脚を切断していることがばれる可能性が高くなる。

それでも……報酬は高額だ。

一瞬ためらっただけで、ダフィーはいった。「部下にくわえてください」

レミックは、ダフィーをゆっくり見てからいった。「ふつうなら体力テストをやるが、二日後に出かけないといけない。レバノンで起きたことから、ほんとうに回復したといえるのか？」

これにはためらわずに答えた。「モールを一周する競走をやりますか？」

「だめだ。このくらいの齢になったら、走るのは事態を片づけたあとだ。それに、危険な事態から遠ざかるために走る。逆はない」

「わかりました」

レミックが、履歴書のプリントアウトをめくってから、テーブルに置き、身を乗り出した。「ゴードンはおまえに、一日千二百支払われるといったはずだ」

「ゴードンはそんなことをいったと思います」

レミックの目つきが、すこし鋭くなった。「おれたちは傭兵だ、ダフィー。それもいったはずだ」

「はい……たしかにいいました」

「よし、状況報告（シトレプ）をするから、そのあとでやりたいかどうかいえ。手に負えないようなら、いまここで断わっても不名誉にはならない。

われわれは外交官四人を護衛して、メキシコ西部の山地へ行く。ふたりはメキシコ政府、ふたりは国連の人間だ。四人はそこで、ラファエル・アルチュレタという男に会う。何者か、知っているか？」

知らないと認めるのはきまりが悪かったが、嘘をつくつもりはなかった。「まったく知りません」

「ロス・カバジェロス・ネグロス――黒い騎士（ザ・ブラック・ナイツ）――の頭目だ。その地域で最大の麻薬カルテルで、メキシコでもっとも急拡大しているカルテルでもある」

「そうですか」

「西シエラマドレ山脈は、ほとんど戦争状態だ。この二カ月のあいだに、控え目に見積もっても一万三千人が死んでいる。山地の連中が殺し合って絶滅すればおおいに結構だとメキシコ政府は思っているが、ブラック・ナイツはでかくなりすぎたし、国際社会が抗議の声をあげている。アメリカの麻薬撲滅（ぼくめつ）資金も留保されている。そんなわけで、四万人規模のメキシコ軍が、シエラマドレの麓（ふもと）に集結している。軍隊が攻め込めば最低でも五万人が死ぬはずだというのが、おおかたの予測だ。おれの考えでは、その倍になる。大部分が一般市民だ。

ラファエル・アルチュレタは話し合うことに同意したが、山をおりて交渉のテーブルにつくつもりはない。しかし、国連平和維持部門の人間と政府の外交官が、対話を開始するために向こうに行くことは許可した。国連は平和維持軍が行く前にすべてのカルテルからダフィーは、ずっとテーブルを見ていたことに気づいた。

　ダフィーが目をあげると、年上のレミックがいった。「そこに行く理由はどうでもいいと思っているような感じだな。そうなのか、ダフィー？」

ダフィーは、レミックの視線を捉えた。「主警護対象を護（まも）るのが、おれの任務です。それに注意をすべて集中します。主警護対象の任務は、彼らに任せておくのがいちばんいい」

レミックの厳しい表情に、笑みがひろがった。「若造、おまえの考えは正しい。彼らの任務はたわごとだ。そこのメキシコ野郎どもは、殺す相手がいなくなるまで殺しつづけるだろう。とはいえ……これもビジネスだし、アーマード・セイントは善意でやろうとしている馬鹿者どもから金をもらうのにやぶさかでない」

ダフィーは黙っていた。

「おれに質問はあるか？」レミックがきいた。

「警護班の人数は？」

「二十二人」

「カルテルの本拠地で、武装した男が二十二人？　ちょっと軽装じゃないですか？」

レミックが、広い肩をすくめた。「和平任務が成功しないと、西シエラマドレ山中の麻薬業者はかなり死ぬことになる。連中もそれを知っているから、多少は安全なはずだ。ほんとうの脅威は、麻薬でいかれてる高速道路の山賊、非同盟のギャング、山地住民だ。そいつらは、おれたちが目的地で歓迎されることを知らない。

おれたちは戦争をやりにいくんじゃない。好機と見て襲ってくるやつらを撃退し、VIPたちがそこで自由に行動できるようにする。

おれたちは車両五台で行く。外交官は全員、そのうちの一台に乗る。重装甲、軽機関銃、擲弾発射器（グレネード・ランチャー）……傭兵のおもちゃがそろっているぞ」

レミックは肩をすくめた。「それで、どうだ？　参加したいか？」

困難で危険な任務になるだろうと、ダフィーにはわかっていた。この稼業から何年も遠ざかっていたダフィーにとっては、ことにそうだった。それでも、夢のようなチャンスだと思えたし、それを逃すつもりはなかった。「もちろん、参加したいです」

レミックが、数秒のあいだ年下の男をじっと見ていたが、やがて笑みを浮かべた。「理由はわからんが、ダフィー、おまえが気に入った」

「女房もまったくおなじことをいうんです」

レミックがまた履歴書のプリントアウトを取って、そっくりかえり、足をあげた。「おれは統率官(AIC)だから、チームリーダーを選ばないといけない。ぜんぶまとめたつもりだった。おれはA1(アルファ・ワン)で、アルファのトラック二台の八人と任務全体を率いる」ダフィーの顔を見た。「おれを含めて八人だ。おまえの友だちのゴードンは、B(ブラヴォー)チームのリーダー、トラック二台と本人を含めた八人を率いる。C(チャーリー)チームは六人だけで、車両一台に乗る。元レインジャー大尉で、警護作戦の経験が六年ある優秀なチャーリー1(ワン)がいた。ところが、おじけづいて、けさ辞(や)めた」つけくわえた。「弱虫め」

「それは残念ですね」ダフィーはいった。

「とにかく、チャーリー1(ワン)が空いている。おまえは米本土外(OCONUS)で高脅威の移動警護のチームリーダー(TL)をつとめたことがあるか？」

ダフィーは内心、かなり狼狽(ろうばい)していた。ほんとうにチームリーダーに任命するつもりなのか？ 戦闘の場から遠く離れたオフィス勤務の仕事をもらえるかもしれないと思ってここに来たのに、敵地を通過する戦闘員チームを指揮することになりそうだった。だが、ダフィーはふたたび迷いと闘って、金のことを考えた。三万五千ドルあれば、レバノンでの治療費を全額返済し、家族に富と未来を提供できるかもしれない。「ありませんが、できると思っておられるのなら、その地位を――」

「契約の報酬に、一万ドル上乗せになる。合計三万五千だ」

ダフィーは、不安を押しのけて、胸をふくらました。金のことだけを見ていた。「最高の仕事をやります」

レミックが、指を一本持ちあげた。「こういう問題がある。チャーリー・チームのあとの五人はすべて、あちこちの特殊部隊にいた男たちだ。陸軍特殊部隊、将校、海兵隊。おまえは高脅威警護の経験がかなり豊富だが、それでもただの陸軍歩兵(イレヴン・ブラヴォー)にすぎない。軍歴は四年で、軍曹としての評価も高くなかった。すぐには敬意を表してもらえないだろう。毎日、どの一瞬も、おまえは敬意を勝ち取る努力をしなければならない」テーブルに両手をつき、ダフィーのほうに顔を近づけた。「チャーリー・チームを率いるには、度胸(きんたま)が必要だ」

ダフィーは、呼吸を整えようとした。恐ろしかったが、興奮していた。早くニコールに話したかった。ダフィーはいった。「きんたまならあります」

シェーン・レミックが履歴書のプリントアウトを見ながらゆっくりとうなずき、それを目の前のテーブルに置いてから、ダフィーに視線を戻した。「わかった。メキシコへ行こう、チャーリー1(ワン)」

「けっして後悔させません、アルファ1(ワン)」

レミックが、一本指をあげた。「おれが後悔しないようにするのも、おまえの仕事だ、若造」

12

黒いメルセデスSクラスが、メキシコのハリスコ州グアダラハラのすぐ南にあるチャパラ湖を見おろす、山脈の狭い曲がりくねった道路を走っていた。フロントシートの男ふたりは、黒いスーツを着て、ジャケットの下に銃床を折り畳んだスコーピオン・サブマシンガン、ベルトに拳銃を携帯していた。おなじ服装で武装した男ふたりがリアシートに乗っていたが、そのあいだに座っている五人目は武器を持っていなかった。

その男は、サン・ファン・コサラ山脈からの美しい湖の穏やかな景色を眺めることができなかった。グレイのフランネルのスーツとイタリア製のウィングチップの靴という格好のその男は、シルクのフードを頭からすっぽりかぶせられていた。メルセデスが、湖が見えるところから遠ざかって道路をどんどん登り、山腹の鬱蒼とした森にはいるあいだ、無言で座り、ほかの男たちとともに、車がカーブを曲がり、向きを変えるのにつれて揺られていた。

しばらくすると、メルセデスのセダンはまた向きを変えて、ポロシャツを着てアサルトライフルを背中に吊った男三人に護(まも)られている巨大な鋼鉄のゲートを通った。運転手の身許(みもと)を確認した男たちが、手をふって進むよう指示した。

私設車道には何カ所も上り坂があり、これまで走ってきた道とおなじように曲がりくねっていたが、やがてSクラスは巨大なコロニアル様式の館の石段前でとまった。玄関は両開きのオークの扉だった。武装した男たちがまわりに立ち、ひとりがメルセデスのリアドアをあけて先導した。リアシートの男ふたりが、フードをかぶせられた男に手を貸して車からおろし、マーブルチップを敷いた車まわしを通って、階段を昇った。

館の内部は涼しく、家具磨きのにおいがしていた。一団——いまでは武装した男三人が、フードをかぶせられた男に付き添っていた——が、無題のマリオ・オロスコ・リベラの油絵の額縁に羽はたきをかけていた黒いお仕着せの家政婦のそばを通った。フードをかぶせられた男が見張り付きで通るのは、格別な出来事ではないとでもいうように、家政婦は作業から目をあげようともしなかった。

タイル敷きの長い廊下に男たちの足音が響き、一団はルフィーノ・タマヨやダビッド・アルファロ・シケイロスの絵の前を通った。

グアダラハラから車で移動していたときも、車をおりたときも、だれも口をきかなかったが、いまはフードをかぶせられた男が、歩きながらスペイン語でいった。「友人たちよ(アミーゴス)、わたしが行く場所は、どの都市も組織も……さまざまだが、すべておなじだ。黒いフードをかぶせられて暑い思いをし、顔を汗が流れ落ちる。車で長い距離をぐるぐる走りまわり、首領(ヘフェ)が使っている隠れ家へ送り届けられる」

だれもそれに答えず、一団はしばらく黙然と歩きつづけた。

フードをかぶせられた男が、話をつづけた。「そう、それに無言であしらわれる。仕事一点張り。会話はなし。あんたたちは役割をわきまえている、そうだろう？」

依然として返事はなかった。「まあいい(ブエノ)」フードをかぶせられた男はいった。

その肩に手が置かれ、立ちどまらせてから、左を向かせた。ドアがあき、男はそこを通らされて、広い書斎の中央に置かれた革のウィングバックチェアに連れていかれた。男はそこに座って脚を組んだが、頭の黒いシルクのフードは、はずされなかった。

正面から声が聞こえた。口調からして、年配の男らしく、スペイン語でしゃべっていた。

「フードをはずして、タオルとスコッチを渡してやれ。ストレートとオンザロックのどちらがいいかね、セニョール・カルドーサ？」

フードをかぶせられている男が、すこし首をまわし、黒いシルクを透かして見ることはできなかったが、声の主のほうへ顔を向けた。「氷をすこし(ウン・ポコ・イエロ)、お願いする(ポル・ファボール)」

護衛のひとりが、フードをひっぱってはずした。ウィングバックチェアに座っていた男が、何度かまばたきをして目から汗を出そうとした。正面に大きな木のデスクがあり、おなじような背もたれの高い椅子がうしろ向きになり、青々とした山地と峡谷を見おろす窓に面していた。椅子に座っている男の顔は、新来の客からは見えなかった。

また男の声が聞こえた。「オスカル・ヘスース・カルドーサ・オルテガ。あんたの評判は前々から聞いている。ようやく会えてよかった」

「セニョール」護衛がお辞儀をしながらいい、部屋の中央の汗まみれになっている男に、ハンドタオルを渡した。

カルドーサと呼ばれた男が、タオルを受け取って汗を拭いた。それが済むと、タオルを返して、左手を差し出し、丸い氷をひとつ入れたクリスタルのハイボールグラスのスコッチを受け取った。

カルドーサは大男ではなかったが、非の打ちどころのない服装で、髪をきちんと整えていた。癖のある短い毛には白髪がすこし混じっていたが、目力が強く、知性がひらめいていたし、かなり高い体力を維持していることは明らかだった。彫金の銀の結婚指輪をはめていたが、ほかにジュエリーは身につけておらず、スコッチをゆっくり飲むとき、目力とはうらはらなやさしい物腰だった。カルドーサは一見物静かで、気さくに見えるが、それと同時に、極端に残忍な行為もできる男だった。

窓に向かっている男に、カルドーサはいった。「ずいぶん高級ですね」

回転椅子に座っていた男が、くるりと向き直った。浅黒い顔の上半分を簡単な黒い仮面で覆(おお)い、灰色の薄い髪を分けて、うしろになでつけていた。客とおなじように高価なビジネススーツを着ていた。

「高級？」男はいった。「スコッチが？」

「スコッチはうまいですよ、大親分(エル・パトロン)」カルドーサは、周囲を見た。「しかし、わたしはこの家のことをいってるんです。気に入りました。まあ……いま見ているものだけですがね。メキシコのあちこちで何人もの親分の家へ行きましたが、このオフィスはほんとうにすばらしい。旧世界の様式ですね」

仮面をつけた男が、デスクから自分の飲み物を取った。薄い琥珀色(こはくいろ)で、テキーラかメスカルだろうと、カルドーサは思った。男がひと口飲んだ。「ああ、そうなのかね。じつはわたしははじめてここを見ているんだ」仮面の男も、周囲を見た。「前にきいたとき、隠れ家は二十二カ所あるといわれた。移動しつづけなければならないんだ。難民みたいに。それがこの仕事に付き物だというのは、わかるだろう」

「わたしの仕事ではちがいますよ、大親分(エル・パトロン)。わたしはしがないコンサルタントです」笑みを浮かべて、カルドーサはいった。「家は一軒、あとはホテルを転々と」

デスクの奥の男は、その言葉をちょっと考えてからいった。「あんたについて知っていることを話そう。表向きの仕事や、公式の肩書ではない。あんたがほんとうにやっていることについて、話をしようじゃないか。あんたは特定の組織と同盟を組んだり、提携したりしていないが、ほとんどの組織と友好的だ。ほとんどはわたしの顧客だが、あとは……わたしの敵だ」

「でも、彼らはわたしの敵ではありませんよ、大親分（エル・パトロン）。それがあなたの利点になっている。わたしを顧問として雇っているからです」

「あんたみたいに数多くの組織とつながりがある人間は、ほかにはいないと聞いている。シナロア、ラ・ファミリア・ミチョアカーナ、ハリスコ新世代カルテル、カルテル・デル・ゴルフォ、ロス・セタスみたいないかれた連中とも結びついている。政府にも協力者がいる。連邦政府、陸軍、海兵隊。こういったことすべてと、表向きの仕事。あんたはよっぽど踊りが上手にちがいない、セニョール・カルドーサ」

「わたしはすべての組織と、相互の利益になるように働いています。組織化された社会があるからこそ、親分同士が正式なパートナーシップを組める。すべての人間のあいだを歩いて、全員と話ができる人間は、貴重なんです」カルドーサは、スコッチをまた飲んでから、グラスのなかで氷をチンと鳴らした。「わたしはすべてのカルテルのほんとうの仲介人になることで、生態的地位（ニッチ）を創りあげたんです」

仮面の男がいった。「すべてのカルテル？　わたしが聞いた話とはちがう」

カルドーサが、謝るように肩をすくめた。「ええ。そのとおりです（シ・エス・ラ・ベルダード）。ロス・カバジェロス・ネグロスとは、まだ関係を確立していません。いまのところは。しかし、もうじきそうなるでしょう」

「ああいう山の連中は、だれとも友人にならない」

「わたしが例外になるのを期待しています、大親分（エル・パトロン）。しかし、これまでのところ、ラファ・アルチュレタと黒い騎士は、とらえどころがない。彼らは西シエラマドレの〝悪魔の背骨（エスピナソ・デル・ディアブロ）〟にいて、アルチュレタが地域の町をすべて牛耳（ぎゅうじ）っている。政府と警察の要職はやつの配下です。殺し屋（シカーリョ）と命令に従う地元住民を軍隊なみに組織している。他の組織が守っているような掟（おきて）には従わない」

大親分（エル・パトロン）がいった。「カルテルは、何事にも掟があるということがわかる程度には文明化している。ロス・セタスも自分たちの縄張りは知っていて、そこからは出ない。アルチュレタはちがう。掟を持たないと見なされている。ある意味では、あんたとおなじように、特定の主（あるじ）を持たない。教えてくれ、カルドーサ。主を持たないのは、どんなふうなんだ?」

「あなたはグルポ・デ・グアダラハラを率いています。アカプルコの各港を支配している。中国、インド、バングラデシュからの化学製品輸送の市場を、ほとんど一手に牛耳っている。あなたには、セニョール……主などいないでしょう」

「顧客がわたしの主だ。それに、顧客は……要求を押しつける。すべての組織がわたしの輸送路を使い、メタンフェタミンを加工処理する化学物質をわたしから買う。場合によっては揉め事を――」

「すべての組織ではなく、例外が――」

こんどは、年配の男がグラスをふった。「そうだ。すべての組織ではなく、例外がひとつある。ロス・カバジェロス・ネグロス。やつらはどこかべつのところから、供給を受けている。中国の製品で、ヨーロッパとアメリカを経由し、北米自由貿易協定のトラックで運ばれているのだと思われるが、確証はない」

カルドーサは答えた。「じきにわかるかもしれません。あなたの配下にもいったように、首都の人脈から話を聞いています。黒い騎士と会うためにまもなく西シエラマドレへ行く政府の代表団の詳細をつかんでいます」

「あんたはコンサルタントだといった。結構だね。わたしに助言してくれ」

「わかりました。メキシコ内務省の役人がふたり、国連の上級職がふたり、アメリカの警備会社の警護班といっしょに、三日後に首都を出発します。代表団はグアナファト、サカテカス、ドゥランゴを経て、山脈にはいります。そこまでの道のりと山中を安全に通れると、ロス・カバジェロス・ネグロスに約束されています」

大親分（エル・パトロン）がいった。「ネグロスは、起こりかけている戦争を国連によって避けられることを願っている」デスクのそばに立っていた接客係のほうをちらりと見た。接客係がクリスタルのデキャンタを持って進み出て、薄い琥珀色の酒をグラスに注ぎ足した。大親分（エル・パトロン）が、それを飲んでからいった。「セニョール・カルドーサ、国連の行動が……抵抗に遭うことが重要だ」

カルドーサは、自分のグラスの縁を指でなぞった。「もちろん、あなたの配下から、ご希望の旨（むね）は聞いています。ですが、正直いって、困惑しています。西シエラマドレにどうしてそれほど関心を抱くのですか？　あなたの縄張りではないし、ほしくもないでしょう」

「陸軍が大挙して西シエラマドレを攻略したら、戦争でそこの麻薬工場、罌粟（けし）畑、マリファナ、コカイン、メタンフェタミンの生産がすべて壊滅する。わたしのアカプルコの港は、北部の組織にとってさらに重要になる。ロス・カバジェロス・ネグロスはいま、わたしの顧客ではなく競合する相手から商品を買い、わたしの顧客に損害をあたえ、敵を強化している。そいつらを取り除くことができる。

いっぽう、国連平和維持団が西シエラマドレへ行ったら、住民保護という名目で黒い騎士を国連が保護しようとするだろう。陸軍が乗り出せば、いずれ黒い騎士を壊滅させるだろうが、それまでに甚大な損耗（そんもう）をこうむるはずだ。陸軍と黒い騎士の両方が消耗すれば、わたしの立場が強まる」仮面の男の腹から、しわがれた笑い声が発せられた。「わたしの敵同士が戦うのだ、カルドーサ。それをここから見物するのは、悪くないだろう？」

カルドーサが、スコッチを飲み終えた。接客係が、頼まれてもいないのに瓶を持って近づいたが、カルドーサは手をふって追い払い、大きなデスクの奥の男に注意を戻した。

「もうひとつ問題があります、大親分（エル・パトロン）。国連が安全地帯を設ける取引を結べなかったとしても、陸軍が黒い騎士の縄張りに侵入するのを阻む要因があります」

デスクの奥で、大親分（エル・パトロン）がうなずいた。「ミサイルのことをいっているんだな」

「そうです。歩兵携行式のイグラ‐S地対空ミサイル（SAM）発射システム六十基とミサイル百二十発が、五カ月前にベネズエラ軍駐屯地から盗まれました。カラカスからわが国の美しい海岸線まで運ばれたことを、アメリカが追跡しています。そこで足跡は消えましたが、今月初旬、シナロア上空を飛行中のメキシコ海兵隊ヘリコプターに向けて、地対空ミサイル二発が発射され、十九人が殺されました。国際刑事裁判所(ICC)は、ラファ・アルチュレタを戦争犯罪で告発することを検討しています。それには、ミサイルをアルチュレタが所有していて、発射を命じたことを証明する必要がありますが」

「アルチュレタがICCに逮捕されるわけがない」仮面の男はいった。

「同感です。しかし、敵が地対空ミサイル(SAM)百十八発を持っていたら、陸軍は攻撃に踏み切れないでしょう。戦争遂行にはヘリコプターと上空支援が必要だし、若い兵士が乗っている輸送機が毎日のように撃墜されたら、国民が黙っていないでしょう」

「つまり、方程式からミサイルを取り除く方法を見つけなければならない」

「方法はあります」カルドーサが、自信をこめていった。

「教えてくれ」

旧世界風のオフィスのまんなかで椅子に座っていたカルドーサがいった。「わたしを信用してもらわないといけません。やりかたは明かしません、セニョール。わたしがもっとも尊敬しているあなたにもいえないことです」

「いいだろう。評価されるのは結果だ。どういうやりかたで実行するかは、気にならない」

「結構(ブェノ)です。では、わたしに望んでいることを、具体的にいってもらえますか」

「あちこちの組織と話をしてもらいたい。あんたの魔法を使ってくれ。西シエラマドレに陸軍を送り込みたいという、わたしの要望のもとに、彼らを団結させてほしい」大親分（エル・パトロン）が笑みを浮かべ、仮面の細い穴の奥で、目が鋭くなった。「簡単にいえば、わたしの敵、黒い騎士に対する混沌（こんとん）を引き起こしてほしい」

カルドーサが、それを聞いて顔をしかめた。「混沌はこの世の自然状態ですよ、大親分（エル・パトロン）。それをコントロールできないから、混沌と呼ぶのです」やがてしかめた顔に笑みが浮かんだ。「ですが、それも手伝えると思います」

大親分（エル・パトロン）も笑みを浮かべた。「頼むのはそれだけだ、友（アミーゴ）よ。ランチにしようか？」

13

ジョシュ・ダフィーは、十六年前の型のフォードF-150を、午後七時過ぎに自宅のカーポートに入れた。いつもより晩(おそ)かったが、ダフィーが小さな花束と赤ワインを一本持ってドアからはいってきたので、ニコールは納得した。

ダフィーが品物をいっぱい抱えているのを見て、ニコールは片方の眉をあげ、花束を渡されると、怪しむようにほほえんだ。

「どういうこと?」ニコールはきいた。

ダフィーはニコールにキスをして、にっこり笑った。「仕事ではいい一日。家には美人の奥さんと家族。それだけだ」

ニコールは花束を受け取って、キッチンへ行った。「活(い)けるわ。ワイングラスを捜してみて。最後に使ったのがいつか、思い出せないのよ」

テーブルには夕食の用意ができていた。ダフィーは、ブレザーを脱ぐ前に、モールで買ったお菓子の袋ふたつを出した。マンディーとハリーに、それを差し出した。「食事のあとで」

ダフィーのうしろでニコールが眉根を寄せたので、子供たちが歓声をあげた。

ニコールが、すこし前に子供用の高い椅子をやめてチャイルドシートを使っているハリーを含めた四人の席の前にスパゲティとミートボールの皿を置いた。それから、全員にサラダの小さな皿を置き、ダフィーが買ってきたお菓子を食べさせるから野菜を食べなさいと、子供たちに注意した。ニコールがようやく腰をおろすと、ダフィーがワインを注いだ。

「一杯だけよ」ニコールがいった。「仕事に行かないといけない」

ダフィーは笑った。「落ち着いて。きみを酔っ払わせようとはしないから」

「長い夜になるのよ。眠くなるのが心配なの」

「わかった。妥協しよう。一杯だけにする。たっぷり注いで」ダフィーはワインを安物のワイングラスの縁まで注いだ。

ニコールがあきれて目を剝いた。「品がないわね」

四人は小さなテーブルのまわりで手をつなぎ、ダフィーと家族三人が祈りの言葉を唱えた。それが終わると、ニコールはワインをひと口飲み、まだ怪訝な顔で夫を片目で見ながら、フォークに手をのばした。

子供ふたりは、食べながらきょうの話をした。ダフィーはずっと熱心にふたりの話を聞いていたが、ニコールはほとんどしゃべらず、料理を食べ、ワインを飲みながら、ずっとダフィーのほうに視線を向けていた。ダフィーは気づいていないように見えた。十分過ぎると、話がとぎれ、ニコールは我慢できなくなった。「わかった。もういいでしょう。頭にきちゃう」

ダフィーはフォークを置いた。「どういうことだ？」

「わかってるでしょう。ワインと、わたしには花を、子供たちにはお菓子を買って、家に帰ってきた。わたしに話したいことがあるからでしょう？」

それを聞いて、ダフィーは笑った。「ちょっとお祝いがしたかっただけだ。子供たちが寝たら話すよ。いい報せなんだ。心配しないで――」

「子供たちがいい報せを聞きたくないわけ？」

マンディーが口をはさんだ。「あたしもいい報せが聞きたい」

ニコールは、息子のほうを向いた。ハリーは、スパゲティソースを口と顎にくっつけて、チャイルドシートに座っていた。「ハリー、いい報せを聞きたいでしょう？」

「うん！」

ニコールは、片方の眉をあげ、満足げににやにや笑って、ゆっくりと夫のほうを向いた。

ダフィーは笑みを浮かべて、ワインをひと口飲んだ。「兵隊を整列させて、おれに対抗させるのか」

「戦うときはやりかたを選ばない。わたしと結婚したときに、わかったはずよ」

「ああ」

「どういうこと？」

ダフィーは間を置いた。じつのところ不安だったが、自分をじゅうぶんに掩護（えんご）できると感じていた。ようやく口をひらいた。「新しい仕事を見つけた」

ニコールはかなりびっくりしていた。「えっ？　きょう？」

「ああ。三時に面接だった。その場で雇われた」

「すごいじゃないの！」ダフィーとニコールは抱き合い、キスをした。離れたとき、ニコールは顔いっぱいに笑みをひろげていた。「どういう仕事？」

ダフィーが笑みをくずさないでいった。「セキュリティの仕事だ」

ニコールがすこし首をかしげた。「セキュリティ？　いまも警備（セキュリティ）の仕事でしょう」

ダフィーは料理に目を戻して、フォークを取った。「これはちがう。モールよりずっとましだ」

「どういうふうに？」ニコールはきいた。興奮した口調だったが、いくぶん不安に襲われていた。

ダフィーは咳払いをした。「アメリカ国外（OCONUS）なんだ。一時的だが、報酬がいい。〈ギャラリア〉にもう休暇をもらってある」笑顔で料理を見て、スパゲティをすこし食べた。

マンディーがきいた。「オー・コーンって、どういう意味？」

ニコールがマンディーに説明した。声がすこしくぐもって、数秒前の興奮が消え失せていた。「合衆国本土の外ということよ」

「合衆国の外っていうのは――」

「ダディは、外国に旅行するといっているの。でも、それについてまずたしかめないといけない」ニコールは、ダフィーの肩に手を置いた。やさしさからではなく、自分のほうを向かせるためだった。「また民間軍事会社（PMC）なのね？　管理部門の仕事なの？　そうなの、ジョシュ？　兵站（へいたん）？　作戦じゃなくて、管理部門か兵站なんでしょうね」

ダフィーはグラスに手をのばしかけたが、見え透いたしぐさになると判断した。「まあ……厳密には、そう……作戦だけど――」

「作戦？　どういうこと？　あなたには作戦なんかできないでしょう」

ダフィーはがむしゃらにワイングラスをつかんだ。ダフィーがすぐに答えなかったので、ニコールはいった。「静止警備？　どこかの哨所を護（まも）るの？　ヨーロッパのどこか？」

「それが……ちがうんだ」

ニコールは、自分が聞いていることが信じられなかった。「静止じゃないの？　移動する仕事？　あなたがいっているのは移動警備なの？」

ダフィーは、できるだけ気楽なふうを装って、さりげなく自分のグラスにワインを注ぎ足した。「そうだよ、ベイビー。でも楽な仕事だ」

ニコールは、ほとんど叫ぶような声になっていた。「中東で？」

ダフィーは、激しく首をふった。「いや、もちろんちがう。メキシコへ行くだけだ。子供たちのお土産(みやげ)に、くす玉(ピニャータ)（なかにお菓子がはいっている）を買ってくる」

マンディーがきこうとした。「なあに、ピニャータって――」

「メキシコ！」ニコールがどなった。「それでわたしが安心するとでも思ったの？　ニュースを見ていないの？　レバノンに戻って、ヒズボラに始末されるほうがましよ」

ダフィーは、目を皿のようにしている子供たちのほうをちらりと見てから、子供たちがいるのに気づいていないように見えるニコールに目を向けた。

ダフィーは、反論しようとしたが、やめて、テーブルの上でニコールの手に手を重ねた。

「三万五千ドルなんだ、ベイビー」

ニコールが、信じられないというように、口をあけてダフィーを見た。「待って……三万五千ドル？　期間はどれくらい？」

「国内で準備に一日、それから三週間の旅だ」ニコールがじっと見つめていたので、暗算しているのだとダフィーにはわかった。それに、これから騒ぎ出すということもわかっていた。ダフィーはいった。「スパゲティを渡してくれないか？」

ニコールは、スパゲティのボウルには手を出さなかった。「わたしは馬鹿じゃないのよ、ジョシュ。三週間の仕事に三万五千ドルを払うのは、楽な仕事じゃないからよ。高度の脅威なんでしょう？」

ダフィーは肩を落とした。仕事の内容を潤色してニコールをなだめたいと思っていたが、甘かったと気づいた。ニコールは頭が切れるから、そんなことは通用しない。

「おれたちにはその金が必要だ」というのがやっとだった。

「お金は必要だけど、そのお金はもらいたくない。危険すぎる」

「危険にはならない。何人かの外交官と政治家が仕事をやるあいだ警護するだけだ。おれはチームリーダーになった。これが万事うまくいったら、管理のいい仕事がもらえるかもしれない」

ニコールが首をかしげた。「チームリーダー？　三年もブランクがあるのよ。チームリーダーになったことはないし、新しい仲間の指揮官として雇われるわけでしょう？　脚のことはどうやって乗り切るの？」

「業界の人間は、いまもおれの評判を知っているんだ。おれのことを、頼りになる男だと思っている。義足のせいでおくれをとりはしない。きみもそれはわかっているだろう」

ニコールが、ダフィーを睨（にら）みつけた。「体力テストはなかったといったわね」

「あさって出発だから、時間がなかった。それに、向こうは、おれに必要な体力があるとわかったようだから――」

「高リスクの移動ＯＣＯＮＵＳ作戦をやるのに、契約社員に体力テストを受けさせないＰＭＣが、どこにあるっていうのよ？」答を聞こうとするとき、ニコールはぎゅっと目をつぶった。「ジョシュ……お願い。まさか、アーマード・セイントの仕事を引き受けたんじゃないでしょうね」

マンディーの声は、母親の声と比べると、ことにおとなしく聞こえた。「もう行ってもいいですか？」

ニコールが、急に子供たちのほうを向いて、唇（くちびる）を嚙（か）んだ。「ええ、いいわよ」ナプキンを取って、ハリーの顔を拭き、マンディーに向かっていった。「弟をリビングへ連れていって、テレビを見てて」

ダフィーはさっとワインをひと口飲んでからいった。「もう行ってもいいですか？」

ニコールは、ダフィーのジョークに反応せず、子供たちが離れていくのを待った。ふたりが行ってしまい、リビングのテレビの音がキッチンに流れてくると、一瞬間を置いて、気を静めてから、ようやくいった。「いまあなたから聞いていることが、信じられない。地球上で二番目にひどい民間軍事会社の仕事をやって殺されかけたのに、こんどはほんとうに最悪な会社の仕事を引き受けた。アーマード・セイントの評判を、あなたはわたしよりもよく知っているはずよ。それに、あなたはもう熟練の銃手じゃない。メキシコで高度の脅威の移動警護をやるのは、モールでシナモンロールを万引きするひとを相手にするのとはぜんぜんちがうのよ」

ダフィーはいった。「まず、チーズデニッシュだった。それに、おれはそいつを捕まえた。そうだろう？」

「冗談はやめて。いまは」

ダフィーは、溜息をついた。「仕事はこなせる。信じくれ」

ニコールは、ダフィーの頰に手を置いた。「もちろん信じている。でも、メキシコのカルテルやアーマード・セイントは信用できないし、アーマード・セイントに雇われている負け犬も信用できない。アーマード・セイントの仕事をやるのは、どこも雇ってくれないからよ」

「事実に目を向けよう。おれもその負け犬なんだ」

「あなたは負け犬じゃない。絶好調なときは最高だった」ニコールは、ダフィーの首すじをつかんだ。「でも、そういう暮らしをあとにした」

ダフィーは、狭いキッチンと狭い借家を、怒りをこめた片手で示した。「それで手に入れたのがこれだ」

ニコールが、ダフィーの首すじをつかんだまま、首をふった。「それはあなたが怪我をしたからよ。いろいろなことが、わたしたちに不利に働いたけど――」

ダフィーは、ニコールの手をふり払った。「ちがう。いろいろじゃない。ひとつだけだ。たったひとつ。これだ」下に手をのばして、左脚を持ちあげ、チノパンをめくって、カーボンファイバーの義足をむき出しにした。

ニコールが椅子に座り直して、腕を組んだ。「ええ、ジョシュ。わたしはずっと見ているのよ。昼間も夜も病院であなたといっしょだったから。リハビリのときも、何カ月もいっしょだった。憶えているでしょう？」

ダフィーはズボンの裾をおろし、足を床におろした。「脚をなくしたとき、おれたちの未来を傷つけた。子供たちの未来を。それをもとに戻すのが、おれの責任だ。いま、それをやろうとしているだけだよ」

ニコールが口調を和らげた。「ベイルートであの女性を道路に置き去りにして死なせたら、あなたはどこもなくさずに戻ってこられたかもしれないけど、そうしたら、あなたはどういう人間になっていたかしら？　どんな父親になっていたかしら？」

ダフィーは答えなかった。

ニコールが身を乗り出して、ダフィーにキスをした。「わたしたちは、あなたを愛している。そのままのあなたを受け入れるわ、ダディ」

ダフィーがまた身を引き、決然とした目つきになった。「いいか、おれみたいな男に、チャンスは二度とめぐってこない。けさ仕事に行ったとき、おれはもう終わっていた。だめになっていた。たまたま旧い友人に会って、一度チャンスを得た……ここから脱け出すたった一度のチャンスだ。おれたちは家賃を払うのもやっとだ。家族がトレイラーハウスに引っ越すようなことにはなりたくない。そんなことにはしない」

こんどはニコールが黙る番だった。

「一カ月たったら」ダフィーはいった。「なにもかもが変わる。おれはこれをやらなければならない」

ニコールがいった。「ねえ、父に頼んで――」

「きみは前に父親に頼んだじゃないか。二年前に。そして断わられた。おれも去年頼んで、断わられた。きみもおれも、いまさら援助してくれと頼めるわけがない」

ニコールが、目を閉じた。「わたしは昼ももっと働く。なんとかできる。わたしたちは、もっと有効なやりかた――」

「無理だ。ここから脱け出すには金がなければならないし、金を稼ぐいちばん早い方法は、おれが前にやっていた仕事に戻ることだ。おれが得意なことに。おれのいうことが正しいとわかっているはずだ、ニッキ」

会話はそれから十分つづいた。ついにニコールはしばらく両手で頭を抱えた。ダフィーはニコールの肩をなでて慰めようとしたが、ニコールが顔を起こしたとき、思いちがいをしていたと気づいた。ニコールは泣いていなかった。避けられないことと折り合いをつけていた。

ニコールは、きつい視線でダフィーを見据えた。「わたしがなにをいっても、やめないんでしょう？」

ダフィーは首をふった。「今回はやめない」

ニコールが、納得したようにうなずいた。「それなら……」テーブルから体を離した。「あなたを準備させたほうがいい。マーラに電話して、今夜はわたし抜きでやってもらう」

「どうして？」

「あなたを準備させるのに、三十時間くらいあるでしょう？　わたしは陸軍将校だった。あなたはちがう。はじめて指揮官をつとめる。知っておくべきことがいろいろある。それに……誤解してほしくないけど、あなたは三年前とは体の状態がちがう。メキシコの仕事に備えて、あなたをできるだけ厳しく鍛えて、準備させるつもりよ」

ダフィーは、すこし笑みを浮かべた。「わかった」

ニコールは、ダフィーを頭のてっぺんから爪先まで見た。「トレーニング用の服に着替えて。長い夜になる」

ダフィーは、笑みを浮かべたまま、立ちあがった。「はい、大尉」

14

オスカル・カルドーサは、メキシコ各地を転々としながら、かなりいい暮らしをしていた。移動はすばやく、ひそかに行なっていた。カルドーサ流のシャトル外交まがいの働きで、カルテルは利益に注意を集中するようになっていたが、つねに消さなければならない炎があり、ひとりの指導者の希望をべつの組織の首領(ヘフェ)に面と向かってじかに伝えるための緊急会合や小旅行が頻繁(ひんぱん)にあった。

時間を節約し、高速道路を使う旅が安全ではない地域を避けるために、カルドーサはほとんどの場合、航空機で移動していた。

カルドーサは、自家用機を所有していなかった。危険を冒しながら転々とするときに、自家用機は足跡を残すし、カルドーサのような仕事では、足跡を残すのを避ける必要がある。おなじ理由から、作戦ごとにチャーター会社も雇う飛行機も変えていた。移動の痕跡を隠蔽(いんぺい)する必要があるとわかっていたので、メキシコの二百社以上の航空会社のひとつを選んでチャーターし、入念に創りあげて偽装を補強した二十数種類の偽名の身許のいずれかを使うという戦略で、コンサルト業を行なっていた。ジェット機を多数保有しているメキシコシティやグアダラハラの一流大手航空会社、田園地帯の人里離れた飛行場の小規模な会社、パイロットひとりが一機だけ所有している自営業など、多種多様な航空会社が、メキシコにはある。

けさのカルドーサの任務では、メキシコシティから、メキシコ北部にあってテキサスとの国境に近いコアウィラ州の田園地帯へ行くことになる。かなり距離があるし、スケジュールをきちんと守らなければならないのだが、カルドーサはジェット機や高速のターボプロップ機を使わないことにした。目的地の飛行場は僻地にあり、ジェット機では着陸できないし、ターボプロップ機では無用の注意を惹く。そこで、単発のピストンエンジン機を三機だけ運用しているトルカの小規模なチャーター会社を選んだ。

午前四時、カルドーサは世界最速の単発ピストンエンジン機ムーニー・アクレイムの二〇一八年型に乗り、メキシコシティ近郊のそこから目的地まで四時間のフライトに出発した。いまは午前七時三十分で、カルドーサは、コアウィラ州北部の砂漠上空、高度一万五〇〇〇フィートを高速で飛ぶ小さな飛行機の右座席に乗っていた。パイロットとカルドーサの前の計器盤を見ると、対気速度が二〇〇ノットだとわかり、カルドーサは満足した。

砂漠上空で降下を開始すると、やがて緑色の長い山脈が正面に現われ、ムーニーは一二〇ノットに減速し、起伏の多い地形を縫うように飛びはじめた。

会談は午後九時で、カルドーサは時間どおりに到着できるはずだった。これから話をする相手を、カルドーサはよく知っていた。これまで、シウダー・フアレスとヌエボ・ラレドで対面したことがあるが、メキシコ北部のこの奥地で会ったことはなかった。

きょうの会談は、ロス・セタスの構成員が相手だった。ロス・セタスは、かつてはメキシコ最大の麻薬カルテルで、この十年のあいだに構成員と縄張りがかなり減ったとはいえ、練度の高い兵隊数百人を擁している。その大部分は国境に近いここや、西部の孤立した縄張りや、南のチアパスにもいる。中央集権型の司令官がいまもいるが、かつてのような多国間麻薬密輸を稼業とする組織ではなくなり、長年のあいだに、地域の組織犯罪に手を染める独立した地方の派閥の集まりに変容した。

ロス・セタスは、小規模になり、スリムになり、国際社会と国内での影響力も小さくなっているが、構成員たちが強力な軍事機構を維持していることを、カルドーサは知っていた。

ロス・セタスの構成員は戦士、殺し屋なのだ。

カルドーサは、この五年のあいだに、ロス・セタスの司令官ふたりと、じかに会っていた。ひとり目の司令官と、本来ならロス・セタスの仇敵のカルテル・デル・ゴルフォとの協定をまとめた。そのあと、数カ月後に司令官がテンプル騎士団カルテルに暗殺されると、カルドーサはふたたび空路でヌエボ・ラレドへ行き、新司令官にあらたな取り決めを結ばせた。

しかし、きょうの会合では指導者たちとは会わない。ロス・セタスの頭目は、カルドーサが考えた計画にすでに同意しているので、作戦の戦術指揮官が役割を理解していることを確認するための会合だった。

ムーニーは、薄い朝霧のなかで、エル・インファンテという小さな集落の外にある飛行場に着陸した。泥に覆（おお）われたジープ五台が、狭い駐機場で一列に並んで待っていた。カルドーサは、バックパックをひとつだけ持って降機し、先頭のジープへ行った。茶色い戦闘服を着てAR-15を肩から吊っている若い男ふたりが、カルドーサをボディチェックし、バックパックも取りあげられて調べられた。カルドーサはリアシートに乗るようながされ、バックパックは重武装の殺し屋（シカーリヨ）がフロントシートでそのまま持っていた。ジープ五台に二十人ほどが乗っていて、すぐに飛行場の出口を目指して猛スピードで走り出した。

きょうはオスカル・カルドーサの頭にフードはかぶせられなかった。その代わりに、赤いバンダナで目隠しをされた。カルドーサはちょっと肩をすくめてから、座席にもたれて、車の旅に備えた。

ほとんど下り坂の曲がりくねった道を二十分も走らないうちに、ジープが速度を落としてとまるのがわかった。カルドーサの目隠しがはずされ、両側に樹木が生い茂っている泥の道にとまっているとわかった。銃声が聞こえたが、近くではなかったし、周囲の男たちはまったく興奮していなかった。

カルドーサも含めた全員がジープをおりた。銃声を聞きながらしばらくじっと立っていると、カルドーサの側の森から男の一団が現われた。全員が武装し、体が濡れ、泥にまみれていた。銃を持ち、タイガーストライプの迷彩服の上に予備弾倉の帯をかけていた。

一団のうしろから、ひとりの男が現われた。三十歳くらいで、男たちのなかでもっとも年上で、ジャングルストライプの迷彩服を着て、多用途ベルトに拳銃を吊るしていたが、若い男たちとはちがって、泥にまみれてはいなかった。

小雨が降りはじめたが、その男も周囲の十数人の若い男も、気にするようすもなく近づいてきた。

拳銃を携帯している男が、にやりと笑い、新品だとわかる〈ＲＥＩ〉のアドヴェンチャーウェアを着ているカルドーサを、頭のてっぺんから爪先まで眺めまわした。「セニョール・カルドーサ。ロス・セタスの領土にようこそお帰り」

ロス・セタスはもう領土といえるようなものを維持していないと、カルドーサは思ったが、この奥地のジャングルを支配していることはたしかだった。

「また会えてうれしい、ロボ」

ふたりは暖かい抱擁を交わした。ロボには肉が盛りあがっている深い傷があり、それが顎から喉におりて、迷彩服の下に見えなくなっていた。童顔だが、風雨に鍛えられた顔だった。ロボは都会の若者としてメキシコ海兵隊に入隊し、除隊してカルテルにくわわった。生まれてから三十年のあいだ、ロボは悲惨な出来事を数多く目のあたりにし、自分もそういうことを何度となくやってきたのだろうと、カルドーサは思った。

煙草のやにで汚れた歯をむき出して、ロボが笑いながらいった。「北への旅は順調だっただろうな」

カルドーサは、抱擁を解きながら年下の男の腕を叩いた。「突然だったのに、便宜をはかってくれて感謝している」

ロボが、それに対して肩をすくめた。「上からの命令だ。訓練キャンプにあんたを案内するなんて正気の沙汰じゃないとおれはいったんだが、おまえの意見などどうでもいいからいうとおりにしろといわれた」怒っているようではなく、笑っただけだった。「おれは優秀な兵士だ。命令に従わなければならないときがあるのを心得てる」

「わたしもだ」カルドーサは、必要なことをやらせるソーシャルエンジニアリング（人間の心理につけ込んで情報を入手したり、相手を操ったりすること）の一環として、交渉する相手に取り入る名人だった。グルポ・デ・グアダラハラの大親分と会うときは、都会的な紳士を装った。戦闘で鍛えられた現場指揮官の前では、兵士を装う。

それに、誉め言葉の効果にも通じていた。「さっきの銃撃を聞いて、規律が正しいのがよくわかる。これから行なう作戦に向けて、あんたの部下には猛訓練をやってもらいたい」

ロボが、またにやりと笑った。「まあ見てくれ」

曲がりくねっているぬかるんだ山道をふたりが五分たらず歩くと、小さな山峡の縁に達した。武装した戦士の一団が、下に見えた。二十人ほどの班単位で訓練し、四セクションがいた。

「あんたの部隊は……えー……総勢八十人か？」

「そうだ。四セクション。兵隊五人が一個分隊で、一セクションは四個分隊から成っている。それにくわえて、任務指揮官のおれがいる」

眼下の山峡で、一セクションが斜面の前に並べられたターゲットに向けて進んでいた。五人ずつ斉射しては、つぎの分隊が前進できるように、左右に離脱した。最初の分隊はすばやく最後尾の分隊のうしろへ下がり、弾倉を交換して、最前列に出るまで待った。

このセクションの銃撃には切れ目がなかった。狭い山峡の遠い側では、べつの一団が走っているピックアップ・トラックの後部から、鋼鉄のターゲットに向けて撃っていた。あとの二セクションは、ライフルの弾倉を交換し、ターゲットを撃つ訓練の順番がまわってくるのを待っていた。

カルドーサはいった。「戦略レベルの計画は知っている。戦術レベルについて教えてほしい」

山峡の上にいたふたりは、しばらく眺めていたが、やがてロボがいった。「あさって、西シエラマドレへの旅をはじめる。おれの部下はやるべきことを知ってる。ほとんどが、陸軍か海兵隊にいた。全員が、シウダー・ファアレスやヌエボ・ラレドで人を殺した。おれたちはロス・セタスだ。戦うのが得意だ」

「武器と輸送手段は？」

「あんたが見ているとおり、AK、AR、G3のようなライフルがほとんどだ。あと手榴弾とRPG-7、大量のRPGだ。輸送手段は……バスで西へ行く。そこでピックアップが待っていて、敵地までおれたちを運ぶ」

カルドーサはうなずき、バックパックからiPadを出した。アウトドアでの過酷な扱いのために耐久性を強化してあるので、雨に濡れても問題ない。カルドーサは、メキシコ西部の地図を表示して拡大した。「了解した。連邦政府は外交団の車列をソンブレレテまで護衛する。低地の陸軍の最前線までだ。その先は低山、そして山脈だ。陸軍ですら、山には登らない。だから、ソンブレレテまでだ。

そのあと、車列だけで西シエラマドレ山脈にはいる」

ロボが、胼胝(たこ)のできた指で、地図の山脈の南東を指さした。「国連の馬鹿野郎(ペンデホ)どもとちっぽけな警護部隊を、ソンブレレテのすぐ先で攻撃できる。山脈の高みに達する前に」

カルドーサは、片方の眉をあげた。「山地が怖いのか?」

ロボが、弁解するように答えた。「なにも怖くない。ただ——」

カルドーサは笑みを浮かべて、高耐久性のiPadから雨水を拭いて、バックパックにしまった。「いいんだ、友よ(アミーゴ)。わたしも山地は怖い。あんたとおなじように、そこまで登りたくない。しかし、登るしかない。代表団を皆殺しにしたとき、黒い騎士の仕業(しわざ)に見せかける必要がある。それには山中でやらなければならない。

それで平和維持団の任務は消滅して、陸軍が投入される。グアダラハラが、あんたの組織の指導者たちと交渉して、これをすべて決めたんだ」

ロボが煙草に火をつけてカルドーサに勧め、カルドーサが断わった。ロボがいった。

「そういうことはすべて知ってる。くどいようだが、上から命令を受けているからな。いまはいわれたとおりにやるよ、アミーゴ。いつの日か、あんたとおれがすべてを牛耳(ぎゅうじ)るようになったら、おたがいに、グアダラハラの下劣な野郎(カブロン)の指図を受けずにすむだろう」

カルドーサは、ロボの肩に手を置いた。「あんたはいつの日か、ロス・セタスを仕切るようになるだろう、ロボ。わたしにはわかる。しかし、わたしは？　なにも仕切らないだろうな。わたしはしがないコンサルタントだ」

ロボが、馬鹿をいうなというように、鼻を鳴らした。「あんたがそれ以上の人間だというのを知ってる、アミーゴ。おれの指導者たちがほのめかした……はっきりとはいわなかったが。あんたは重要人物だし、だれも手出しできないというんだ」

気楽な感じを装って、カルドーサは話題を変えた。「車列が厄介(やっかい)な問題に気をとられるように画策するつもりだ。頭のいかれたインディオや被害妄想の地元住民が、古いライフルを持って自分たちの麻薬を護(まも)ろうとしている、というような話をひろめる。そのあと、代表団と警護班がやっと〝悪魔の背骨〟に登り、ラファ・アルチュレタと会ったあとで、あんたたちが攻撃し、掃滅する。そして、死の山からさっさと逃げ出し、二度とあとをふりかえらない」

ロボが首をかしげた。「どうして会ったあとにするんだ？」

「いまからそのときまでに、わたしにはやることがあるが、国連代表団が到着したときには、アルチュレタとかならずそこにいるはずだ。もちろん、表には出ない。黒い騎士は先進型の地対空ミサイルを持っている。会見ではそれについて話し合われるはずだし、わたしはミサイルの所在を知る必要がある」

「理由は？」

「われわれが望んでいるとおり戦争になったときに、航空機を飛ばせなかったら、陸軍に勝ち目はないからだ。黒い騎士は山を制している。陸軍は空を制する必要がある。われわれはミサイルの所在を陸軍にこっそり教える」

ロボは、驚きだけではなく、疑念もあらわにした。「それじゃ、陸軍を支援することになるんじゃないのか？」

「五角の戦いにしたいだけだ、アミーゴ。戦争が長引けば、それだけ損害が大きくなる。兵員を輸送するジェット機が五、六機、西シエラマドレの上空で撃墜されたら、陸軍は撤退するだろうし、国連はつぎの代表団を送ってくる。遅かれ早かれ、国連軍のやつらが山地を支配するようになる。そいつらは黒い騎士を保護するだろう」

ロボは、そういった説明すべてに聞き入った。ロボが殺し屋で、戦略を考える人間ではないことを、カルドーサは知っていた。それに、さっきはロス・セタスを率いることになるだろうとロボを持ちあげたが、この自信過剰の荒くれ男が仕切れるのは、せいぜいいま指揮している四セクションが限度だろうと思っていた。ロボはずる賢く残忍な殺し屋で優秀な子分だし、軍隊の戦術にも長けているが、もっと上にのしあがれるほど利口ではない。

ロス・セタスの中隊長のロボが、ようやくいった。「いいだろう。あんたの計画は正気じゃないが、それはおれの問題じゃない。おれは車列を全滅させて、〝悪魔の背骨〟から脱け出せばいいだけだ。あそこの連中は、カルドーサ、頭がいかれてる。尋常じゃない。もちろん、ロス・カバジェロス・ネグロスはそうだが、やつらだけじゃなくて、山にいるやつらはみんないかれてる」

カルドーサは、それに笑みで応じた。「どうして知っているんだ？　行ったこともないのに」

「ああ、行くとは思いもしなかった」

ふたりは笑い、最後にもう一度抱擁した。ロボはそれによって、自分たちは同類項で、おなじ任務に従事していることを示したつもりだった。

だが、カルドーサは、その抱擁に異なった解釈をしていた。自分たちはチームで、目的がおなじなのだと、哀れな馬鹿者を納得させることができたと思っていた。

カルドーサは、相手に仲間だと思い込ませることで成功を収めてきたのだ。

カルドーサはいった。「シナロアの幹部と話をしたらすぐに電話する」

ロボが、殴られたとでもいうように、半歩さがった。「シナロア？　クリアカンへ行くのか？　散弾銃（エル・エスコペタ）と会うために？」

「そうだ（シ）、会いたくはないが、やつらがあんたの作戦を邪魔しないように念のためだ」カルドーサはつけくわえた。「エル・エスコペタと仲が悪いのは知っている」

ロボが煙草を吸ってから、道の脇の茂みに投げ込んだ。「ああ、そうだな。やつはおれの従兄弟（いとこ）を殺した」

「気の毒に、アミーゴ。知らなかった」

ロボは肩をすくめた。「いいんだ。従兄弟は馬鹿野郎だった。だが、エル・エスコペタは、死の聖母（ラ・サンタ・ムエルテ）という死のカルトに取り憑（つ）かれてる。祭壇やウェディングドレスを着た骸（がい）骨（こつ）に祈る。頭がおかしいんだ」

「ロボ、そういうことにとり合わないのも、わたしの技倆（ぎりょう）のひとつなんだ。やつと話をする。あんたの部隊が山を通過する許可を、シナロアから取り付ける」

「あの山を支配してるのは、シナロアじゃない。山は黒い騎士の縄張りだ」

「そうだが、シナロアはあそこでやつらと戦っている。なんでもいいから全勢力をまとめて、ロス・カバジェロス・ネグロスに敵対させたほうがいい……よけいな不和を避けるために。

さて、アミーゴ、クリアカン行きの飛行機に乗らなければならない」

ロボが、驚嘆して首をふった。「カルドーサ、おれはこれまでの人生で、いかれたやつには何人も会った。だが、あんたがやるといったことが……半分でもほんとうだとしたら、あんたはおれが会ったなかでいちばん頭がいかれてる男だ」

それを聞いて、カルドーサは笑った。「いや、友よ。わたしはしがないコンサルタントだ」

ロボが、鋭い目つきになって答えた。「そうかい」

15

ヴァージニア州フォールズチャーチからワシントン・ダレス国際空港までは、ラッシュアワーだと何時間もかかるが、午前四時だったので、ダフィー一家にとっては楽なものだった。ダフィーが運転し、ニコールが夫にリーダーシップについて助言と忠告をささやき声で伝え、ハリーとマンディーがうしろのシートでいびきをかいていた。ダフィーはほとんどしゃべらないで、しじゅううなずきながら、自分は食わせ者で、部下と自分は殺されてしまい、二度と家族に会えないのではないかと心配していた。

だが、ニコールは、おなじことを考えていたとしても、それを巧みに隠していた。これまでの一日半、ダフィーはニコールに励まされていた。すこし高圧的だったが、それはいまにはじまったことではない。最初からふたりの関係はそんなふうだった。

ダフィーとニコールは、何年も前にかなりひどい状況で出会った。ダフィーは民間警備会社の若い契約警護員で、ニコールは若い陸軍将校だった。はじめはまったく共通点がないようで、ちぐはぐな感じの付き合いだった。ニッキは率直でてきぱきしていたし、ダフィーはのんびりしていて、ことを荒立てないほうだった。

だが、ふたりとも最初から、相手とうまく関係を結ぶことができたようだった。ふたりはたちまち恋に落ち、愛情がつづいた。とてつもない逆境のもとで出会い、数多くの困難にともに耐えた。七年たったいまも、まわりでなにもかもが崩壊しているとき、自分たちの愛はほんとうに信じられるたったひとつの真実だと、ふたりは知っていた。

午前四時四十分でも、ワシントン・ダレス空港は活動していた。出発ロビーの外には車の列ができていて、午前六時台の全米、カナダ、中南米行きのフライトに乗るひとびとをおろしていた。ダフィーはニコールのベージュ色の二〇〇六年型ホンダ・オデッセイのミニバンを、車同士の競り合いのなかに突っ込ませ、狭いスペースを見つけて駐車した。車をおりてから、ダフィーは舗道でニコールと向き合った。ダフィーは手をのばしてニコールを抱こうとしたが、ニコールはダフの両腕をつかんで、すこし押し戻した。

ニコールの目を見て、ダフィーは察した。やるべきことに集中している。「ダッフルバッグに予備の止血帯を入れた。バックパックの外側のケミライト、非常品バッグの浄水錠剤と〈ライフストロー〉（泥水などを飲料水に変える円筒形の浄水器）を追加した。予備バッテリーとフラッシュライトが三本はいっていたけど、向こうで充電できるときに充電するのを忘れないで」

「わかった」ダフィーがミニバンのリアドアをあけると、子供たちはぐっすり眠っていた。ダフィーは身をかがめて、マンディーの額にキスをした。

「愛しているよ、ベイビードール」ダフィーはささやいた。

それから、ハリーのハーネスをはずして、両腕で抱き、起こさないようにそっと抱き締めた。「愛しているよ、ちび助」

ふたたび子供たちと会えるだろうかと、ダフィーは思ったが、不安を感じていることを、顔に出すまいとした。

ハリーをチャイルドシートに座らせてベルトをかけると、ダフィーはホンダの後部にまわった。ニコールがすでに荷物ふたつをおろして、ダッフルバッグをかついでいた。地面からバックパックを持ちあげ、ダフィーに渡した。三十時間ずっと筋トレをやっていたので、酷使された腕と肩の筋肉が痛く、ダフィーはバックパックを背負うのに苦労した。

だが、背負ってから、巨大なダッフルバッグをニコールから受け取った。

ニコールがいった。「水分補給できるときには、かならずそうして。塩の錠剤は――」

もう行かなければならないので、ダフィーはそれをさえぎった。「だいじょうぶだ、ニッキ」ダッフルバッグを置き、ニコールにキスをした。今回は、ニコールがキスを返してから、また体を遠ざけたが、ほんのすこし押しただけだった。

「すべてわたしたちが話し合ったとおりにやり、権威をみなぎらせて部下を指揮すれば、だいじょうぶよ。口答えや愚痴は許さないこと。弱みを見せたら、部下がつけあがる。あなたを尊敬しなくなって、あなたの権威に逆らうために彼らは協力するでしょうね。わたしのいうこと信じて。どんな弱みでも見せたら、チームの鮫たちが水中の血のにおいを嗅ぎつける」

ダフィーは、〈Gショック〉をちらりと見た。「それなら、くそ野郎になるよ。わかった」

「真面目な話なのよ」

「わかっているよ、ベイビー。飛行機に乗り遅れる」

「ほんとうに予備の義足を持っていかないの？　リアシートの子供たちのあいだに置いてある。なにが起きるかわからない――」

「おれが片脚をなくしたことは、だれにも知られたくない。予備を持っていたら、ばれる」

「バッグに隠せばいい」

「装甲車一台に六人が乗るんだ、ニッキ。おたがいになにひとつ隠せない」ちょっと考えてから、肩をすくめた。「脚は隠せる。ブーツとズボンを脱がなければ、ぜったいにわからない」

ダフィーは身をかがめて、最後にもう一度キスをした。こんどはニコールが激しいキスで応じた。「子供たちが目を醒ましたら、愛していると伝えてくれ。三週間後に会おう」

「ぜったいにね」ニコールの目に、涙がにじんでいた。

「愛している」ダフィーも、涙をこらえながらいった。

ニコールが笑みを浮かべたが、いまでは目に宿る恐怖がだいぶあらわになっていることに、ダフィーは気づいた。ニコールがいった。「またあなたを愛せるように、無事に帰ってきて」

16

ベル・ジェットレンジャー・ヘリコプターは、ダレスからジョシュ・ダフィーが乗ってきたアメリカン航空便の到着からわずか九十分後の午前十一時前に、ベニート・ファアレス国際空港を離陸した。入国審査と税関を通過すると、ダフィーはそのままヘリに連れていかれて、メキシコシティ北郊のコヨテペックにある小さな元軍事基地に置かれているアーマード・セイント本部まで、二十分かけて行った。

土埃（つちぼこり）の立つヘリパッドに着陸したヘリコプターは、たったひとりの乗客だったダフィーと荷物ふたつをおろすと、空港に戻るために靄（もや）のかかった空に舞いあがった。

ローターの音がまだ聞こえているあいだに、うしろから声をかけられた。

「メキシコにようこそ、ダフ。このひどい仕事に備えができてるといいんだがね」

ふりむくと、マイク・ゴードンが正午前の太陽を浴びて、うしろに立っていた。アーマード・セイントの黒いポロシャツ、カーキ色のカーゴパンツ、ブルーの楯（たて）に黄色の十字という会社のロゴ入りの野球帽という格好だった。

「やあ、ゴードン。いつ到着したんだ？」

ゴードンがいった。「昨夜だよ。おい、どうやってチームリーダー（TL）になったんだ？ リッツの部屋でなにがあった？ レミックのマスかきを手伝ったのか？」

ゴードンがダフィーのダッフルバッグを持ち、ダフィーはバックパックを肩にかついだ。ふたりは、兵舎に使われているとおぼしいすぐ近くの二階建てのほうへ歩いていった。

ダフィーは笑い、歩きながら、五時間のフライトでこわばっている背中の筋肉を精いっぱいほぐそうとした。「面接のときにレミックがいったんだ。チャーリー指揮官（リードや）が辞めたといっていた」

「ああ、臆病風に吹かれたんだ。おなじ理由で、おれのところでもけさひとり辞めた」ゴードンは肩をすくめた。「代わりがつとまりそうな静止警備のやつを入れた」ダフィーのほうを向いた。「だがな、ダフ……おまえがTLっていうのは想像できない。気を悪くしないでほしいが」

「どうしてだ？」

「Jバードにいたとき、おまえはいいやつだったからだ。こせこせしない性格で、自分の役割以上の仕事を引き受け、文句もいわなかった。みんなおまえを利用してた。おれも含めて」また肩をすくめた。「おれはことにそうだった。TLっていうのは、まったくちがう考えかたをする人間なんだ。おまえにもわかってるだろう？」

「じつは、ニッキにそういう考えかたをするよう叩き込まれた。だいじょうぶだ。おれはだれの指図も受けない」

ふたりはドアの前に着いて、廊下にはいった。「助けが必要なときは、護ってやるよ」ゴードンがいった。

「ありがとう。でも、おれはびくともしないよ」

「それならいいんだが、チャーリー・リード」ふたりはあいたドアの前に来た。なかにはふたり分の寝棚と、小さなデスクが二台あった。狭い寝床のひとつには、ゴードンの装備が詰め込んであった。「おれたちはここに寝泊まりする。二十分後にレミックとの会議だが、荷物を置いたら、部下と顔合わせできるようにチームルームへ案内するよ。おまえの部下全員と会っているから、紹介ぐらいはできる」ダフィーの顔を見た。「そいつらを指揮するのは、おまえの問題だ」

一分後、ふたりは広いチームルームにはいっていった。六人分の寝棚が左側の壁ぎわにあり、右側にはプラスティックのピクニックテーブルが三台あり、いずれも装備、服、食糧、その他の身のまわり品に覆われていた。

どこかで音楽がかかっていた。ラップだった。

ダフィーはラップが大嫌いだった。

男五人が部屋にいて装備をまとめていた。ダフィーは急に不安にかられた。これまではずっと、TLが自己紹介をするためにチームルームに来たときに弾倉に弾薬をこめている立場だった。自分がこの男たちに指図するのは、なんとなく筋ちがいのような気がした。だが、つかのま臆したのを隠して、ダフィーは一同にうなずいてみせた。

ゴードンが、寝棚に置いてあった大きなブルートゥース・スピーカーのほうへ行って、音楽のボリュームを下げた。「諸君、新しいTL、ジョシュ・ダフィーを紹介する」

ふたりがダフィーのほうへうなずいてみせた。あとの三人は無表情にダフィーのほうを見ただけだった。

ゴードンが、ひとり目の契約警護員に近づいた。三十代半ばの痩(や)せた男で、髪を長くのばしているが、将校らしい雰囲気だった。体が引き締まり、きわめて屈強な感じで、顔には笑みの気配すらなかった。

「ダフ、こちらはウルフソン、おまえのチャーリー2(ツー)だ」ウルフソンの灰色の目で貫くような視線を据えられ、奥底まで見抜かれているように感じているのを押し殺しながら、ダフィーはあらたな威嚇(いかく)の波と戦った。

ふたりは握手した。ウルフソンの握る力は強かった。

「どうぞよろしく、ウルフソン」

答の代わりに、ウルフソンがいった。「あんたは陸軍だな？」

軽蔑するようないいかただったが、ダフィーは取り合わなかった。「そうだ」

すぐさまゴードンが割ってはいった。「ウルフソンはSEALチーム3だった。アフガニスタン、シリア、話したくないようなひどい経験ばかりだ」

ウルフソンは、ダフィーから目を離さなかった。「だったら、話すのはやめよう」

ダフィーも鋭い目つきになり、相手の厳しい凝視に精いっぱい対抗しようとした。「それでいい、チャーリー2」ウルフソンが厄介な存在になることが、瞬時に明らかになった。

つぎの言葉が発せられる前に、もうひとりが進み出た。六十歳に近いように見えたので、チームの一員ではなくアーマード・セイントの作戦支援スタッフだろうと、すぐさまダフィーは思った。擦り切れた白いTシャツを着ていて、胸と腰がたくましく、短い灰色の髪がわずかに残ってる頭頂が、ダフィーの鼻の高さだった。

その男が笑みを浮かべ、仰々しく手を出し出した。フランス人のなまりが強かったので、ダフィーはびっくりした。「あんたと知り合えてうれしいよ」

ゴードンが、ダフィーのそばに来た。「こっちはジャン・フランソワ・アラール、おまえのチャーリー3(スリー)だ。元はフランスの特殊部隊〝海軍コマンドウ〟の将校だった。そのあと十五年、フランス外人部隊にいてから、この十年はいろいろな民間軍事会社(PMC)で、おもにアフリカにいた。おまえの衛生担当だ」

ダフィーは唖然(あぜん)とした。おれの親父であってもおかしくないような齢だ。

アラールがいった。「ここでは、たいがいおれをフランス野郎(フレンチー)と呼ぶ」

ダフィーは、驚きから回復した。「それで……いいのか？」

「むしろ誇りに思っている。あんたのために働くよ、チャーリー1(ワン)」

アラールは年配だが、上下関係での自分の立場を心得ているようだと、ダフィーは思った。「ありがとう、フレンチー。あんたがチームにいてよかった」

ゴードンが、部屋の奥へダフィーを連れていった。若いアフリカ系アメリカ人が、畳(たた)んだ服、ニーパッドとエルボーパッド、ヘルメット二個を積んである寝棚の上の段からおりてきた。カーゴパンツをはいて、シャツは着ておらず、信じられないくらい筋肉隆々の体を見せびらかしていた。一日六時間筋トレをやり、炭水化物など目にしたこともないという感じだった。

若い男の左腕には海兵隊のタトゥーがあり、きれいに髭(ひげ)を剃(そ)った童顔を見て、二十四歳にもなっていないだろうと、ダフィーは思った。

ゴードンがいった。「こいつはスクイーズ、おまえの6（シックス）だ」

ダフィーはうなずき、手を差し出した。

スクイーズの声は大きく、自信たっぷりで、かなり生意気な感じだった。「ようし、TL。あんたは以前、11BB（イレヴン・バンバン）だったんだろ」

ダフィーは、咳払いをした。「ああ、11B（イレヴン・ブラヴォー）、陸軍歩兵。第3歩兵師団（サード・アイ・デイ）だ」つけくわえた。「昔の話だ。おまえは？」

スクイーズは、気の乗らない握手で応じた。「第5海兵第3大隊」そこで叫んだ。「襲撃せよ（ゲット・サム）！」

名高い第3大隊の隊是（たいぜ）で、スクイーズがそれを誇りに思っているのは明らかだった。

ダフィーは、スクイーズの好意を得ようとした。「いいぞ、悪魔の犬（デヴィル・ドッグ）。不変の忠誠（センパー・ファイ）（前者はアメリカ海兵隊の綽名、後者は隊是）」

スクイーズが、ダフィーを横目で見ながらうなずいた。「ああ、そうさ、あんた」

ゴードンが、紹介をつづけた。肩まである長い髪をポニーテイルに結んでいる浅黒い男が、右側のテーブルのそばで立ちあがった。前にiPadとエナジードリンクの〈モンスター〉の缶があった。

「こっちはトニー・クルーズ、チャーリー4（フォー）」ゴードンがいった。「陸軍の仲間だ」

ふたりは握手を交わした。クルーズはダフィーよりも五センチくらい身長が低かったが、力強い体つきで、三十八歳前後らしく、ウルフソンほど強烈ではないが、相手を完全には信用していない探るような目つきだった。

ダフィーはいった。「陸軍の仲間がひとりいてよかった」

クルーズが肩をすくめた。「ああ、陸軍にいたが、サードIDとはぜんぜんちがう陸軍だ。おれは第5群にいた」

こいつも揉め事を起こしそうだと、ダフィーは判断した。俗にグリーンベレーと呼ばれる陸軍特殊部隊第5群は、ダフィーが勤務した部隊よりもはるかに精鋭だった。

ダフィーは、できるだけ居丈高な口調で答えた。「特殊部隊はずば抜けて優秀だ、チャーリー4。しかし、おなじ陸軍勤務だったことに変わりはない」

強い視線を据えたままで、クルーズがいった。「失礼なことをいうつもりはなかった」

ゴードンが、また口添えした。「おまえは運がいい、ダフ。スペイン語が話せるやつがチームにいるんだから」

それに対して、クルーズが答えた。「おれは中華街で育ったプエルトリコ人だ。ここでだれかをごまかせるわけがないだろう」

チームルームの最後のひとりが、会話に割り込んだ。三十代で、ブロンドの髪に青い目なので、頭のよさそうな顔が、いかにもアメリカ人らしく見えた。半ズボンに、顎鬚(あごひげ)の男の漫画が描いてあるTシャツを着ていた。その絵の男はターバンを巻き、ハワイアンシャツを着て、ホットドッグを売っている屋台の横に立っていた。奇妙な絵の下に、〝アロハ・スナック・バー〟というキャプションがあった。

滑稽(こっけい)なTシャツを着ているその男が、かなりきつい南部なまりでいった。「ここでは、おれはどうにもごまかしようがない。あんたのほうが、ごまかしがきくだろうね」

ゴードンがいった。「こっちはエヴァンズ、チャーリー5(ファイヴ)。おまえの運転手だ」

エヴァンズは、フレンチーとおなじように、チームリーダーに曲がりなりにもささやかな敬意を表しているようだった。ダフィーの手を握って、エヴァンズがいった。「よろしく、ボス。ナスカーと呼んでくれ」

「どうしてそう呼ぶんだ?」

「おれは前に――」

ゴードンが口をはさんだ。「こいつはアトランタのSWATにいたんだが、ストックカーレースをやるために辞(や)めたんだ。NASCARのマイナーリーグみたいなエクスフィニティ・シリーズに何度か出場した」

「嘘だ」エヴァンズがいった。「おれはNASCARカップ・シリーズにも出場した」

スクイーズがいった。「そうかい？　何度出たんだ？」

エヴァンズの抗議は弱々しかった。「一度」肩をすくめた。「まあ……完走寸前だったけど」

ダフィーは、首をかしげた。「そのあとは？　カルテルの国を走るほうが、ずっとおもしろいと思ったからやめたのか？」

それを聞いて、ブロンドのエヴァンズがくすくす笑った。「いや。スポンサーが離れたからだ。会社の事情とかいうたわごとだ。わかるだろう。パイロットの免許を取って、アカデミやPMC二社のヘリを飛ばしたけど、仕事があまりなかったんで、アーマード・セイントの運転手になった」

クルーズがいった。「ヘリを墜落させるやつには、仕事なんかないだろう。おまえはカンダハールで川にヘリを突っ込ませた」

エヴァンズが弁解した。「機械故障だったし、制御された墜落だった。オートローテーションで、ロックスターみたいに着水したんだ」

「そうだな」クルーズが応じたが、そうではなかったという話を聞いているのだと、ダフィーには察しがついた。

スクイーズが、いい争いにくわわった。「そのあと、あんたは車の運転にしくじって、

PMC二社をクビになった」スクイーズが、ダフィーの顔を見た。「おれたち、はずれ籤を引いちまった、TL。この近所を離れる前に、ナスカーは車をタコスの屋台にぶつけちまうぜ」

ナスカーがスクイーズと顔を突き合わせそうになったが、クルーズがふたりをどなりつけて離れさせた。だが、ダフィーがなにかをいう前に、ゴードンが腕をつかんで、全員に向けていった。

「よし、ガキども、おれはチャーリー1をレミックのところへ連れてって、会議をやる」

現時点では、ゴードンのほうがずっとチャーリー・チームを従わせていると、ダフィーは思わずにはいられなかった。

ダフィーはドアに向かい、ふりむいて部下にそっけなくうなずいた。「あんたちみんなに会えてよかった」

「こっちもだぜ、イレヴンB」スクイーズが、皮肉たっぷりにいった。

廊下に出たとき、ダフィーは憤然としていたが、ゴードンに背中を叩かれた。

「じつのところ、おまえの部下が、おれの部下とおなじくらいいかれたやつばかりなんで、ほっとしたよ。おれの部下も、口先ばかりのやつや、使い物にならなくなったやつや、もとから能無しのやつばかりだ」

本部ビルに向かうときに、ダフィーはいった。「ウルフソンとクルーズは喧嘩腰で、エリート部隊のマッチョぶりを発散させている。スクイーズが十六歳なみの男性ホルモン過多なのは、大人になりきれていないからだろう。運転手はろくに運転ができないし……フランス人……いったいあいつは何歳だ？」

ゴードンが、ダフィーの背中を叩いた。「フレンチーのことなら、心配するな。まっとうな男だ」

「どうしてわかる」

「やつがナチスを殺すのを、ヒストリー・チャンネルで見たからだ」ゴードンが話題を変えた。「おれがレミックはくそ野郎だっていったのを、憶えてるだろう？」

「憶えている」

「そうだ。これが完璧な実例だ。おまえもおれも、ナスカーみたいなやつを押しつけられる。いっぽう、レミックのチームは、まともな一流のくそ野郎どもで固められる。アルファ・チームには、元CIA契約工作員や凄腕の元特殊部隊員がいる。全員、よそのPMCで働いたことがある」

ダフィーはいった。「それはべつに悪いことじゃない。顧客の全周警備の内側は、たぶんアルファが固めるだろう。当然、一線級を使う。正直いって、きょうだい、ここへ来て金をもらえるだけでもうれしいんだ」

ふたりは陽射しのなかに出て、本部へ歩いていった。ゴードンがいった。「それなら、おれが感じていることを、おまえは感じていない」

「どういうことだ？」

「そのくそ山のなかで、おれたちが何人も死ぬだろうということだよ」

17

「はいれ！」

ダフィーがレミックの力強い声をはじめてじかに聞いたのは二日前で、ヴァージニア州にあるホテルのスイートのドアの前だった。いま、荒れ果てたメキシコの本部ビルの薄い木のドアを通して、その声が鳴り響いた。レミックの命令でゴードンがドアをあけ、壁に巨大な地図が貼ってある広い部屋に、ふたりははいっていった。十数人の支援要員が、部屋のあちこちのテーブルでノートパソコンを使って作業していた。シェーン・レミックは、地図のそばに直立していた。

ゴードンがいった。「チャーリー指揮官（アクチュアル）、到着しました、ボス」

ダフィーはブラヴォー1（ワン）のゴードンのあとから、任務統率官のレミックに近づいた。

「レミックさん、おはようございます」

ふたりは握手を交わし、レミックがいった。「いまからおれはアルファ1（ワン）だ、チャーリ

—1(ワン)」

「了解しました、アルファ1(ワン)」

「フライトはどうだった？」

「楽でした。ありがとうございます。ほとんど眠って——」

「そんなことを、だれが気にする」

レミックの目が輝くのに気づいて、ダフィーは笑った。「たしかに」自分の世界は変わったのだ。ここでは〈プラダ〉の販売員たちとたむろしているのではない。それがひしひしと感じられた。

「よし、チームリーダー(TL)諸君」レミックがいった。「われわれだけですこし話をしてから、練兵場で詳細について全体会議をやる。きょうはそのあと、全員が期待どおりに働けるように、合同演習をやる。あす〇六〇〇時に内務省で主警護対象四人を受け取り、出発する。了解したか？」

「明確に了解しました(ファイヴ・バイ・ファイヴ)、ボス」ゴードンがいった。

「了解です、アルファ1(ワン)」ダフィーは答えた。

レミックが、レーザーポインターを使い、壁の大きな地図上でルートをなぞった。「一日目のあす、北西に進んでドゥランゴを経由し、西シエラマドレ山脈の麓(ふもと)の低山地帯へ登る。一日目の夜は、エル・サルトという町だ……情報班が下見したホテルに泊まる。おれたちが行くことをだれにも知られたくないから、予約はしていない」

「なるほど」ダフィーはいった。

「二日目は山地のもっと高いところへ行く。VIPたちは、麻薬戦争で大きな被害を受けたそのあたりの町数カ所に立ち寄りたいと考えている」

ゴードンがきいた。「その立ち寄りですが……あらかじめ準備がなされているのですか？」

レミックは首をふった。「いや。仕事を引き受ける前に、VIPたちに釘を刺してある。どこへでも行く必要があるところへ連れていくが、黒い騎士の根拠地の村へ車で到着するまで、われわれが山地を目指すことを、黒い騎士以外には知られてはならないと。

さて、三日目だ。天候と道路状況しだいだが、西シエラマドレの鞍部に到達する。〝悪魔の背骨〟だ。そこはとんでもない悪地（バッドランズ）だ。シナロア・カルテルとロス・カバジェロス・ネグロスが、縄張りをめぐって争い、村々の約八割をネグロスが支配している。高速道路はすべて奪い合いになっているし、おまけにどことも同盟していない住民が武装しているという問題がある。そいつらはよそ者を嫌い、信用しない」

ゴードンとダフィーは、不安げに顔を見合わせた。

レミックが話をつづけた。「シナロアは……その地域に進出するために、戦争を望んでいる。戦争が起きたら、クリアカンへ撤退し、陸軍が黒い騎士を殲滅するあいだ、じっと待つだろう。つまり、VIPが山地へ行って陸軍の侵攻をとめようとするのは、シナロア・カルテルにとって望ましくない。われわれのもくろみを知ったら、襲撃してくるだろう。だから、目立たないようにするのが肝心だ」

ダフィーは、首をかしげた。「装甲したトラックの護衛付きで何カ所も訪問したら、それは難しいんじゃないですか？」

「それが現状なんだ、チャーリー1。高速道路ではできるだけ高速で走り、脇道では姿を見られないようにする。目をあけて突進し、脅威に立ち向かって打倒する。フーアッ？」

「フーアッ」ダフィーはSEALの掛け声に応じたが、あまり自信ありげではなかった。「即応部隊はどうなんですか？」

「おれが予測していないような、自力で脱出できない激戦に陥ったら、メキシコの軍事資産を呼ぶ」

ダフィーはゴードンのほうをまたちらりと見てから、レミックに目を戻した。「メキシコ軍は西シエラマドレにはいないと思っていましたが」

「いない。ドゥランゴ郊外、山脈の東の低山に野営地がある」

「山脈の鞍部との距離は？」

レミックが地図上の一点をレーザーで示した。西シエラマドレの〝悪魔の背骨〟とはだいぶ離れていると、ダフィーは思った。レミックがいった。「救援が来るまで、最長十八時間、待つことになると予想される」ダフィーのほうを見たが、ダフィーがなにもいわなかったので、レミックはつづけた。「われわれは自給自足の作戦をやる。いまあるものだけだ」

なんてこったと、ダフィーは思った。「あー……了解しました、ボス」

即応部隊がいないと知らされて、ゴードンも不安に思っていることにダフィーは気づいた。だが、元海兵隊員のゴードンは、その問題をそれ以上、追及しなかった。「VIP連中がラファエル・アルチュレタと会う場所を、その地図で教えてもらえませんか？」

「教えられない。まだわかっていない。途中で知らされる」地図上の小さな点をレーザーでなぞった。「われわれはここを目指す。ボカ・アリーバと呼ばれているが、衛星画像ではただの点だから、通過地点だと思う。おれたちはそこでチンポを握ってじっとしていて、黒い騎士のつぎの指示を待つことになる。指示があったら出発し、アルチュレタと会う。VIPたちが会談する。黒い騎士が条件に同意したら、VIPたちは西シエラマドレのおもな町を二週間かけてまわり、地元住民に平和維持活動のことを伝える。〝背骨〟での仕事を終えたら、おれたちは北のチワワ州クレエルを目指す。ＶＩＰたちはそこから飛行機で出発し、おれたちも飛行機でメキシコシティへ行く。装備をトラックに積んで国境を越え、ダラスの本社に運ばれる」

ゴードンが、地図をしげしげと見た。「現役のころ、移動作戦はさんざんやったが……しかし、これは範囲がすごく広い。ほんとうに急傾斜のひどい地形だ。道路の状態もよくないでしょうね。クシュ（ヒンドゥークシュ山脈）を思い出す」

「そのとおりだ。アフガニスタン－パキスタン国境地帯によく似ている。なにがいいたいんだ？」

「その……この作戦をどうしてヘリでやらないんですか？」

レミックが即座に答えた。「ＭＡＮＰＡＤＳ」

「ＭＡＮＰＡＤＳ？」

「携帯式（マン・ポータブル）——」

ゴードンはいった。「携帯式防空システム（マン・ポータブル・エア・ディフェンス・システム）。肩にかつぐ地対空ミサイル。それは知っていますよ。ただ、カルテルがそれを持っているとは——」

レミックが、ゴードンの声にかぶせるようにいった。「今月初旬、メキシコ海兵隊のヘリコプター二機が、シナロア州の西シエラマドレ上空を飛んでいるときに、地対空ミサイルで狙い撃たれた。二機とも墜落し、十九人死んだ」

「なんてこった！　ニュースでは二機が衝突したといってた」

レミックはうなずいた。「メキシコは隠蔽しようとしたんだ。被弾したとき、二機は三〇〇メートル近く間隔をあけていた。衝突じゃない。その情報が国連に伝わっていた」

「黒い騎士がやったんですか？」ダフィーはきいた。

レミックは、肩をすくめた。「シナロア・カルテルの可能性もあるが、国連は黒い騎士がやったと考えている」

「カルテルが、いったいどうやってミサイルを手に入れたんだろう？」

「出所はベネズエラだと、ＣＩＡは考えている。最新型のイグラ‐Ｓ、ＮＡＴＯやアメリカ軍がＳＡ‐24グリンチと呼んでいるやつだ。金さえあれば、そこでなんでも買える。黒い騎士には金がある。陸軍が縄張りを奪い返そうという話をしはじめたとたんに、アルチュレタがそれを買ったのだと、国連は判断している」

ゴードンが、ひとりごとのようにそっとつぶやいた。「危険があっても、おれなら道路で行く。乗っているヘリが墜落したことがあった。ひどい目に遭う」

「右におなじ、賛成だ」レミックがいい、ゴードンとともに、ダフィーの顔を見た。

「ヘリ墜落の直後を見たことがある。おれも賛成です。硬い地面の上にいたい」

レミックが地図のほうを示したが、口を切る前に、ドアに遠慮がちなノックがあった。

レミックがいった。「ああ、われわれの文化専門家にちがいない」

ゴードンとダフィーは、困惑して顔を見合わせた。

「はいってくれ、ギャビー」レミックがいった。

三十代のヒスパニックの女性が、はいってきた。茶色い髪をショートにして、アーマード・セイントの黒いポロシャツを着て、カーゴパンツをはいていた。どちらも新品のようだった。

レミックがいった。「ギャビー、こちらはゴードンとダフィー、作戦のチームリーダー(TL)ふたりだ。TL、こちらはガブリエラ・フローレス博士、このメキシコシティの人類学博物館から来てもらった。われわれの警護部隊に、地域アナリストとして参加してもらう。シエラマドレで生まれ育ったので、方言がすこしわかる。方言しかしゃべれない地元住民に出遭ったときに、意思の疎通をはかることができる。道案内や情報の質を知るのにも役立ってくれる」

小柄だしおとなしそうに見えるフローレスが、ダフィーに近づいて、心底自信に満ちていることが伝わるような握手をした。

「博士」ダフィーはいった。

ゴードンの手を握りながら、フローレスはいった。「おふたりとも、よろしく」

レミックが、紹介をつづけた。「ギャビーは警護部隊でスペイン語ではない方言の通訳をつとめる。正しい方角をわれわれに教え、見たものや、自分の意見をおれたちに伝える」

「そして、おれたちはあなたの身を護(まも)ります、マーム」ゴードンがつけくわえた。

フローレスがレミックを見たとき、自信に満ちた外見にすこしひびが生じたことに、ダフィーは目を留めた。「安全でいられるかどうかは、わたしたちしだいではありません。わたしたちを殲滅しようとする勢力をそこで回避する警護の能力と、ロス・カバジェロス・ネグロスがわたしたちを受け入れるようにする外交官たちの能力に左右されるんです」

ゴードンが、またダフィーのほうをちらりと見た。

フローレス博士が、こんどはゴードンとダフィーに向かっていった。「あなたがたと部下にとって、これがどれほど危険になるか、理解してもらいたいんです。わたしたちが行くところには、法など存在しない。ひとつも。百五十年前のアメリカ大西部とおなじで、そこにメタンフェタミン、コカイン、阿片、フェンタニル（合成オピオイド系の鎮痛剤。他の麻薬と混合されて違法に使用されることがある）がくわわり、山刀(マチェーテ)、トラック、機関銃、ロケット弾を備えた殺し屋(シカーリヨ)の部隊がいる」

「MANPADSもある」ゴードンが、そっとつぶやいた。

レミックが、保護者めかしてフローレス博士の肩に手を置き、ドアのほうへ連れていった。「ブリーフィングをやるから、われわれといっしょに練兵場に来てくれ。なにが起きても、われわれが処理できると、納得してもらえると思う」

レミックとフローレス博士が部屋から出た。フローレスがなおもレミックに話をしているのが聞こえたが、ダフィーはゴードンとともにすこし距離をあけてつづいた。

「この作戦に即応部隊(QRF)がいないのを、知っていたか？」

マイク・ゴードンが、ささやき声で答えた。「ここに来るのはまずいって、おれがいったのを憶えてるだろう？ 厄介(やっかい)なことになったときに銃火から救い出してくれるQRFがいないっていうような意味で、そういったんだぜ」

「知っていたのか？」ダフィーはくりかえした。

ゴードンは、歩きながら首をふった。「いや。おれもおまえとおなじように、たったいま聞いた。おれたちはおなじ立場なんだよ、若造」

「なんてこった」ダフィーはつぶやき、ゴードンのあとからドアを出て、施設の中央にある練兵場に向かった。

18

ジョシュ・ダフィーは、陽射しのなかに出るとすぐに〈オークリー〉のサングラスをかけ、艶消し黒（マットブラック）の巨大な装甲人員輸送車（ＡＰＣ）が並んでいる前で、Ｃ（チャーリー）チームの五人と会った。そのＡＰＣは、全高が二・七メートル近く、全長が六メートルを優に超えていた。防楯（ぼうじゅん）付き銃塔が上にあり、側面には銃眼があった。全地形タイヤをはき、防弾ガラスのフロントウィンドウとサイドウィンドウの外に金属製の格子があった。

車体はスラット装甲――襲来するミサイルや成形炸薬（さくやく）弾を車体の厚い装甲の手前で爆発させるための頑丈な鋼鉄の柵――に覆（おお）われていた。

リアウィンドウも、鋼鉄の網で覆われていた。

ダフィーは中東で何度となくＡＰＣに乗って働いたことがあったが、このＡＰＣはいままで見たなかでもっともすばらしい装備だった。任務全体についての自信が急上昇したが、仕事をやるためには、途中でＡＰＣをおりなければならない状況になることを思い出した。

ダフィーは、練兵場でAPCの前にいるあとの二チームをはじめて目にした。アルファは全員が、アルファ1本人とおなじように、厳しく冷たい目つきだった。ゴードンのブラヴォー・チームの男たちは、それとは正反対で、ダフィーのチームとよく似ていた――態度、体格、服装がまちまちだった。

レミックが、暑い午後、ここに集まっている男二十一人、女ひとりの前に進み出て、いちばん近い武装トラックのフロントグリルに近づき、その小集団のほうをふりかえった。

鳴り響く声で、レミックがいった。「おまえたちの前にあるのは、市場で手に入れられる最高の装甲人員輸送車だ。インターナショナル・アーマード・グループのガーディアン・モデル。このAPCは高度のオフロード走行能力、ランフラットタイヤ（空気が抜けても一定の距離を一定の速度で走れるタイヤ）、高性能サスペンション、オンロードとオフロード用のナイトロガス・ショック、統合空気濾過装置、四〇〇馬力近くを発揮し、山脈の頂上まで登れるトルクがある六・二リットルV8エンジンを備えている。銃眼があり、銃塔付きの脱出ハッチがルーフにあり、側面と後部にもハッチがある。身を隠して出られるように、下面にも脱出ハッチがある。一台が完全装備の戦闘員八人を運べるから、男二十五人、女ふたりが乗り込む今回の小旅行では、じゅうぶんな空きスペースがある。食べ物、ガソリン、装備をたっぷり積める」

レミックは、左側のAPCの車体を叩いた。

「軍用車両なみの最高レベルの装甲は、五〇口径弾や手榴弾をはねつけ、簡易爆破装置(IED)や地雷からも防護する」

ゴードンのチームのひとりがきいた。「RPGにはどうなんですか、ボス?」

「それにはスラット装甲が役に立つ。RPGは装甲を破れないが、よほどのまぐれ当たりか、きわめて技倆(ぎりょう)の高い射手にタイヤを撃たれて、機動性激殺(モビリティ・キル)（機甲戦で車両や装備が移動不可能になること。ただし、破壊されてはいないので、搭載兵器を使って戦闘を続行できる）されるおそれはある。容易な射撃ではないが、みんなも知ってるように、マーフィーの法則というやつがある。IEDの上を通った場合もおなじだ。それがでかければ、厄介(やっかい)なことになる。RPGが当たらないように注意し、IEDに近づかないように注意しよう」

質問した契約警護員がいった。「フーアッ、サー」

レミックは、その問題について話をつづけた。「したがって、われわれはその対策として、予備のタイヤを積む。おまえたちの大部分は、銃撃を浴びながらタイヤを交換した経験があるだろうし、きょうの午後、じっさいにやってみよう。了解したか?」

フローレス博士を除く全員が、了解したと叫んだ。

レミックがいった。「つぎのような手順で走行する。車列の一号車はコールサイン

〝軍馬（ウォーホース）〟。アルファ・チームの五人が乗り、アルファ2（ツー）のジェイソン・ヴァンスが指揮し、先頭を走る」ミラーサングラスをかけてトロピカルハットをかぶった、濃い顎鬚（あごひげ）と口（くち）髭（ひげ）を生やしたたくましい男が、レミックが話しているあいだに片腕をあげた。

「〝荷馬（パックホース）1（ワン）〟と2（ツー）には、ブラヴォー・チームが四人ずつ乗り、予備の装備、弾薬、水、食糧、燃料を積む。〝競技馬（ショーホース）〟は、この移動のリモーで、パックホース1と2のあいだ、つまり車列のまんなかを走り、おれとアルファの残りふたり、主警護対象四人、文化渉外のフローレス博士が乗る。つまり、リモーには八人乗る。

そして最後が、殿（しんがり）の〝暴れ馬（クレイジーホース）〟、C（チャーリー）チームの武装警護員六人だ」ダフィーに向かって、レミックはいった。「チャーリー1（ワン）、おまえの仕事はCAT（キャット）だ」

フローレスが口をひらいた。「猫（キャット）？　どういう意味？」

レミックが答えた。「対襲撃チーム（カウンター・アソールト・チーム）のことだ、博士。道路で伏撃（アンブッシュ）を受けたとき、クレイジーホースが時間を稼（かせ）ぐ」ダフィーに視線を戻した。「チャーリー1（ワン）、車列が交戦してるとき、おまえは襲撃者を攻撃し、主警護対象が安全になるまで、とてつもない量の弾丸をばら撒（ま）け。それから、われわれに合流しろ。わかったか？」

「わかりました」

ダフィーのうしろで、スクイーズが小声でいった。「くそくらえ、ベイビー」

レミックには聞こえなかったか、気にかけていないようだった。こんどはフローレス博士に向かっていった。「博士、おれが部下に話をするときに、乱暴な口をきくのを許してくれ」

「かまいませんよ、レミックさん」

レミックはうなずき、半円を描いて前に集まっている契約警護員たちのほうへ数歩近づいた。「よく聞け、ケツの穴野郎ども。おれはアーマード・セイントでは新人だが、これが最初のロデオじゃない。おまえたちがここにいる理由を、おれは知っている。金目当てで参加してるやつもいる。戦いたくて来たやつもいる。ケツのでかい女房や洟(はな)垂れ小僧といっしょに家にいたくないやつもいる。ここに来た理由はどうでもいい。肝心なのは、悪党どもの土地を移動するときに、おまえたちがどういう働きをするかだ。これはリスクが極度に大きい移動になる。まだそれに気づいていないようなら、神の慈悲がありますように。だが、おまえたちはみんな成人男子だし、契約書にサインした。この作戦のあいだは、おれのものだ。不満やためらいがあったら――」――強健な中年男のレミックが、指一本で男たちのほうへ弧を描いた――「おれがみずから片をつける。つまりぶっ殺す」

数人がうなずき、だれもひとこともいわなかった。

「よし」レミックがいった。「完全戦闘装備を身につけて、三十分後にここに集合しろ。

演習をすこしやる。それまでに、なにか質問があれば……くたばっちまえ」

笑い声があがったが、フローレス博士がまるで動物園にいるかのようにまわりを見たことに、ダフィーは気づいた。

19

男二十一人が、それぞれのチームに分かれて、武器庫へ歩いていった。大きなコンクリートの建物で、練兵場から一ブロック半離れているが、そこも再利用されている基地の鉄条網内だった。はいったところは狭い倉庫で、木箱と棚にくわえ、装備、武器、弾薬が満載されたコンテナが一台、奥に置いてあった。

ダフィーを除くチャーリー・チームの五人は、すでに武器庫を下見していたので、なにが手にはいるかわかっていたが、ダフィーははじめて目にした。控え目にいっても強い印象を受けたが、意外ではなかった。アーマード・セイントは、雇った人間を過酷に扱い、作戦支援要員の予算はケチるという評判にもかかわらず、強力な武器を保有していることで知られていた。

ダフィーが武器装備をまだ品定めしているあいだに、元SEALのウルフソンが近づいてきた。

「おれたちはどういうふうに突っ走るんだ、ダフ？」

小規模なチームの役割分担について聞いていたので、完全な自信と権威を示さなければならないとダフィーは悟った。正しくてもまちがっていても、迷いがまったくないようにふるまわなければならないと、ニコールにいわれていた。

「ナスカーが運転するのは決まっている」ダフィーはいった。

スクイーズがすぐさまつぶやいた。「やつは運転できないって、あんたにいったぜ」

ダフィーは、スクイーズを無視して、ナスカーを指さした。「銃身の短いライフルで武装しろ。サブマシンガンじゃなくてカービンだ。遠くを撃たなきゃならなくなるかもしれないが、運転しながら銃眼から突き出せるようなものを選べ」

ナスカーが、部屋の向こうにある武器の長い棚をざっと見た。「一〇・五インチ銃身のAR」

「それでいい」ダフィーはつづいていった。「おれは助手席で、短銃身のライフルを胸に吊り、座席のあいだにポンプアクションのショットガンを置く」

元グリーンベレーのクルーズがいった。「ショットガンを持って駅馬車の御者の用心棒（ライディング・ショットガン）ってわけか。古くさいぜ」

ダフィーは、気に障るような生意気な発言は叩き潰せとニコールに助言されていたが、それも黙殺して、自信に満ちた声で強引につづけた。「ウルフソンがおれたちの射撃名人として指名されている。おれのうしろの右銃眼を担当する。サブマシンガンとスナイパーライフルを持て」

ウルフソンがうなずいた。「コンテナにHK417があるのを見た。可変倍率の一〇倍スコープもある。長距離用にはそれを使う。サブマシンガン（SMG）は銃床を折り畳（たた）める不細工なスコーピオンにする」

「いいだろう」ダフィーはいった。「フレンチーはナスカーのうしろ、左側だ。あんたはチームの衛生担当だ。やはりスコープ付きのカービンを持て。短銃身じゃない。遠くを撃てて、降車しても操作できるような銃がいい」

フレンチーが踵（かかと）を打ち合わせてうなずき、異様すぎるとダフィーは思ったが、感謝した。「あそこにまだFA‐MASがある」FA‐MASはフランス軍の現用ライフルで、外人部隊でも幅広く使われている。ダフィーは使ったことがなかったが、フレンチーが扱いやすいと感じているのなら、それでいいと思った。

ダフィーは、フレンチーのような敬意は期待できないと知りつつ、元海兵隊員のチャーリー6（シックス）のほうを向いた。

「スクイーズ、おまえは上部銃手だ。軽機関銃を銃塔に取り付け、ルーフハッチの下側に

M32擲弾発射器（グレネード・ランチャー）を用意しろ。降車したときのために、折り畳み銃床のサブマシンガンも用意しろ」

アフリカ系アメリカ人のスクイーズは、このうえなくよろこんでいた。「おれのいいたいことをいってくれたぜ、11B（イレヴン・ビー）！　いいとも！」

ダフィーは、心のなかで溜息をつき、胃の奥に緊張がみなぎるのがわかった。チームの最後のひとりのほうを向いた。「それから、チャーリー4（フォー）。あんたはバスの後部だ」

クルーズがうなずいた。「了解した。あんたのトランクの猿になろう、TL。だが、ベルト給弾式の軽機関銃がほしい」

「異存はない」ダフィーはいった。「クレイジーホースは車列の最後尾だ。殿（しんがり）だから、うしろに目がないといけない。それに、銃手が銃塔をまわしてまうしろに向けるまで、うしろ向きの銃はあんたのところにしかない。扱えるいちばんでかい武器を持ってくれ」

クルーズがいった。「おれのいちばんでかい武器は、ぶらさげてるチンポだが、よくわかった」

ナスカーとスクイーズが笑った。

口答えが多いので切れかかっていたダフィーが、いい返した。「あんたが銃眼からチンポを突き出したら、おれがうしろにまわって撃ち飛ばす」

クルーズが、にやりと笑った。「わかったよ、きょうだい。二万五千ドル持って山からおりたときに、そいつが必要になるから、とっておくことにする」

ダフィーは、ゆっくりと息を吸ってから吐いた。強く自己主張すべき潮時だった。気は進まないが、そうするしかない。「いいか、みんな。こういうたわごとは、芽のうちに摘まないといけない。おれをTL、ボス、チャーリー1(ワン)、チャーリー指揮官(アクチュアル)、あるいはただダフと呼んでもいい。おれは気にしない。ただし、きょうだいとか、あんたとか、イレヴン・ブラヴォー、イレヴン・バンバン、イレヴンB、陸軍、その他もろもろで呼ぶのは許さない。わかったか？」

クルーズがいった。「くそ、ボス。落ち着け。問題ないって」

ダフィーは、自分より小柄だが引き締まった体つきのクルーズに、半歩詰め寄った。

「わか……った……か？」

クルーズは譲らず、面子(メンツ)を守れるようにだいぶ間を置いてからいった。「了解した、TL」

ダフィーは、睨(にら)み合いをいましばらくつづけてから、目をそらし、チーム全員に向かっていった。「よし、全員、拳銃も持て。九ミリ口径だけだ。ちがう口径の弾薬を用意せずにすむように、サブマシンガンとおなじにする。単純にしよう。グロックかスミス&ウェッソンかHKで、それ以外は使わない」フレンチーのほうを見た。「アメリカ、オーストリア、ドイツの拳銃だけだ」

フレンチーが笑みを浮かべた。「おれはHK・VP9が好きだ、隊長。すばらしいドイツ製の武器だ」

「よし」全員に向かって、ダフィーはいった。「二十分以内に武器装備をそろえて練兵場に戻り、クレイジーホースで自分の持ち場につけ」

チームの面々が武器と弾薬を取りにいき、ダフィーもおなじようにした。アルファとブラヴォーの大半がすでに選んで持ち去ったあとだったが、それでも多種多様な武器がそろっていた。

ダフィーは、棚に二挺だけあった短銃身のAK-47アサルトライフルのうちの一挺に目を留めた。もう一挺とはちがい、アンダーフォールディング・ストック付きで、機関部の上に〈EOテック〉製の光学ホロサイトが取り付けてあった。ダフィーはそれを取り、コッキングハンドルを引いてから離し、遊底が戻るのを見て、作動を確認した。何度かそれをくりかえしてから、ホロサイトを覗き、壁に向けた。

そこで気づいた。ベイルートで燃えているシボレー・サバーバンにM4カービンを置いてきたあと、一度もライフルを持ったことがなかった。腕がなまっているはずだ。すくなくとも、きょうの演習で最初の数回はうまくいかないかもしれない。おもな武器は自信をもって扱えるものでなければならないし、AKはこれまで創られた武器のなかで、もっとも信頼できる。武器を選ぶことができるアメリカの契約警護員にとってありふれた選択ではなかったが、ダフィーは気にしなかった。これから数週間生き延びるためには、どんな利点でも必要だったし、AK‐47をもっとも信頼していた。

ナスカーがすでに抗弾ベストをつけて弾薬を携帯し、短銃身のARカービンを胸に吊っていた。「ワーオ」チームリーダーが選んだ武器を見て、ナスカーが驚いていった。「AKで撃つのか、ボス？」

ダフィーは肩をすくめた。「車に乗るには、アンダーフォールディング・ストックが便利だ。弾丸もARよりも口径が大きくて威力がある。中東ではさんざんAKを使った」

「AKで狙われたことも多かったんじゃねえか、チャーリー1？」

ダフィーはうなずいた。「ああ、そうだ」首から負い紐で吊るしてから、構えてみせた。「こいつが数え切れないくらい何度もおれに向けられた。だからこいつが気に入っているのかもしれない」脚を吹っ飛ばしたのもAKだったにちがいないが、いまそれを話すわけにはいかない。

チャーリー・チームの全員が武器装備をすべて携帯し、業界用語でいう〝サポーターで股を締めあげた〟状態になると、アルファ・チームとブラヴォー・チームのあとから、練兵場に出ていった。明るい陽射しが午後の厚い全天の雲に取って代わられていることに、ダフィーはすぐさま気づき、それとともに空気が涼しくなっていたのでほっとした。骨が折れる数時間になるとわかっていた。長いあいだこういうことをやってこなかったのだから、なおさらつらいだろう。

ダフィーは、まわりの男たちを見ながら、ペテン師症候群の波を撃退した。マイク・ゴードンとシェーン・レミックを除けば、ここにいる男たちは、三日たらず前には、〈Jクルー〉で試着したときにどこかに置いた携帯電話を捜している女性に手を貸すのがダフィーの仕事だったことを知らない。それをだれかが知ったら、嘲られるだけではなく、命を託せない相手だと見られ、任務は開始される前から失敗に終わる。こういう稼業からずっと遠ざかっていたことを、だれにも知られてはならないと、ダフィーはあらためて自分をいましめた。

メキシコでは雨季がはじまっていた。ほとんど毎日、午後になると空が灰色になり、数分でやむこともあれば夜まで降りつづくこともある土砂降りの雨になると、ダフィーは注意されていた。きょうは午後五時前まで降らなかったが、いったん降りはじめると、猛烈な雨になった。

ダフィーは、雨は気にならなかった。演習は七時までつづき、そのあいだに、任務中に遭遇するはずの状況とほぼおなじ土砂降りのなかで、射場や装甲人員輸送車の車内と周囲でチームとして活動する訓練を行なった。演習のあと、ダフィーとチームの面々は武器と装備をクリーニングし、兵舎に戻って着替えた。

もう午後十時近くで、ダフィーは兵舎の外でトタン屋根の下に立っていた。左右にまだ起きていた男たちが何人かいて、携帯電話で話をしたり、煙草を吸ったり、〈モデロ〉の缶ビールを飲んだりしていた。

午前四時に集合しなければならないので、ほとんどが寝棚に引きあげていたが、それでも五、六人が、ダフィーとともに表に出ていた。

ダフィーは興奮していて眠れなかったが、その時間を利用して、APCの車内での医療品、緊急その他の装備すべての置き場所をナスカーとともに工夫した。テント、寝具、予備の水、バッテリー、弾薬も、車外のラックに積んだ。それをやるのに汗だくになり、ナスカーはシャワーを浴びて寝棚へ行ったが、ダフィーは表に出てニコールと手短に話をすることにした。

ダイヤルしたときに、アルファ・チームが自分たちのAPC二台に装備を積み込んでいるのが、雨を透かして遠くに見えた。レミックがTLたちに渡した旅程表では、積み込みは午前四時三十分とされていたが、アルファ・チームはことに猛烈な戦闘員から成っているとゴードンがいっていたので、木箱やベルト給弾の弾薬缶を、彼らが車列の先頭車両のウォーホースに積み込んでいるのを見ても、意外には思わなかった。

耳に押しつけていた携帯電話がつながるカチリという音が聞こえ、ダフィーはたちまち雨のなかの男たちへの興味を失った。

降りしきる雨が頭上のトタン板の庇(ひさし)を打つなかでニコールの声が聞こえたとたんに、ダフィーの気持ちは落ち着いた。

「もしもし?」

「やあ、ニッキ。おれだ」

「ねえ、ベイビー。自分のチームの班長(ホンチョウ)になった第一日目はどうだった?」

「うまくいった。優秀な連中だ。ハリーは夜の食事をちゃんと食べたか?」

「最後のほうは交渉しないといけなかった。ニンジンとリンゴで、ハリーはクッキーを一枚せしめたわよ。簡単にあげすぎるって、マンディーにいわれた」

「マンディーはママよりも厳しくなりそうだ。ほんとうに将校向きだ」

「部下たちの態度はどう？」

ダフィーは、一瞬間を置いてからいった。「きょうは演習で団結した。ファルージャのチームみたいな感じだった」

「ファルージャのときみたいに、多感な若い女たちと、メキシコで出会わなければいいんだけど」

ダフィーは、それを聞いてにやにや笑った。「きみはそんなに多感じゃなかった」そこで真面目にいった。「きみのいうとおりだった、ニッキ。このチームリーダーの仕事は厳しい。扱いにくいやつが、何人かいる」

ニコールの口調がたちまち変わった。「そういうやつは、最初から厳しく監督しなければだめよ、ジョシュ」

ダフィーは、弁解気味に答えた。「そうしている。ふたりは敬意を表している。運転手と衛生担当だ。あとの三人には対処しているところだが、いまのところ抑え込んでいる」

ニコールが、すこし落ち着いた。「あなたならそうするとわかっているわ。あした、山に向けて出発するんでしょう？」

「〇六〇〇時に。電話を終えたら、すぐに寝ないといけない」

「あなたがいなくて、わたしたちは淋（さび）しい」

「チームリーダーは衛星携帯電話を支給されるから、ときどき電話できるけど、どれくらい——」

「わたしたちのことは心配しないで。用心して、そのひとたちを指揮して」

「そうする。きみは子供たちを指揮してくれ」

「マンディーという頼りになる副隊長がいるわ」

「愛している」ダフィーはいった。

「もっともっと、あなたを愛している」ニコールが答えた。「あなたの代わりにわたしがそこへ行きたいと思っているのは、悪いことかしら？」

「こういうことが懐かしいのか？」

「あなたがやったような仕事はやったことがない。でも、陸軍は懐かしい」

ダフィーは、溜息をついた。ニコールを陸軍勤務六年目で辞めるよう説得したのは、ダフィーだった。それも後悔していることのひとつだった。「悪かったと思っている」ダフィーはいった。

ニコールは答えた。「そういう意味じゃないの。正直いって、あなたに敬意を示さないそいつらを叩きのめしてやりたいだけ」くすりと笑った。「それができないのが残念なの」

一分後、ジョシュ・ダフィーは、雨のなかを宿舎に向けて歩いていた。

20

オスカル・カルドーサは、シナロア州の州都クリアカンには行きたくなかったが、西海岸のその都市のまたたく夜の明かりをチャーターした双発のビーチクラフト・バロンG58の窓から眺めて、今夜の仕事に備え、気を引き締めた。

シナロアは州全体が無法地帯で、麻薬カルテルの活動がはびこっていることで知られている。カルドーサは、メキシコのほとんどの組織のために働いているのが自慢だったが、それぞれの組織との関係はさまざまで、組織によっては危なっかしい関係だった。

たとえば、ロス・セタスは残虐な殺し屋集団だが、カルドーサは数え切れないくらい彼らと密接に協力してきたので、指導層に値打ちを認められているのを知っている。

グルポ・デ・グアダラハラとの関係はまだ日が浅いが、この組織はプロフェッショナルらしくしているし、カルドーサといっしょに仕事をすることを強く願っている。

しかし、クリアカンの連中の場合は、事情がちがう。彼らはシナロア・カルテルに属し、ともに働くのがきわめて難しいことが何年ものあいだに実証されている。カルドーサが彼らの代理としてやった三度の作戦の結果は、まちまちだった。一度はまあまあ成功した。べつの一度はひどい失敗だったが、さいわい責任を負わされることはなかった。もうひとつの任務は達成したが、この数年のあいだにカルテル・デル・ゴルフォをしのぐ規模になっていた北部の新興組織ハリスコ新世代カルテルに報復されたために、シナロア・カルテルにとっては悲惨な結果に終わった。

カルドーサは臆していたものの、クリアカンに来てシナロア・カルテルの頭目の協力を取り付けることが、計画の最終的な成功の要（かなめ）だし、外交官とアメリカ人の警護員の車列が山地に到着する前に取引をまとめなければならないことを承知していた。

いつもの流儀で、カルドーサはきょうも独りで旅していた。この地域と、これから話をする組織のことを思うと、想像を絶する危険を冒していることになるが、目立たないように接近するのが最善だと判断していた。自分の身体能力では本格的な揉（も）め事を切り抜けることはできないと承知していた。銃器の扱いと素手での格闘の訓練はじゅうぶんに受けていたが、険悪な事態になったら、敵の人数と火力にはとうてい太刀打ちできない。

だが、この事案想定（シナリオ）でカルドーサが頼りにするのは、腕力（ブローン）ではなく頭脳（ブレイン）だった。メキシコ西海岸のここで厄介（やっかい）なことが起きたら、脱け出す方法を思いつくか、口八丁で脱け出せると確信していた。お世辞か買収でそれをやるかもしれないし、重要な人間の名前を口にするか、人脈をいいふらすだけで済むかもしれない。カルドーサは、知り合いになったほうがいい人間をほとんどすべて知っていたし、ボディガード数十人よりもそのほうが身の安全に役立つと思っていた。

あらゆる勢力をべつの勢力と戦わせながら、ここまで生き延びてきた。今夜もそれができるはずだと、カルドーサは自分にいい聞かせた。

それと同時に、こんなふうに暮らさずにすむ日々がじきに訪れると空想していた。危険とおさらばして、アメリカやメキシコの政府に逮捕されたり、極度の不満を抱いたクライアントか、そういうクライアントの競争相手に誘拐されたり、拷問されたり、殺されたりするのではないかと、毎日不安にさいなまれることから解放される。

山地へ行くこの任務を終えたら、危険な稼業で勝利を収めたと宣言し、引退するつもりだった。

そして、メキシコからできるだけ遠ざかり、この領域からできるだけ離れ、この土地と揉め事に背を向ける。

だが、その前に困難な数日が控えているし、これまでもっとも厳しい瞬間が目前に迫っている。

パイロットが、ビーチクラフトを地上走行（タキシング）させて、デ・バチグアラト空港の運航支援事業者（FBO）前でとめると、カルドーサは駐機場の小雨の降る闇におり立った。

暗くなってからこのあたりを移動するのは、だれにとっても望ましくなかったが、時間が逼迫（ひっぱく）している状態で活動しているのを、カルドーサは強く意識していた。それに、数日のあいだにやり遂げなければならないことが数多くある。

予約してあったレンタカーのジープを受け取ると、カルドーサは東に向けて走らせ、タチノルパという小さな町に達したところで、ガソリンスタンドを見つけ、満タンにして、電話をかけた。そこで十五分待つあいだに、呼吸を整え、戦略を考えた。

ほどなくバイクに乗った若い男が、カルドーサの真っ赤なジープ・ラングラーの横に来た。カルドーサはうなずき、男がうなずき返した。メキシコシティから来た四十六歳のカルドーサは、ジープに乗り、バイクの男のあとから道路に出て、起伏に富んだ道路を東に向けて登っていった。

出発してから二十分後、オスカル・カルドーサは、バイクにつづいて砂利道でジープをゆっくり走らせていた。薪（まき）の煙のにおいが強く漂う料理用の焚火（たきび）のそばを通った。近くのシンダーブロックの小屋に住む男女が焚火のまわりに集まっていた。

カルドーサは、道路ぎわにいた男たちを観察した。最初は武器が見当たらなかったが、ここの住民には非情な刺々しさがあった。

カルドーサは、危険な事態を見分ける訓練を受けていた。

最初のうちは、住民が手強そうに見えただけだった。だが、まもなく地元住民が不信と悪意に満ちた目で見返していることに気づいた。予想していたとおりだった——何度となく目にしてきた——だが、山の奥へ登っていくにつれて、不安が強まった。

つぎは銃器だった。手入れの悪い、ピストルグリップ付きのポンプアクションのショットガンを持った若者が何人も、ぶらぶら歩いていた。道路を封鎖しているわけではない。呼ばれればいつでも戦闘に参加できるように準備している地元住民だった。山の上のほうに登るにつれて、男たちの武器はショットガンから旧式のウジ・サブマシンガンに格上げになった。この小型だが威力がある武器を肩から吊っている男たちは、山の下のほうの男たちよりも強悍で、体を鍛えている感じだった。さらに登ると、ウジも姿を消し、ヘッケラー&コッホG3やコルトAR-15のようなアサルトライフルを肩か胸に吊った男たちが、そばを通って登っていくカルドーサと四輪駆動車のほうをあからさまに凝視した。

それでもまだ、道路封鎖はなかった。カルドーサは戦闘員年齢の武装した男たち百五十人以上のそばを通過したが、進み出て前進をさえぎるものはひとりもいなかった。

バイクとそれにまたがっている男が、この縄張りを通るための切符なのだろうと、カルドーサは思った。

いや、ちがう。冷たい笑みが、カルドーサの顔をよぎった。こいつらは、山に登ってくるだれかを阻止するつもりはない。戦いたいのだ。

いかれたやつら（ロコス）だ。カルドーサは心のなかでつぶやいた。

ここは西シエラマドレの高みではない。山脈に達してもいない。西シエラマドレの麓（ふもと）の低山にはいっただけなので、ラングラーはなんの妨害も受けなかった。やがて、ようやく武装が整っている道路の検問所でとめられた。セレクターをパーキングに入れながら、カルドーサは想像した。この山で武装した男二百人が、自分たちの働きが必要とされることを告げる銃声が聞こえないかと、夜の闇に耳をそばだてている。とはいえ、ジープに乗った男ひとりでは、だれもそんなにいきりたちはしないだろう。

カルドーサは、警備員に身分証明書を調べられ、携帯無線機で連絡がなされて、すぐにまたバイクの若者に先導されて進んでいった。やがてカーブを曲がり、目的の場所に到着した。

グアダラハラで大親分（エル・パトロン）に会ったときとはちがい、このクリアカンでは広壮な屋敷に招き入れられはしなかった。玄関ドアの代わりにカンバスの防水布を垂らした低いシンダーブロックの建物の外の闇で、カルドーサは車をとめた。玄関の外には、数十本の白い蠟燭（ろうそく）があって、灯され、湿った夜気のなかでちらちら揺れていた。あちこちに二十人以上が立っていた。カウボーイブーツ、ジーンズ、ウェスタンシャツ、野球帽を身につけた真剣な表情の男たちだった。だが、カルドーサにとってもっと重要だったのは、全員がアメリカ製のAR-15で武装し、胸を抗弾ベストで保護していることだった。後部に機関銃を据えつけたピックアップ・トラックが一台、建物の入口近くにとめてあった。機関銃の銃身にもたれている男は、退屈そうだった。それでも、その歩哨はジープに目を向けていた。そいつが初弾を薬室に送り込み、完璧に狙いをつけて、バタフライトリガー（尾部のスコップの柄のようなグリップふたつのあいだにある、蝶ネジに似た形の押鉄「おしがね」。左右の指で押して操作する）を押せば、ジープ・ラングラーと乗っている男ひとりを地獄まで吹っ飛ばすことができるのを、カルドーサは知っていた。

カルドーサは、ジープからゆっくりおりて、ちょっと背中をのばしてから、薄手のジャケットを脱ぎ、ポロシャツ、濃い色のジーンズ、鰐革（わにがわ）のブーツという格好になった。落ち着いたふうを装い、背中に吹きつける弱い風のように冷ややかに見せようとした。ジャケットを車内に投げ込んだとき、二十代の男ふたりが近づいてきた。見える範囲の男たちすべてとおなじようにARを携帯していたが、背中に吊っていた。

「うしろを向いて、セニョール・カルドーサ」ひとりがいった。カルドーサがいわれたとおりにして、ラングラーのボンネットに両手をつき、武装した男ふたりに徹底的にボディチェックされた。

カルドーサはくすくす笑った。「シナロア・カルテルの本拠地のクリアカンに、わたしが武器をこっそり持ち込むと思っているのか？　そんなことをやったら、厄介なことになるだけだろう？」

「両腕をのばして」

「わかった」カルドーサはふたりのほうを向いて両腕をのばし、ボディチェックがつづけられた。

しばらくするとふたりがうしろにさがり、ひとりがカルドーサに向かっていった。「はいっていい、セニョール」

「ご親切にどうも、若いの」

カルドーサは、蠟燭に照らされている建物の入口に近づいた。表から見るとなんの変哲もない建物だったが、窓から漏れるかすかな明かりと、カンバスとドア枠のあいだから射しているもっと明るい光のせいで、礼拝所のような雰囲気だった。

屋内では空中に漂う埃（ほこり）と煙が、蠟燭の灯心の輝きを反射し、どこかからソフトでスローな音楽が流れていた。催眠状態に陥っているように、この世を離れた感じだった。床に狭い通路のように並んでいる蠟燭が醸（かも）し出す不気味な靄（もや）に、刺激的な香りがくわわっていた。

廊下の突き当たりのあいているドアに独り向かうあいだ、カルドーサは神経がぴりぴりするのをこらえた。

前方の部屋も蠟燭に照らされているだけだったが、ずっと明るかった。

カルドーサが部屋にはいると、そこは天井が低く、床がコンクリートで、いっぽうにシャッタードアがあるとわかった。もとは倉庫か、農機を入れておく場所だったのかもしれないが、いまはべつのひと目見ればわかる目的のために使われている。窓のない部屋の奥の壁、シャッタードアの左に、高さ九〇センチほどの祭壇があった。シンダーブロックと合板で作られているらしいことを除けば、カトリック教会の祭壇に似ていなくもない。花と蠟燭と香炉が、それを囲んでいた。台座の中央には臙脂色に塗られた木製で手彫りの凝った装飾の玉座があり、三〇センチ高くなっているそこに、手の込んだデザインのウェディングドレスを着た等身大の骸骨が座っていた。

骸骨は玉座に心地よく座っているような感じに置かれ、長い大鎌を床と直角に立てて、木の柄を左手で握っていた。大鎌の石突は蹴込み板（階段の縦板）に固定され、骸骨の頭上にある長い鎌刃の切っ先は、眼窩に届きそうなくらい反りが大きかった。

それは聖なる死神たる聖母だった。カルドーサは〝死の聖母〟の礼拝の儀式について詳しく知っていたが、彼が住んでいる首都や、通常の仕事や付き合いの仲間のあいだでは、花嫁のように着飾った骸骨に祈りを捧げるのは正気の沙汰ではないと見なされていた。

それでも、カルドーサは、メキシコシティの中心にあるソカロ広場近くの上流階級専用の優雅な教会にいるような恭(うやうや)しい態度を保っていた。両手は前で畳(たた)んでいた。音をたてず、動かずに、過剰な装飾の祭壇と、その前でひざまずいている男をじっと見つめていた。

気づかれるまで、カルドーサは辛抱強く待った。男はずっとひざまずいたままで、ふりむいてカルドーサのほうを見ようとはしなかった。丸一分過ぎたときに、男が祭壇のほうを向いたまま、幽霊を呼び寄せそうな音楽のソフトな音よりも大きい声でいった。カルドーサとはちがい、ここを心の底から崇敬しているのがわかる、物柔らかな声だった。

男はいった。「セニョール・オスカル・ヘスース・カルドーサ・オルテガ。ずいぶん久しぶりじゃないか？ もっと近くに来て、聖母の美しさを愛(め)でたらどうだ」

カルドーサは、ひざまずいている男のすぐうしろまで進み出てから、口をひらいた。

「散弾銃(エル・エスコペタ)。会うのに同意してくれて感謝しています」

男が立ちあがり、カルドーサと並んだが、なおも祭壇を眺めていた。三十代で、黒い髪をうしろになでつけ小さなマンバン（お団子にした男性の髪型）にまとめていた。ジーンズまでずっと前をあけた白いシャツをなびかせていた。胸から腹にかけて、散弾銃をぶっちがいにした模様の巨大なタトゥーがあり、筋肉が盛りあがっている胸の上で、そのタトゥーの銃身から煙が流れ出ていた。通称のエル・エスコペタは、スペイン語で〝散弾銃〟を意味する。

人脈と情報源が豊富なカルドーサですら、エル・エスコペタの本名は知らなかった。

「彼女を見るがいい、オスカル。ただ見るだけでいい。あんなに美しい。あんなに儚(はかな)い。あんたにも……わかるだろう……どれほど恐ろしいか」

今夜の仕事に成功するには、相手の恭しい口調に精いっぱい調子を合わせなければならないと、カルドーサにはわかっていた。「はい。見ています。たいへんすばらしい」

エル・エスコペタがいった。「この骸骨は本物なんだ、友(アミーゴ)よ。美人コンテストに優勝し、女になる前に十六歳で死んだ。アカプルコのナイトクラブで撃ち殺された。運よく弾丸は肋骨(ろっこつ)の下で腹を貫通し、背骨には当たらず、どの骨も折れなかった」

彼女にとっては運よくではなかったと、カルドーサは腹のなかで思ったが、黙っていた。

「マサトランでいちばん腕のいい外科医に命じて、肉を取り除いた。チャパラのおれの牧場で丸一年、骨を日光で漂白した。着ているウェディングドレス？ 彼女のために特注したパリ製だ」

「これは美しいですね、セニョール」そういったとたんに、カルドーサは過ちを犯したことに気づいた。

「彼女だ、オスカル。これ、じゃない」

「ああ、そうでした」

「死の聖母（ラ・サンタ・ムエルテ）だよ」

「そうでした」

カルドーサは、骸骨に目を戻した男を眺めた。エル・エスコペタは、見かけは都会人のようで、メトロセクシャル（生活様式や外見についての美意識が強く、それに金と時間をふんだんに注ぐ人間）だといってもいいくらいだった。だが、シナロア・カルテルでのしあがるときに、エル・エスコペタがみずからどんな悪行に手を染めてきたか、カルドーサは知っていた。

クリアカン出身のエル・エスコペタがいった。「教えてくれ……メキシコシティの家で、あんたは聖人の前で祈るのか？　それとも、そういうことをやるのは、おれたちみたいないかれた田舎者（いなかもの）だけか？」

カルドーサは、答を用意していた。「悲しいことに、わたしが信仰しているのは仕事だけです」

エル・エスコペタがふりむいて、カルドーサの目を見た。エル・エスコペタの目は赤く血走っていたが、麻薬のためか、酒のためか、睡眠不足のためか、それとも泣いていたせいなのか、カルドーサには見当がつかなかった。

シナロア・カルテルの頭目のエル・エスコペタがいった。「あんたの考えなど先刻承知だ、オスカル。おれたちみんなを狂信者だと思っている。おれたちはずっと山にいるからな。そうなんだろう?」

エル・エスコペタは正気ではなく、予想外の反応を示すので危険だと、カルドーサは確信していた。とはいえ、この手順を先に進めなければならないこともわかっていた。「謝ります、エル・エスコペタ。しかし、ここはまだシナロアの低山地帯です。一時間東に走れば、もう麓だ。あんたは要路に武装した男たちを配置しているが、ほんとうに山を支配しているのは、黒い騎士——」

エル・エスコペタが、馬鹿にするようにいった。「シナロア・カルテルは、山の男たちから成っている。おれたちの骨は硬い岩、血は泉が水源の川の水なみに冷たい。いまは〝悪魔の背骨〟が黒い騎士を護ってるが、ここにはほんものの山の男たちがいる。地を這うようにして登り、縄張りを取り戻す」

これが肝心な話をする糸口になると、カルドーサは気づいた。「わたしはそれを手伝うことができる」

エル・エスコペタが、祭壇に顔を戻した。「それじゃ、いってみろ」

「グアダラハラの大親分が、あんたに手を貸してもらいたいといっている。検討してほしいと——」

「グアダラハラに、くそでもくらえといってやれ」

カルドーサは、小さな溜息を押し殺した。「ほんとうに望んでいるのなら、そう伝えよう。しかし――」

「山がおれたちを外部のやつらから護る。聖母も」

「山も聖母も、これまであんたたちを黒い騎士から護ってくれなかったんじゃないか？　やつらはあんたの工場、畑、縄張りを奪った。われわれは、それを取り戻すのを手伝うことができる」

「おれたちは、黒い騎士なんか怖れてない。ニュースを見ないのか？　陸軍が山にはいってやつらを殺そうとしてる」

カルドーサは首をふった。「和平案がまとまったら、山へ行くのは国連になり、だれも殺さない。あんたたちは戦争ができなくなり、黒い騎士が保護される」

「和平案は実現しない」

「どうかな、セニョール。実現するかもしれないし、しないかもしれない。黒い騎士の頭目が和平を望んでいる。ラファ・アルチュレタは、それを実現する必要があるし、あんたがなんといおうが、やつは馬鹿じゃない。

だが、われわれが代表団を皆殺しにして、黒い騎士がやったように見せかければ、あんたにもわかっているように、陸軍はその翌日に進撃するしかない」

「なにを提案するつもりだ?」

「あんたたちは、アジアから化学製品を持ち込むのに、アカプルコの港を必要としている。国境へ製品を運ぶのに、ヌエボ・ラレドの市場を必要としている。シナロア・カルテルではなくカルテル・デル・ゴルフォとハリスコ新世代カルテルに圧力をかけつづける政治家を必要としている。

わたしが頼みたいのは、山のあんたたちが支配している地域をロス・セタスが自由に移動できるようにすることだ」

エル・エスコペタは祭壇に注意を戻していたが、ふたたびカルドーサのほうをふりむいた。「なんだと?」

カルドーサはいった。「ロス・セタスが安全に通れるようにしてくれれば、われわれがこの国連が夢想している和平を完全に叩き潰し、陸軍が西シエラマドレを攻略せざるをえないようにする。そして、あんたがいったように陸軍があんたたちの敵を掃滅する。あらたな同盟で、あんたたちは莫大な戦利品をものにする」

「頭がどうかしたんじゃないか、アミーゴ。警護員数十人を殺すのに、ロス・セタスを縄張りに入れる必要はない。ここに来るあいだに、おれの殺し屋を見ただろう。それとも、怖くて顔を股に突っ込んでたのか？」

蠟燭の明かりのなかでふたりが睨み合うあいだ、意識を混濁させる音楽が流れていた。

「申しわけないが、もうあんたの縄張りではない。あんたには車列を殲滅できるだけの人数を送り込むことができるかもしれないが、ロス・セタスにやらせればいいじゃないか。あんたはいま……意見のちがいにもかかわらず、グアダラハラの最高の顧客だ。グアダラハラの連中は、山で起きたことにシナロアが関わるのは望ましくないと思っている。ロス・セタスが車列を殲滅し、黒い騎士が非難されるという流れなら、シナロアは無関係になる。あんたの手はきれいなままだ、アミーゴ」

エル・エスコペタが、額の汗をぬぐい、カルドーサをじろりと睨んだ。「あんたはグアダラハラの人間じゃない」

「たしかに、セニョール。だが、いまのおれは連中のコンサルタントにすぎないが、あんたのためにも働いている仲介人だと思ってくれ。あんたはおれのことを知っている。前にも仕事をやった」

「あんたのことは知ってるが、よく知ってるわけじゃない。どこの出身だ？」

「メキシコシティ」

「なにかちがうなまりがある。ほかのところの」

「いや、セニョール。首都にしかいなかった。テピックで生まれ育った。いまはポランコの公園に近いほうに住んでいる」

エル・エスコペタが、腰に両手を当て、すこし考えているようだった。やがていった。

「ロス・セタスが高速道路をはずれたら、おれの配下が移動を妨害する」

「賢明な決定だし、後悔しないはずだ」

エル・エスコペタが、カルドーサの顔に指を突きつけた。「だが、これだけは断言しておく。たとえ一秒でもやつらが高速道路からそれたら、おれが自分でその下劣なやつらの皮を生きたまま剝いでやる」

「その言葉を伝えよう」

エル・エスコペタが、カルドーサの両肩をつかんだ。そうやって押さえ込んだまま、目の奥を睨みつけた。

「聖母は、おれが山を取り戻すはずだと約束した。それであんたをよこした。聖母を裏切るな。さもないと、聖母はおれをあんたのところへ行かせるだろう」

十分後、カルドーサはジープに戻り、山を下って西に向かい、遠くに見えるクリアカンの夜の明かりの輝きを目指した。バイクに乗った若い男に付き添われて車を走らせながら、カルドーサはイヤホンを耳に差し込んで、衛星携帯電話で電話を一本かけた。

呼び出し音が一瞬鳴り、相手が出た。

力強い声が聞こえた。「もしもし？」

「ロボか？　カルドーサだ」

「カルドーサ？」ロボが笑った。「クリアカンで殺されたと思ってた」

「まだ生きている。ありがたいことに。エル・エスコペタと話をしたところだ」

「そうか。いかれた馬鹿野郎、なんといってた？」

「シエラマドレであんたたちの支援を受け入れるといった」

カルドーサが予期したとおり、間があった。ようやくロボがいった。「ほんとうなのか？」

「ほんとうだ。あんたと配下をよろこんで受け入れるそうだ」カルドーサはつけくわえた。

「道に迷わないために、あんたたちは高速道路を離れたくないだろうな」

また間があって、やがてロボがいった。「やつは、おれたちが高速道路をはずれたら殲滅するといったんだな？」

カルドーサは、運転しながら肩をすくめた。「やつのことは知っているだろう。大げさないいかたが得意なのさ」

それを聞いて、ロボは笑った。「あんたもうるわしい言葉で事実とはちがう絵を描くじゃないか、カルドーサ」また笑った。「まあいい。朝には装備を積んで出発する。あんたも行くんだろう？」

「わたしの姿は見えないだろうが、そこに行く。連絡を維持する」

「独りで行くのか。いつもみたいに」

「そうだ」

「だったら、やつらとおなじくらいいかれてる」

カルドーサのジープがカーブをまわったところで、バイクが道端にそれ、手ぶりで横にとまるよう合図した。

「ちょっと待て」カルドーサはロボにいい、サイドウィンドウをあけた。

「エル・エスコペタが、これを持っていけといってる」ティーンエイジャーらしいバイク乗りがいい、ジャケットに手を入れて、小さなリヴォルヴァーを出した。「弾薬はこめてある」

「武器はいらない――」

「高速道路で〝背骨〟のところへ行くまで持ってて、そこで道路脇に捨てろといってた。そこへ早く行ける裏ルートをあとで伝えるが、厄介なことになるかもしれないからだ」

カルドーサは、拳銃をグラヴコンパートメントに入れて、ジープを発進させた。バイクはそのままとまっていた。

小さな安堵(あんど)の息を漏らして、カルドーサは電話に戻った。「〝悪魔の背骨〟では、人数が多くてもたいして安全ではないんだ、ロボ」電話に向かってくすりと笑った。「アメリカ人の契約警護員たちに、それを実証してやれ」真剣な口調になった。「とにかく、おれは独りのほうがうまくやれる」

「幸運を祈る、アミーゴ」ロボがいって、電話を切った。

カルドーサは、イヤホンをはずして運転に注意を集中した。「そっちこそ幸運が必要なんだぞ、アミーゴ」

21

午前五時五十六分、ダフィーはインターナショナル・アーマード・グループ・ガーディアン（IAGA）装甲人員輸送車（APC）の助手席で待っていた。〝暴れ馬（クレイジーホース）〟と名付けられたチャーリー・チームのAPCは、アブラーム・ゴンサーレス通りにある内務省ビルの前にとまっている黒い大型車両五台の最後尾だった。燃料を節約するために、運転手のナスカーがエンジンを切ったので、巨大な金属製の野獣の内部は、いまのところ静かだった。

大型車両のなかでも問題なく話ができるように、チームの六人は全員、抗弾ベストに固定された無線機のヘッドセットをつけていた。厚い防弾ガラスの窓からの照準線がひとりずつ異なるので、連絡が重要だということを、全員が知っていた。

スクイーズは、頭上のルーフハッチの掛け金をはずし、銃塔に立てるので、チームのなかでもっとも広い視界を得られることはまちがいなかった。上部銃手のスクイーズは、銃塔を使わないときには、ウルフソンのそばで右側ベンチシートに着席することになっていた。

ボタンをひとつ押して周波数を切り替えるだけでアルファおよびブラヴォーとのチーム間無線機に使えるチーム内無線機のほかに、APCには車両搭載無線機があり、〝競技(ショー)馬(ホース)〟のレミック、〝荷馬1(パックホース・ワン)〟のゴードン、〝暴れ馬(クレイジーホース)〟のダフィーが、ガーディアン全車のスピーカーを使って報(しら)せることができる。

レミックは、内務省職員と出発の手配りをしていたので、数分のあいだ通信網でなにも連絡してこなかった。

車列が正面にとまっているビルは、コロニアル様式の美しい館で、首都メキシコシティの中心部に向かう途中にあった。ダフィーは街の建築様式と、人口九百万人の大都市を囲む荘厳な山々に、すっかり魅入られていた。メキシコシティがある盆地に漂う有名なスモッグは、まだ現われていなかった——夜明け直後だったからだ——だが、市内の道路にはすでに自家用車、トラック、スクーター、バイク、途方もない数のタクシーがあふれていた。

駐車しているあいだ、ダフィーは助手席のフロントウィンドウから、朝の車の往来を眺めていた。これまで見てきた大都市とよく似ているここを離れ、これから数日間、まちがいなく危険に遭遇するはずの地域に行くことになるのだと考えて、ダフィーは身ぶるいした。

短い電子音がAPCのスピーカーから聞こえ、車両の無線機からの送信があることを伝えたあと、レミックの声が狭い車内に鳴り響いた。

「アルファ1（ワン）から全コールサインへ。内務省ビルの正面ドアからVIPが二分後に出てくると連絡があった。出迎えのために、チームリーダー（TL）とフローレス博士は降車して、おれといっしょに車両の前に立て」

ダフィーはサイドハッチ式のドアをあけた。チーム無線機でいった。「すぐに戻る」

APCの横に跳びおりて、巨大だが完璧にバランスがとれている鋼鉄のサイドハッチを閉めた。乗車と降車のとき以外は、サイドハッチをずっと閉めておく手順になっている。手順は重要だと、ダフィーは知っていた。メキシコでもっとも安全な場所の中心でも、手順を守らなければならない。

ダフィーは、レミックが降車している〝ショーホース〟に向けて歩いていった。無線機からスクイーズの声が聞こえた。「おい、TL、表にいるあいだに、ケサディジャ（チーズを挟んだトルティージャ）を買ってきてくれ」

ダフィーは応答しなかった。

ダフィーは内務省ビルの正面ドアに通じている階段の下で、レミック、フローレス博士、マイク・ゴードンと合流した。ダフィーとゴードンは、手袋をはめた拳を打ち合わせた。フローレスは両手を腰に当てて立ち、真剣な面持ちだった。レミックは〝整列、休め〟の姿勢で、両手をうしろにまわしていた。全身のどこをとっても、アーマード・セイントのほかの警護員とまったくおなじ抗弾ベストと装備で、M4カービンを胸に吊っていた。

レミックは砂漠の色の野球帽をかぶり、けさ髭を剃ったばかりだった。いっぽう、ダフィーとゴードンは、二日分の無精髭がのびていた。

まもなく内務省ビルの正面ドアがあき、政府の警護員数人が出てきて、APCとそのそばに立っている一団をじろじろ眺めた。そして、それぞれがキャスター付きのスーツケースをひっぱっている四人が現われた。男三人がスーツを着ていて、女性ひとりがスラックスとクリーム色のブラウスという服装だった

フローレスは、アーマード・セイントの黒いポロシャツ、カーゴパンツ、ハイキングブーツといういでたちで、ショートの髪を小さなポニーテイルにまとめていた。VIP四人が階段をおりてくるのをじっと見ながらフローレスが英語でつぶやき、近くにいたダフィーはそれを聞き取った。

「あれを見て。ビジネス会議の服装よ。どういうところへ行くか、ぜんぜんわかっていない」

レミックには聞こえなかったのか、どうでもいいと思ったらしく、階段の下まで行って四人を出迎え、銀髪の男のほうに手を差し出し、愛想のいい笑みを向けた。「またお目にかかれて光栄です、エレーラ副大臣」

エクトル・エレーラは六十代で、高い地位にある人間らしく上品だった。気さくな笑みを浮かべ、レミックと握手した。

エレーラの英語はかなり流暢だった。「おはよう、レミックさん。今回の代表団に参加する同僚たちを紹介しようか？」五十代とおぼしく、豊かな茶色の髪の鬢が白くなり、角張った頑丈そうな顎のがっしりした体格の男を、手で示した。「ラインハルト・ヘルム、国連平和活動局副長官だ」

レミックが手を差し出した。「シェーン・レミック。統率官です。ご活躍は以前から拝見しています」

レミックが精いっぱい愛想よくしていることに、ダフィーは気がついた。

「わたしもあなたの活躍は知っているよ、レミックさん」ヘルムがいった。はっきりしたドイツなまりがあった。「セレブといっしょの車に乗れるので、わたしたちはみんなよろこんでいる」

レミックがそれに反論した。「この作戦では、わたしはただのＡＩＣです。それ以上でもそれ以下でもありません。あなたがたこそVIPです」

エレーラがつづいていった。「さて、カナダ出身のミシェル・ラルーを紹介しよう。彼女は国連難民高等弁務官事務所のラテンアメリカ現地管理官だ」

ブロンドの髪をショートにして、サングラスを額の上にあげているラルーは、四十歳前後だろうと、ダフィーは思った。

「ミセズ・ラルー」レミックがいいながら、握手をした。

「ミスよ。先月に離婚が成立したところ。〝残念ながら〟とはいわない。そう思っていないから」そういいながら、ラルーはレミックのうしろの黒いAPC五台に目を向けていた。

「まあ、いっしょに来ていただけるのは、ありがたいですよ」レミックがいった。

エレーラがまた口をひらいた。「つぎに、アドナン・ロドリゲスを紹介しよう。内務省でわたしのアシスタントをつとめている」

ロドリゲスは三十代で、黒い髪をオールバックにして、デザイナーブランドのサングラスをかけていた。レミックの手を握りながらいった。「はじめまして（ムーチョ・グスト）、セニョール」

「こちらこそよろしく」レミックはそういってから、たどたどしいスペイン語に切り換えた。「スペイン語はほんのすこししかしゃべれない（アブロ・ソロ・ウン・ポコ・エスパニョール）」

ロドリゲスがにやりと笑って、なまりはあるがよどみのない英語に切り換えた。「必要ない。わたしはオースティンのテキサス大学を出て、ヒューストンのライス大学で法学の学位を修めた。誇り高いテキサスのラティーノ（ラテン系アメリカ人）みたいに英語を話すことができる」

「それなら馬が合いそうだ。わたしはダラスで生まれ育った」

レミックが、いっしょにいる三人をざっと手で示した。「ゴードン君は予備の補給品すべてを運ぶ車を指揮する。ダフィー君は、われわれの後方の安全を護る車を指揮する」

全員にうなずいてみせてから、レミックはいった。「それから、ガブリエラ・フローレス博士は、山地とその住民についての情報を、わたしたち武装警護員に提供してくれる。博士は現地の方言をいくつか、流暢に話すことができる」

フローレスが、主警護対象の四人と握手を交わし、エレーラとロドリゲスにスペイン語で丁重に挨拶をしてから、ゴードンとダフのそばに戻った。

内務副大臣のエレーラが、こんどはアルファ1にじかに話しかけた。「レミックさん、あなたとアーマード・セイントが、この小旅行に同行するのを引き受けてくれたことに、正式に感謝したい。聞き及んでいると思うが、われわれは警護要員を手配するのにかなり苦労した。西シエラマドレでわれわれが会う当事者は、合意が成立する前に武装した国連平和維持軍を自分たちの縄張りに入れるのを拒んでいる。他の民間軍事会社は……任務には危険が予想されるといって、業務の提供を拒否した」

ガブリエラ・フローレスは、数メートルしか離れていないところで、ダフィーと肩を並べていたが、また英語でそっとささやいた。「予想される？」

レミックが、おなじように堅苦しい口調でエレーラに答えた。レミックが状況に応じて口調を変えられることに、ダフィーは感心した。レミックはいった。「アーマード・セイントはよろこんで参加しています。副大臣も任務も優秀な警護員に委ねられておりますから、安心してください」

ダフィーは、国連職員のミシェル・ラルーをもう一度ちらりと見た。ラルーは、話をしているふたりの体ごしに、まだアーマード・セイントの車両を見ていた。こんどは、前方の車列を端から端まで手で示した。「失礼ですが、レミックさん。おたずねします。こういったものすべては、いったいなんですか？」

レミックが首をかしげた。「こういったものすべてとは、マーム？」

「戦闘装備、それに戦車」

「戦車ではありません。装甲人員輸送車です」

「それでも……わけがわかりません。戦争を回避するために、そこへ行くのだと思っていました。戦うためではなく」

レミックの慇懃（いんぎん）な態度は、まったく揺るがなかった。「ここにいるもののほとんどが、そう理解しておりますが、なんらかの脅威、すべての脅威に備える必要があります。西シエラマドレの上のほうは、無法地帯です。いろいろな手立てを講じる必要があります」

ラルーが、国連幹部のドイツ人のほうを向いた。「副長官、挑発されなくても揉（も）め事を引き起こすような相手と会うのに、こういう挑発的な設定にすることに、同意なさったんですね」

ヘルムはそれを聞き流して、きっぱりといった。「ミシェル、これについて、わたしたちは話し合ったじゃないか。脅威アセスメントもきちんとやった。任務の安全を計るには、装甲車両が必要なんだ」

レミックが、口をはさんだ。「わたしの会社のメキシコにいる情報チームも、こういう手立てが必要だという結論を下しました。率直に申しあげますが、ミス・ラルー、四十八時間以内に、わたしたちがこういう対策を講じたことに感謝なさると思います」

フローレス博士が進み出て、ラルーに向かっていった。「わたしたちを阻止したいと思っている連中がいるんです、ミス・ラルー。殺したいと思っている連中が。そう断言します」

「ごめんなさい、あなたはどういうかただったかしら？」ラルーがきいた。

レミックがいった。「ガブリエラ・フローレス博士は、文化問題の専門家です。こういった山地のことに詳しい」

エレーラがいった。「ミシェル、わたしはフローレス博士の意見に賛成だ。大統領はわたしにじきじきに、ロス・カバジェロス・ネグロスがわたしたちの任務に関して容認する範囲内で最高レベルの警護を使用するよう指示した。アーマード・セイントが、わたしたちの安全のためにはこうするのが最善の選択肢だと決定し、その問題は決着がついた」

「賛成だ」ヘルムがいった。「ぐずぐずしていないで、出かけよう」

「その前にひとつだけ」レミックがいった。「あなたがたの安全を確保するには、厳格な保安手順が必要です。あらゆる形の通信手段を、わたしとアルファ・チームに差し出すことに、あなたがたは合意しています。あなたがたの携帯電話をお預かりして、安全な場所に保管します」

レミックは礼儀正しかったが、万事を牛耳(ぎゅうじ)っていたので、ダフィーは感心した。統率官(AIC)のレミックの言動を真似て、自分の流儀と合わせ、独自のリーダーシップを打ち立てようと、ダフィーは心のなかで決意した。

ラインハルト・ヘルムが、ショルダーバッグに手を入れて、衛星携帯電話のスラーヤX5タッチを出した。「これを。ミス・ラルーとわたしが持っているのは、これだけだ」

エレーラが、革のバックパックから自分の電話を出した。イリジウム・エクストリームで、アーマード・セイントのチームリーダーたちが持っているのとおなじ型だったが、エレーラの衛星携帯電話が黄色だったのに対し、ダフィー、ゴードン、レミックのものはグリーンと黒の迷彩だった。

エレーラがいった。「アドナンとわたしも、ふたりで一台しか持っていない。これを渡すよ、レミックさん。進捗を省に連絡するために、夜には返してもらいたい」

「わかっています。できるだけ便宜を図るようにします。われわれが行くことを、向こうにいるだれにも気づかれないようにしながら」

それに対して、ガブリエラ・フローレスが口をはさんだ。「ロス・カバジェロス・ネグロス以外のだれにも、ということね」かすかな皮肉を含んだ口調だった。あからさまにはいわないが、この突飛な行動が無分別だと思っているは明らかだと、ダフィーは感じた。

レミックが、不愉快そうにフローレスを見た。「あたりまえだろう」

そのとき、エンジンの低いうなりが背後であっというまに大きくなり、全員がそちらを向いて、南から近づいてきて視界にはいったメキシコ連邦警察の車両四台を眺めた。

警察車両のうしろにバイク数台が現われた。目出し帽をかぶってAR - 15アサルトライフルを背中に吊った連邦警察官が、道路で密集した二列縦隊を整然と組んでいた。

さらに、バイクのうしろにもピックアップ・トラックが何台かいた。荷台の男たちが、ルーフに取り付けた機関銃を担当していた。顔は目出し帽とヘルメットに隠れていた。

エクトル・エレーラがいった。「われわれの付き添いだ。西シエラマドレ山脈の麓の低山地帯まで、連邦警察の車両縦隊が同行する。バイク十二台にくわえて、連邦警察官六十人以上が乗っているピックアップ十数台が付き添うといわれた」

警察車両が道路でとまり、エンジンは轟然とうなりつづけていた。機関銃のうしろの男たちは、強い視線を投げていた。ダフィーは反射的に胸に吊ったアサルトライフルのグリップを右手で握った。人差し指を銃本体に沿わせ、ほんの一秒もあれば引き金に届くようにしていた。

ゴードンがいつでも発砲できるように安全装置をはずす音が、横から聞こえた。ふたりとも反射的に抗弾ベストをすべての銃器に向けようとして、現われた警察の車両縦隊のほうへ胸を張っていた。

きょうダフィーが関係している事柄に関して、メキシコ連邦警察は味方であるはずだが、チーム以外の武装した男たちが警護対象の周囲にやってきたいま、その連中に注意する必要があることを、ダフィーは承知していた。

ラインハルト・ヘルムがきいた。「どうして全員、目出し帽をかぶっているんだ？」

アドナン・ロドリゲスが、その質問に答えた。「あいにくわたしたちの国では、連邦警察に勤務しているというだけで、本人や家族が殺される。ほとんどの警察官が、制服のときには身許（みもと）を隠す。麻薬密売人（ナルコトラフィカンテ）が相手のときはことに」

ダフィーは、レミックのほうを見た。現場に六十以上の銃器があらたに現われたことに、取り立てて不安を感じているようではなかったが、早く移動したいと思っているのは明らかだった。「わかった。車列のまんなかの車が、あなたがたのリモーだ。荷物はわたしの部下が運んで、カーゴスペースに入れます。車内のどの座席でも好きなように選んで、座ってください」

ミシェル・ラルーがいった。「あれがリモー？　戦車みたいだけど」

レミックが冷静だったので、ダフィーはいっそう敬意を深めた。「〝リモー〟というのはただの用語で、警護対象が乗る車両をわたしたち契約警護員がそう呼ぶんです。ミス・ラルー、あなたはこの旅行の貴重な荷物の四分の一名なので、リモーに乗ってもらいます」

あとの三人は移動しはじめたが、ラルーはしばし頑として動かなかった。フローレスと男三人が立ちどまってふりかえったとき、ラルーがふたたびヘルムに向かっていった。

「副長官、わたしはこれに安心感が持てません。こういう戦争なみの武器をそろえてあの山にはいるのは、揉め事を起こしてくれというようなものです」

フローレスは、ダフィーのうしろにいたが、ダフィーを押しのけて前に出て、ラルーに詰め寄った。「揉め事を起こしてくれ、ですって?」怒りのこもった声だった。「ラルーさん、あなた、わたしたちがどこへ行くか、わかっていないんじゃないの? あそこへ行くこと自体、揉め事を起こせというのとおなじことなのよ。どうせわたしたちは揉め事に巻き込まれるんだから、装甲車のせいにするのはまちがっている」

「ギャビー」レミックが、はじめて冷静さを失い、語気鋭くいった。

ラルーがいった。「聞いて、あなた……」

「もう一度いうわ。わたしはガブリエラ・フローレス博士よ」

ラルーが口をとがらせていった。「聞いて、フローレス博士。この活動にある程度の脅威があるだろうというのはわかっている。わたしは馬鹿ではないわ。この仕事を長年やっている。戦いを求めているような道具立てで行ったら、より強い反応を招くと思っているだけよ」

フローレスが答える前に、レミックが口をはさんだ。「われわれはあなたがたの安全を護り、規律を維持します。われわれはプロフェッショナルだし、危険地帯へ行くのは、これがはじめてではありません。

全員、競技馬（ショーホース）に乗ってください――リモーをそう呼んでいます。乗ってもらったら、わたしは警察の護衛の指揮官と移動の連携について話し合います。ギャビー、アルファ・チームにはスペイン語が話せる人間がいるが、きみが通訳してくれないか。その前にきみとちょっと話をしないといけない」

だが、ラルーはなおも反論した。「副長官、副大臣。わたしたちは連邦警察官数十人に護衛されていますし、みんながいいたてているようなありもしない危険には近づいていません。事故が起きるのは困ります。せめて山地にはいるまで、わたしたちの警備員は銃器の弾薬を抜いておくべきだと思います」

レミックの冷静な態度が、わずかながら、ふたたび崩れた。「申しわけないが、そういうことはできない。わたしの部下はプロだから、けっして――」

エクトル・エレーラがさえぎった。「レミックさん。わたしたちはメキシコシティにいる。街を出てからは、かなり安全な連邦高速道路を一日ずっと北西に向かって走る。西シエラマドレに着いたら、必要なことをやってくれ。注意を要するようなことがないかぎり、干渉しない。しかし、そこへ行くまで、抑制を働かせてもらいたい」

レミックは、一瞬の間を置いてから、腕時計を見た。太陽が出ている時間が容赦なく流れているし、長いドライヴが控えているのを、ダフィーは知っていた。今夜の目的地にできるだけ早く到着するほうがより安全だと、レミックは考えているにちがいない。

　レミックがようやく口をひらいた。「そうします」ゴードンとダフィーのほうを向いた。「TL、車両に戻れ。出発する」

　VIP四人がショーホースに乗せられ、レミックとフローレスが連邦警察分遣隊の指揮官と話をしに行った。ダフィーとゴードンは、それぞれの車両に向けて歩きはじめた。

　ゴードンがいった。「あの女、おれたちを警備員（セキュリティ・ガード）と呼んだな？」

　ダフィーはくすりと笑った。「たしかにそう呼んだ」

「ちくしょう。銃器の弾薬を抜けだと？　あの女、マジか？」

　ダフィーは答えた。「レミックはそれをやらないだろう。しかし、博物館のおばちゃんの肝っ玉は気に入った。ろくでもないことは受け入れない」

「あの女は強がってるが、ただの通訳で、おれたちを北から来た間抜けどもだと思ってるのさ」ゴードンが、パックホース1（ワン）の前に着いた。「よし。耳をそばだてるんだぞ。しっかり隊列を組んで、街を出るまで道化芝居に付き合おう」

「そうする。がんばれよ」ふたりはまた拳（こぶし）を打ち合わせた。ダフィーは、よく知っているこの役割にかなり安心感が持てるようになっていた。

　ゴードンがいった。「きょうは美しいメキシコを爆走するだけだ。あしたは山に登る。

それからほんとうのお楽しみがはじまる」

ダフィーがクレイジーホースに戻るあいだに、エンジンがつぎつぎと始動された。乗り込むと、ダフィーはAKの折り畳み銃床をのばした。銃口をフロアボードに当て、銃床が膝のあいだから上に突き出すようにした。

ナスカーが、ガーディアンの六・二リットルV8エンジンを始動してから、ダフィーのほうを向いた。「どんなぐあいだ？」

ダフィーは肩をすくめた。「国連のおばさんが、警察の警護がついているあいだおれたちが弾薬を抜くよう要求している」

後部のスクイーズが、ヘッドセットでそれを聞いていった。「くっそーっ」

「心配するな」ダフィーはいった。「レミックは警戒怠りない。ぜったいに応じるわけが——」

APCのスピーカーから、レミックの声が鳴り響いた。「アルファ1から全コールサインへ。山の端まで数時間かかるし、連邦警察の護衛がついている。武器はすべて安全にしろ。くりかえす。薬室に弾薬を送り込まず、安全装置をすべてかけろ」

スクイーズが、またつぶやいた。「なにいってるんだ？」

フレンチーが、ひとことだけ発した。「くそ」

車両間通信に一瞬のためらいが感じられ、やがてマイク・ゴードンが送信した。「うーん……了解。ブラヴォー1、〝武器安全〟指示を受領した」

ダフィーは、センターコンソールのハンドセットをつかみ、口に当てた。「チャーリー1……そうする」

それぞれの武器の薬室から弾薬を抜いているのが、うしろから聞こえる音でわかった。チームの面々が指示にしぶしぶ従い、弾倉が差込口から抜かれ、薬室の弾薬を抜くために遊底が引かれた。

だが、従ったからといって、文句をいわないわけではなかった。「おい、ダフィー」クルーズが、後部の持ち場からいった。「この連邦警察のやつらは、半分がカルテルから賄賂をもらってる。だれだって知ってることだ」

ダフィーはこういっただけだった。「ナスカー、車を出せ。車列の後尾につけ。警官どもに目を光らせろ」指示が気に入らないのは、チームのほかの男たちとおなじだったが、いまのダフィーは指揮官だった。

ナスカーが、重量一〇トンのAPCのギアを入れ、クレイジーホースはパックホース2のうしろで前進を開始した。

スクイーズがいった。「機関銃に弾薬をこめないで、銃塔からただ首を出せっていうのか？　冗談じゃねえよ」

チームの面々が正しく、レミックの指示がまちがっていることが、ダフィーにはわかっていた。それに、レミックが統率官の任務を果たすと同時に、外交官のような役目も演じなければならないこともわかっていた。

だが、この仕事で自分は外交官の役割などあたえられていないというのが、ダフィーの考えだった。チームを武装解除しなくても、この移動はきわめて困難になるだろう。武装して車列を囲んでいる七十人以上の連邦警察官を眺めれば眺めるほど、これが馬鹿げた命令だという確信は強まるばかりだった。

ジョシュ・ダフィーは、馬鹿げた命令につねに耐えてきた。イエスマンだった。しかし、ベイルートの一件で、どこかが変わった。

つかのま決心が揺らいだが、レミックが聞いていないとわかっているチャーリー・チームの周波数で、ダフィーは伝えた。

「チャーリー……さっきの命令を撤回する。武器の準備をしろ」

ずっと黙っていたウルフソンが、すぐさま口をひらいた。「だが、レミックがおれたちに――」

「おれがおまえのＴＬだ、ウルフソン。レミックはＴＬじゃない。全銃器、安全解除（コンディション・レッド）。

この連中……連邦警察」メキシコシティの中心街を走るあいだ、厚い防弾ガラスから外を見た。「やつらのことを……おれは知らない」

ナスカーが口をひらいた。「おれも感じる、ボス。目出し帽をつけたやつらは、怪しい」

ダフィーは、大型エンジンの咆哮(ほうこう)のなかで耳をそばだてた。命令どおりに武器を操作する音が聞こえなかったので、ダフィーはどなった。「準備しろといったんだ、チャーリー！」

全員が同時にライフルの槓桿(こうかん)を引いた。何人かは拳銃を出して、その薬室にも一発送り込んだ。

「撃発準備(コック)よし、遊底閉鎖(ロックト)、いつでも撃てるぜ！」スクイーズが、上から叫んだ。

クルーズがつけくわえた。「最高の判断だぜ、ボス。あんた、結局使えるやつかもな」

三十台前後の規模の車列が、メキシコシティの中心部を出て北西に向かうとき、背後で朝陽が赤く燃えていた。

22

大がかりな付き添いの警護部隊は、目的地を目指すあいだ一般車をほとんど道路から追い出して、かなりの速さで進んだ。

車列はレオンのトラックストップ（長距離トラック運転手のための給油・休憩・食事施設）に寄って燃料を補給した。要人たちが自由に歩きまわって脚のこわばりをほぐせるように、連邦警察が前もってそこを占領していた。ゴードンのブラヴォー・チームが降車して全車両に給油し、ダフィーのチームは車外でアーマード・セイント全体の警備をつとめた。軽食を買うためにショーホースからおりたVIPたちの周囲を、レミックのアルファ・チームの四人が固めた。

ダフィーは、フローレスがショーホースのそばでラルーと話をしているのに目を留めたが、ふたりの会話ではなく通り過ぎる車や近くの歩行者に注意を向けていた。

車列はほどなくまた道路に戻った。午前中ずっと、ダフィーは金属製の格子がかぶさっている土埃（つちぼこり）にまみれた防弾ガラスのフロントウィンドウから外を眺めていた。何百キロメートルもつづいている高速道路や、単調な景色に割り込む町がないところで右も左も埋め尽くしているリュウゼツランの大農場を見つめた。午後もほとんどおなじようだったので、意識が散漫にならないように気をつけながら、連邦警察の護衛に注意を集中した。

装甲人員輸送車（APC）は性能のいいエアコンを備えていた。こういう低地が高温であることを考えると、不可欠な装備だった。ダフィーはランチに米軍の野戦食（MRE）を食べて、十九歳の兵士が一日戦うのに必要なカロリーの糖分、塩分、炭水化物の爆弾にすぎないということに、はじめて気づいた。三十歳以上の胃腸の消化力には合わない。

ダフィーは三十二歳だった。肩ごしに見て、左側のベンチに独り座っているチームの最年長者フレンチーのことが心配になった。

だが、すぐに無用の心配だったとわかった。フレンチーは自分のランチを出していて、それがフランス軍のMREだとわかった。フランス軍の口糧が最高だというのは、だれでも知っている。衛生担当のフレンチーが、ポークパテからはじめて、メインのマッシュポテトを添えた鴨肉（かもにく）を食べるのを見て、ダフィーは安心した。ナスカーは運転しながら米軍のMREを食べていた。膝（ひざ）でハンドルを押さえ、冷たいチリを食器を使わずにレトルトバッグから絞り出して口に入れていた。食べながらナスカーは、左右に果てしなくひろがっているリュウゼツランの畑を眺めた。「あれで何トンものテキーラができる、ボス。いまここでマルガリータが飲みたいぜ」

銃塔からスクイーズが、話に割り込んだ。「APCのなかで、なにを愚痴ってるんだ？　こっちはものすごく暑い。よく冷えたビールをくれ」

紅茶をちびちび飲みながら、フレンチーがいった。「おれもマルガリータがいい」

「フレンチー、あんたらフランス人はワインしか飲まないんじゃないのか」クルーズがいった。

「これまでの人生、フランス国内よりも国外にいることのほうが多かった。おれは世界人だ」

　スクイーズがいった。「ああ、旧世界人だろう」

　ダフィーは、馬鹿話をやめさせることにした。「おのおの防御範囲に注意しろ。作物はどうでもいい。見えるものをおれに教えろ。おれたちの周囲の警官は、どうふるまっている？」

　元SEALのウルフソンが、若いチームリーダーのダフィーをたしなめた。「なにをピリピリしてるんだ、TL。あんた、だいじょうぶなのか？」

「最初はあんただ、ウルフソン」

　チャーリー2のウルフソンが、マイクに向かって溜息をついてからいった。「右側、おれたちの横にバイク二台。ドカドカ走ってるだけだ。オフィスでいつもの仕事やってるみたいな態度だ」

「3（スリー）？」ダフィーがきき、フレンチーが答えた。「左側。クレイジーホースと並んでバイク二台。ふつうじゃないことはなにもない」

「4（フォー）？」

「武装トラック三台とバイク二台が、うしろにいる」クルーズがいった。「警官は警戒してるみたいだが……脅威には見えない」

「6（シックス）？」

銃塔のなかで三六〇度見まわしたので、スクイーズは応答にすこし手間取った。ようやくいった。「連邦警察のやつらは行儀よくしてる。いまのところは」

「5（ファイヴ）？」

「あんたが見てるのとおなじだよ、ボス」ナスカーがいった。「おれたちは車列の最後尾、重武装で目出し帽をかぶったやつらに囲まれてる。みんな、なにもかもサイコーだと思ってるみたいだ」

ダフィーは黙ってグローブボックスの紙ナプキンの束をつかみ、食べ物を片づけはじめていたナスカーに渡した。

ナスカーがいった。「そうさ。おれは楽天的で明るい人間なんだ。だけど、こいつらがおれたちに手出ししようと思ったら、いつでもやれる」

「安心しろ、意気地（いくじ）なし」銃塔からスクィーズがいった。「おれが護（まも）ってやる」

ダフィーは、ナスカーのゴミを受け取って、自分のMREの食べ残しといっしょに、ポリ袋に入れはじめた。片づけ終えかけたときに、APCのスピーカーから電子音が聞こえ、通信があることを伝えた。

「アルファ1（ワン）から全運転手へ。完全停止。完全停止」

「銃を用意！」統率官（AIC）が車列をただちに停止するよう命じた理由がわからなかったので、ダフィーはどなった。

ダフィーはAKを持って、サイドウィンドウの下の銃眼をあけ、銃身を突き出した。後部の銃眼があけられて、車外がよく見える位置に全員が移動している音が、うしろから聞こえた。

ナスカーがクレイジーホースを急停車させ、連邦警察のバイクが、前のパックホース2（ツー）に追突するのを避けるために急ハンドルを切った。うしろのバイクも追突を避けるためにあたふたと停止しているのだろうと、ダフィーは思った。

差し迫った脅威のようなものは、ウィンドウの外には見えなかったし、銃声も聞こえなかった。

ダフィーは、躍起（やっき）になって状況報告（シトレプ）を得ようとして、マイクに向かっていった。「スクイーズ。なにが見える？」

「触敵（コンタクト）なし。三六〇度見たけど、この六時間見てきたもののほかには、なにもねえよ」スクイーズはつけくわえた。「警官も、なにが起きたのかわからねえみたいだ」

「アルファ1（ワン）からチャーリー1（ワン）へ、どうぞ」

レミックがダフィーをじかに呼び出していた。ダフィーはハンドセットを持った。なにが起きているのかわからず、脈が速くなっていた。

だが、強いて落ち着いた声でいった。「チャーリー指揮官（アクチュアル）に送れ、アルファ」

「フローレスをそっちに行かせる。任務中ずっと、彼女はクレイジーホースに乗る。ブレーク（応答せず、こちらの送信を待て）」短い間を置いて、レミックがいった。「おまえが彼女の付き人になる。くりかえす。いまから彼女の世話はおまえの責任になる」

いったいどういうことだ？　ダフィーは思った。マイクのスイッチを入れた。「了解した、アルファ指揮官（アクチュアル）」だが、理解できなかった。「えー……なにかおれが知っておくべきことは？」

レミックがそっけなく答えた。怒っているのは明らかだったが、ダフィーに対して怒っているのではなかった。「なにもない(ネガティヴ)。彼女が即動可能情報をつかんだら、すぐに送信しろ。彼女に意見、苦情、提案、予測、虫の知らせ、怪談……そういうたぐいの考えがあったとしても、聞きたくない。わかったか？」

「万事了解した、アルファ」ダフィーは、ハンドセットを台座に戻した。チームに向かっていった。「安心しろ、みんな。誤報だ。博物館のおばさんが、ショーホースのだれかを怒らせて、これに乗ることになった」

ウルフソンが、ぶつぶついった。「ありがたいこった」

ナスカーがいった。「非武装の資産(アセット)が対襲撃チーム(CAT)の車両に乗るなんて、聞いたことがない」

「これはタクシー(キャブ)じゃなくてCAT(キャット)だと思ってたのに。彼女、レミックかVIPをよっぽど怒らせたんだな」スクイーズが意見をいった。

フローレス博士の姿が、フロントウィンドウから見えていた。とまっている車両やバイクの横を通って、高速道路のどまんなかを近づいてくる。警官たちが、とまどったように彼女を眺めていた。

ダフィーはいった。「ウルフソン、そっちから乗せてやれ。あんたの隣の席に座らせろ」

フローレスがAPCに乗った。チームの周波数の無線を使わなくても、スペイン語でフローレスがひとりごとをいうのが聞こえた。

「馬鹿なひとたち、まったくわかっていない（ロス・イディオタス・ノ・エンティエンデン・ナダ）」

ウルフソンがフローレスを座らせて、ハーネスをかけ、アルファではなくチャーリーと交信できるように彼女の無線機の周波数をクルーズが調整するのを、ダフィーは見ていた。

そのあいだにレミックが車両通信網でふたたび指示した。「出発する」

ナスカーがAPCのギアを入れて、ふたたび車列の最後尾を走りはじめた。

「おれの声が聞こえますか、フローレス博士？」ダフィーはきいた。

答の代わりに、フローレスがいった。「わたし、なにもしていない。ただ国連の意図について、ミス・ラルーと話をしていただけよ。だけど、彼らの計画は馬鹿げている。シエラマドレの先住民タラウマラ族のことをまるっきり考慮していない。国連は彼らを武装解除したがっているけれど、タラウマラ族は平和なひとびとで、やむをえず武装しているだけよ。麻薬密売業者がいるかぎり、武装解除は不可能よ。カルテルから自衛することは、容認されなければならない。陸軍がやってきてロス・カバジェロス・ネグロスを皆殺しにしても、シナロアかシウダー・ファレスのカルテルがその後も山で罌粟（けし）を栽培するでしょう。タラウマラ族が自主的に武器を捨てるはずが――」

ダフィーはさえぎった。「わかった、マーム。このクレイジーホースの車内では、あなたを丁重に扱うと約束する」

フローレスは、それにも答えなかった。「それに、武装解除に応じなかったら国際犯罪で告発すると、アルチュレタを脅すつもりだと、ヘルムがいっている。武装解除に応じるわけがない。つまり、アルチュレタは平和維持軍の受け入れを拒み、陸軍が侵攻する」だれも返事をしなかったので、フローレスはいった。「あなたたち、わたしの話を聞いているの？　この提案はうまくいかない。最初から失敗する定めなのよ」

それでも、武装警護員たちはひとりも答えなかった。

「あなたたちアメリカ人（グリンゴ）は、どうかしたの？」

フレンチーが口をひらいた。「マダム、失礼ですが、おれはグリンゴじゃない」

その返事は、フローレスをよけい怒らせただけだった。「あなたたちは、わたしたちの文明を機関銃で突破して――」

ダフィーは、我慢できなくなった。「チャーリー2（ツー）？」

「――気に入らないものをすべて破壊し――」

「ああ、ボス？」

「――シエラマドレのひとびとを――」

「手をのばして彼女のマイクとヘッドセットをはずせ。こっちが話をしても返事ができないように。落ち着くまで待とう」

「――グリンゴ二十人のいうとおりにさせようとしている。なにもわかっていない連中の――」

「よろこんで」ウルフソンが答えた。

ガブリエラ・フローレスの送信が沈黙した。エンジンの咆哮（ほうこう）のなかでも彼女の声がすこし聞こえたし、ウルフソンにはもっと大きな声で聞こえているにちがいなかったが、全員が聴衆ではなくなったと知ったら、フローレスもひと息入れるにちがいない。

ダフィーはいった。「マーム、最初からやり直そう。まず、撃たれるべくして撃たれるやつ以外に、おれたちは発砲しない。それを約束する。ミスター・ウルフソンの隣でじっと座って、ドライヴを楽しんでくれ。必要なことや問題があれば、おれにいってくれ。ただし、おれが仕事中じゃないときに」

うしろでギャビー・フローレスがハーネスをはずし、ウルフソンの横をすり抜けて、ダフィーとナスカーのあいだから首を突き出した。マイクを使わなくても聞こえるような大声で、フローレスがいった。「じっと座っているだけじゃないの。仕事なんかやっていない」

「マーム、おれたちは六人とも、防御範囲を監視しているんだ。つねに……いつでも。いまは政治学の講義を聞いている暇はない。脅威に対処できるように、通信規律をできるだけ守らなければならない」

「よく聞いて。わたしたちがこれから行くところでは、あなたは脅威に対処する暇なんかない。こんなふうに車を走らせるだけじゃなくて、もっとましな計画が必要なのよ」

ウルフソンが、座席にフローレスを戻すために、そばに来ていた。「あんた、この任務にそれほど反対してるのに、どうして同行してるんだ？」

フローレスが首をふった。「反対していない。失敗しないようにしたいだけよ。この任務に失敗し、この車両縦隊が全滅するか、国連がアルチュレタの同意を取り付けられなかったら、陸軍が山で何年も戦うことになり、なんの罪もないひとたちが何十万人も殺される」

これになんの反応も返ってこなかったので、フローレスはわめき散らした。「あなたたちにはどうでもいいのね。そんなことは気にしていない。お金のために来ただけなんでしょう？」

「まったくそのとおりだ、セニョリータ」ウルフソンがいって、フローレスをすぐうしろのベンチシートに座らせて、ハーネスをさっと締めつけた。

23

車両縦隊は夕暮れ時にサカテカス州のソンブレレテという町の北を進み、見通しのいい高速道路を西の低山地帯に向けて移動していた。そこでは道路の両脇で陸軍部隊が野営し、装備がきちんと並べてあった。すぐさま積み込んでエンジンをかけ、戦闘に向かう準備が済んでいるように見えた。

だが、兵士たちが退屈していることが、ありありと感じられた。遠い山のカルテルが和平案を受け入れて、全軍がまもなく駐屯地に戻れると確信しているからだろうかと、ダフィーは思った。

ダフィーには、そんな確信はなかった。フローレスの指摘はもっともだったし、外交官でなくても、戦争犯罪で告発するとアルチュレタを脅したら怒らせるにちがいないということはわかる。そうなったら、和平案に関わるのを拒むにちがいない。

車両縦隊はなおも進み、連邦高速道路45号線のビジャ・インスルヘンテスのそばを通過して、陸軍の最後の検問所に達した。その先に山と悪地(バッドランズ)がある。道路阻絶(ロードブロック)が設置されていた。両側のひらけた土地に、数十カ所の戦車用掩体(えんたい)が並び、重機関銃の銃身が西を向いていた。

レミックの声が無線から聞こえた。「全コールサイン、報(しら)せる。経由点D(ウェイポイント・デルタ)に到着した。つぎの交差点で連邦警察が離脱するので、おれたちはここで停止する。陸軍の検問所を通り、おれたちだけで進む」

レミックはつけくわえた。「今回は全武器、安全解除(レッド)だ」

スクイーズが、チャーリー・チーム向けにひと芝居打った。「ガチャ、ガチャ、安全解除した」

フレンチーとクルーズが、それを聞いて笑った。

まもなく車列は停止を命じられ、連邦警察の車両隊が北に向かう道路に離れていった。

銃塔からスクイーズがいった。「警護の連中、はいこれまで(ノー・マス)っていったみてえだな」

ナスカーがつけくわえた。「で、おれたちは進みつづける。やつらのために、ちょっとした問題を解決しに、山に登る」

装甲人員輸送車(APC)の後部で、元特殊部隊隊員のトニー・クルーズが、後部ハッチの厚い防弾ガラスから、連邦警察の最後尾のバイクのほうを覗(のぞ)き込んでいた。七、八メートルうしろを走っていたいちばん近いバイクの警官が、後方を監視していたクルーズと目を合わせ、右手をハンドルバーから離した。

クルーズが見ていると、メキシコ人の警官が見返して、ゆっくりとあるしぐさをした。

そして、右に離れて、クレイジーホースの横を通過し、脇道を目指した。

クルーズが、チームの周波数で呼びかけた。「おい、ボス」

「なんだ、4（フォー）?」

「目出し帽をかぶってバイクに乗ってるやつらのひとりが、おれのほうを見て、指で首を切るしぐさをした」間を置いてから、クルーズがいった。「悪い意味なんだろう?」

ダフィーは低い声で答えた。「ああ……かなり悪い意味だ」

ギャビー・フローレスが口をひらいた。「連邦警察の連中は、たぶんカルテル・デル・ゴルフォに命令されている。そいつらは黒い騎士の敵だし、〝悪魔の背骨〟でなにがわたしたちを待ち受けているかを知っているでしょうね。あなたたちにもわかっているといいんだけれど」

ウルフソンがチームの周波数で、明らかにフローレスではなくダフィーにあてつけていった。「デビー・ダウナー（悲観的な情報や相手がやる気をなくすようなことを口にする人間のこと）を乗せたのはお手柄だったな、ボス。彼女はほんとうに士気を高めてくれる」

アーマード・セイントのAPC五台が走りつづけるあいだに、夕陽が前方の低山地帯の頂上にどんどん近づいていった。

四十五分後、車列はノンブレ・デ・ディオスで幹線の高速道路をおりて、低い山々を抜ける二車線の道路を走っていた。途中で小さな村をガタゴト揺れながら通過した。陽光があっというまに薄れ、大気に漂う靄(もや)のせいで夕闇がいっそう濃くなった。

車列はドゥランゴ州にはいったが、第一夜の最終経由点まで、あと一時間かかる。樹木が茂っている低山地帯でレミックが急に停止を命じたので、ダフィーは驚いた。

命令を待たずにスクイーズが銃塔のハッチをあけて立ちあがり、Mk48機関銃に両手をかけて、全方位に視線を走らせた。クレイジーホースのあとの男たちが、それぞれの銃眼をあけて、銃身を突き出し、防弾ガラスに顔を押しつけて、脅威を探した。

ダフィーはフロントウィンドウからようすを見ようとしたが、パックホース2(ツー)がわずか六メートル前方にとまっていて、車両縦隊正面への視界をさえぎっていた。

さいわい、レミックが無線で、車両縦隊後方の警護員たちに状況報告を伝えた。「アルファ1(ワン)から全コールサインへ。古いバスが道路に横向きにとまっていて、前進を阻(はば)んでいる。バスの車内にはだれもいないようだが、道路阻絶(ロードブロック)かもしれない。全上部銃手、山の斜面を監視しろ」

ナスカーの南部なまりが、チームの全員のイヤホンから聞こえた。「すげえ。シエラにはいって一時間しかたってないのに、ちょっかいを出されてる」

ウルフソンが応じた。「ここは麓の低山地帯だ。あすにならないとシエラには着かない」

こんどは、マイク・ゴードンの声がスピーカーから聞こえた。「ブラヴォー指揮官からアルファ指揮官へ。木立に何人かいるのが見える。おれの三時方向。武器は見えない。見守って、おれたちがどうするか待ってる」

レミックが、車両間無線でいった。「アルファ指揮官からチャーリー指揮官へ」

ダフィーはハンドセットのスイッチを入れて、熱意をこめていそいそといった。「チャーリーに送れ」

「こいつらはちょっと刺激してやらないと動かないだろう。クレイジーホースは先頭に出て、銃塔の銃手が四〇ミリ榴弾二発を斜面に向けて撃て。バスの車首の三〇メートル先だ。いまだれが道路を支配しているか、やつらに教えてやれ」

「くそ、イェーッ！」スクイーズが叫んだ。

クレイジーホースがAPCの列から離れ、あとの四台の横を通って正面に出て、古いスクールバスまで三五メートルほどのところで停止した。

スクイーズがいった。「おい、イレヴンB、最初に機関銃で林のなかを掃射しようか？　このショーを見物してるやつらに、本気だっていうのを見せるために」

ダフィーは興奮していたので、若いスクイーズをどなりつけた。「イレヴンBと呼ぶのはやめろ。命令されたことだけをやれ！　それだけだ」息を吸ってからいった。「みんな落ち着け」

六発込められている擲弾発射器(グレネード・ランチャー)を、フレンチーがハッチごしにスクイーズに渡した。そのあいだに、数分前にマイクを渡されていたフローレスが、チーム無線でいった。

「ダフィーさん。わたしをおろして、そのひとたちと話をさせて」

「ぜったいにだめだ」

「でも――」

「そこにじっと座っていろ。やつらがおれたちを攻撃しないかぎり、おれたちはやつらを攻撃しない。スクイーズは警告射撃をやるだけだ」

フローレスが大きな溜息をつき、抗議するのをあきらめた。

スクイーズがいった。「斜面を撃つ許可を、イレヴンB――いや……射撃許可を、チャーリー1(ワン)？」

「榴弾を二発だけ撃つのを許可する」

「了解した。榴弾(HE)二発、発射する」

スクイーズが、スクールバスのそばにある道路の西側の松一本に狙いをつけて、引き金を引いた。うつろなポンという音とともに、四〇ミリ榴弾が山の斜面のターゲットに向けて飛んでいった。

松の根元に一発目が弾着し、黒煙の向こう側で木の破片が四方に飛び散ると同時に、スクイーズが二発目を発射した。

二発目は木の上のほうに命中し、何本もの枝が斜面のあちこちに吹っ飛ばされた。

爆発が収まったときに、ウォーホースの運転手のアルファ2(ツー)が、無線で伝えた。「バスのなかで動きがある」

ダフィーにも見えていた。だれかが向こう側からバスに乗り込み、いまでは運転席に座っていた。数秒後にエンジンがかかり、バスが道路と平行になってから、道路脇に寄った。

運転していた男は、バスをとめると乗った側から出て姿を消した。木立のなかに逃げ込んだにちがいない。

レミックがふたたび無線でいった。「あれがやつらの力の誇示だったのなら、あの馬鹿野郎どもは二、三日こっぴどい目に遭うだろう。チャーリー、下がって殿(しんがり)に戻れ。あとの車両は前進しろ」

ダフィーはいった。「ハッチを閉めろ、スクイーズ」それから、ハンドセットをつかんだ。「チャーリー、アルファの指示を了解」

後部でスクイーズが銃塔のハッチを閉めてロックし、フレンチーのうしろの左側ベンチに座った。向かいにはウルフソンとフローレスがいた。

クルーズが、後方を監視する位置からふりかえって、元海兵隊のスクイーズのほうに手をのばし、ふたりは拳（こぶし）を打ち合わせた。

「みごとな射撃だ、スクイーズ」

「きょうだい、あんなのはウォーミングアップだ！」

助手席からダフィーはいった。「よし、6（シックス）。ひと息入れろ。こんなことをいつもやっているみたいにふるまえ」

「仕事が好きなのは悪いことじゃねえよ、ボス。あんたもときどきやったほうがいい」

フローレスが、チャーリー・チームの面々を眺めた。「あっちの車のひとたちは、もっとプロフェッショナルらしかった」

ウルフソンが、馬鹿にするようにいった。「地獄に落ちろ、通訳（タープ）」

ダフィーはどなりつけた。「チャーリー2（ツー）、たわごとはやめろ！」ふりむき、うしろの暗い車内にいるフローレスのほうを見た。「すまない、マーム。みんなちょっと興奮しているんだ。肝心なときには、みんなちゃんと働く」

「あなたの部下は、人を殺さないと落ち着かないんじゃないの？」

ダフィーは答えなかったが、クルーズが最後部から肩ごしに見ていった。「悪いやつらを指さしてくれたら、おっかさん（ママシータ）、おれは落ち着くぜ（チラックス）」

フローレスが顎（あご）を突き出し、目が鋭くなった。「心配は無用よ、クルーズさん。あなたをそいつらのところへ連れていく必要はない。そいつらがあなたを見つける。わたしたちみんなを見つける」

スクイーズが、いらだたしげにつぶやいた。「このくそ仕事で、みんなどうして文句ばかりいうんだ？」

24

午後八時過ぎ、車列はエル・サルトという小さな地方自治体にはいった。高くなった野外ステージが中央にある緑が多い公園の周囲を走ってから、ショーホースが古いコロニアル様式のホテルの前にとまった。長い歳月を経て古びていたが、建築学の観点からはすばらしい美しさだった。

ダフィーのクレイジーホースは、まずホテルの裏の路地へ行き、そこを警備するよう命じられた。あとの装甲人員輸送車(APC)は、ホテルが見える周辺の道路に配置された。標章のない黒いAPCを歩行者が不安げにじろじろ眺め、警察車両一台がすぐにようすを見にきた。アルファ・チームのひとりがスペイン語をしゃべれるので、レミックがショーホースからおりて、地元の警官に車列の目的を説明するときに、フローレスは必要とされなかった。

エレーラ内務副大臣が降車して名乗ったこともあって、警官たちは納得したようだった。

VIPとアルファ・チームはすぐにホテルにはいり、二階と三階の客室を確保した。閑散としていたホテルの宿泊客が今夜は三倍に増えるので、その入用をまかなうために、ホテルの経営陣が躍起(やっき)になって調理場のスタッフと清掃員をかき集めた。

一台分の武装警護員がホテルの正面を護(まも)り、もう一台分の武装警護員が裏手を護った。それ以外のものは、APCをロックして、一台分のチームごとにホテルにはいることを許可された。

三十分後、アルファ・チームから連絡があり、クレイジーホースの順番がまわってきたことを伝えられた。ダフィーとその部下が、ギャビー・フローレスを連れて、華奢(きゃしゃ)な造りだが凝った装飾の建物の三階へ行って、割り当てられた三部屋を占領した。おのおのが、バックパックをベッドか床に置いた。

ダフィーは自分の部屋で、フレンチーが断わるのを押し切ってベッドを使わせた。ダフィーはオットマン付きの古い椅子を選んだ。ナスカーは小さな二人掛けのソファに装備をほうり投げた。

フローレスは隣のひと部屋を割り当てられていたが、世話をする責任があるのでときどきようすを見にいくと、ダフィーは彼女に告げた。

チャーリー・チームのあとの三人は、フローレスの隣の部屋で、警護対象のVIPたちはおなじ階のべつの三部屋を占領していた。二階はアルファとブラヴォー・チームが五部屋か六部屋占領して、ほとんど満員の状態だった。

八時四十五分過ぎにレミックがチーム間無線で、警護対象が九時三十分に一階のレストランで食事をすると伝えた。チャーリー・チームはその近接警護を行ない、アルファ・チームは二時間休憩してから、終夜、VIPの部屋の外に警護員を配置する。ブラヴォー・チームは表に配置され、正面と裏手を護る。チャーリー・チームは四十五分体を休めてから、一階へ行くことになっていた。

ダフィーは、九十秒かけてシャワーでメキシコ西部の土埃(つちぼこり)を洗い流し、バスルームで新しい戦闘服の上下に着替えた。恥ずかしいからではなく――これまでの半生の大部分を、チームルーム、二段ベッドの部屋、兵舎で過ごしてきた――ルームメイトふたりに義足を見られたくないからだった。

戦闘服を着て、ズボンの裾(すそ)をブーツにしっかり押し込むと、あとのふたりが手早く体を洗えるように、バスルームを明け渡した。ふたりがシャワーを浴びているあいだに、ダフィーは階段を昇って古い建物の屋根に出て、公園を見おろす平らな場所を見つけた。昼間はずっと暑かったのに、ここはびっくりするくらい空気がひんやりしていた。標高二五〇〇メートルで、日没から数時間たっているせいで、それだけ気温がちがうのだ。

ダフィーは、衛星携帯電話を出し、ニコールの番号にかけた。

モールの警備とはまったくちがう。こういう高度な緊張と活動には、まったく慣れていなかった。かなり難儀な仕事だと感じていることを、周囲の人間はいうまでもなく、ニコールに隠せるものだろうかと思った。

接続するまで一瞬の間があったが、ニコールが出たとたんに、ダフィーは疲れと迷いをふり払った。

「旅の第一日はどうだった？」ニコールがきいた。

「順調だよ」ダフィーがそういったのは、おおむね事実だった。「ほとんどずっと、現代的な高速道路だ。今夜は麓の低山地帯にあるホテルに泊まる。きみが気に入りそうなところだ。すてきな古いコロニアル様式のホテルで、公園が前にある。いま部下がシャワーを浴びていて、もうちょっとしたらロビーのレストランで食事をするVIPを警護する」

「休みに旅行に来ているみたいな口ぶりね。どうしてなにかを隠しているような感じがするのかしら？」

「ぜんぜん隠していない」ダフィーはいった。「聞いてくれ。やばいことになるのに、おれたちは備えている。マイク・ゴードンのチームが、APC二台で表を警備している。いまおれは表を見ているが、地方警察の車両が四台、公園でおれたちのために目を光らせている。信じてくれ」ダフィーはつけくわえた。「おれたちはみんな緊張をみなぎらせている」

ニコールの口調がすこし和らいだ。「わかった。ごめんなさい。心配なだけ」

「心配するな。部下のひとりが、木を一本吹っ飛ばした。おれたちが目にした戦闘行動は、それだけだ」

「どうして吹っ飛ばし——」

「その木に変な目つきで見られたからだ」ニコールが黙っていたので、ダフィーは答えた。「力を見せつけるためだ。地元の悪党どもが、おれたちを怖がらせて追い払えるかどうか試したんだ。バンバン撃たれる気配を見ただけで、そいつらは尻尾を巻いて逃げた」

「もうはじまったわけね」衛星携帯電話でやっと聞こえるような小声で、ニコールがつぶやいた。そしてきいた。「あなたの勘はなんていっているの？　部下は優秀？　まわりの脅威は抑えられる程度なの？」

「みんなちゃんとしている。運転手のナスカーと衛生担当のフレンチーは、敬意を表してくれる。あとの三人は嫌なやつらだが、仕事はきちんとやっている」

「あなたは、これまでいっしょに働いたひとたちの信頼を勝ち取ってきた。その三人の態度も変わるでしょう。脅威はどうなの？」

「いまはまだわからない。西シエラマドレ山脈にはまだ登っていない。いえるのは……きょう途中まで護衛をつとめていた連邦警察が、おれたちを護るよりも殺したいと思っているようなふるまいをした」

ニコールが、それを聞いて大声をあげた。「そんな馬鹿な、ジョシュ！」

「心配ない。警察や軍とは別れたから、いまはおれたちだけだ。そのほうがいいと、おれは考えている。こっちのどこのだれよりも、おれたちのほうが装備も訓練も優れている」

「でも、数では優勢ではないわ」

「ギャビーもずっとそういっている」

「ギャビーってだれ？」

「それは……おれたちの文化担当みたいなものだ」

「あなたたちの、なに？」

「ああ……おれもこういうのははじめてだ。彼女はおなじ車両に乗っているから、おれたちのやりかたにさんざん文句をつけるのを、いやおうなしに聞かされる。しかし、的を射ていることもある」

「待って……あなたたちの文化担当は、対襲撃車両に乗っているの？」

「外交官たちが、彼女が任務に苦情をいうのを聞くのに嫌気がさしたんだ。それでおれたちが貧乏くじを引き、預かっているんだ」

ニコールがそのことに懸念を抱いているのは明らかだった。「任務についての苦情って、どういうこと？」

ダフィーはくすくす笑った。「ほとんどすべてだよ。なにもかもけなしている」

「危険について、彼女は心配しているの？」

突然、いまいったことを撤回しなければならないと、ダフィーは悟った。自分が置かれている状況についての不安材料をあらいざらい打ち明けたのはまずかった。「彼女は……任務が賢明ではないと考えているだけだろう。しかし、同行しているんだから、極度に心配しているはずがない」

「緊急即応部隊(QRF)は？」

急に話題が変わったが、ダフィーの予期していた質問だった。金で雇われる武装警護員の妻がふつうきくようなことではないが、ダフィーが結婚した相手はすこぶる経験が豊富だし、細かい情報を根掘り葉掘りききたがる。

だが、そう質問されるのを予期していたとはいえ、弱点を衝(つ)かれたことに変わりはなかった。ダフィーは手短(てみじか)にいった。「待機している」嘘ではないと、自分にいい聞かせた。応援のメキシコ軍が陸上輸送で山地に来ると、レミックは断言した。しかし、それには丸一日かかる。応援を要請したときにアーマード・セイントのチームが西シエラマドレのどこにいるかによって、到着の時間は異なる。

だが、いちおうはそれが緊急即応部隊なのだと、ダフィーは思っていた。情報を省くのは、嘘をつくのとおなじことだと、ダフィーは承知していたが、必要以上にニコールを心配させたくないからだとこじつけた。

「即応部隊は、あなたたちをヘリで救出するのね？」ニコールがきいた。

くそ、ダフィーは心のなかで毒づき、嘘の上塗りをした。「ああ……なあ、おれたちはだいじょうぶだ」急いで話題を変えようとした。「子供たちは元気か？」

答をはぐらかすことができそうにない探りや質問がもっとあるだろうとダフィーは予想したが、ニコールはそれ以上追及しなかった。「ハリーがきょう、あなたの絵を描いた。早く帰ってきて見てほしいわ。あなたは勇敢な棒人間で、小さなメキシコの子供の棒人間を護っている。ハリーはあなたのことが自慢なの」

ダフィーは笑みを浮かべ、手首のGショックを見た。「それはかわいいね、ニッキ。いまから、食事に行くVIPを迎えにいく。あしたまた電話する」

「気をつけて」

「だいじょうぶだ。エンチラーダ（トウモロコシのトルティージャを巻いて具を詰め、トウガラシのソースをかけた料理）で口を火傷しないかぎり」

「きいたふうなことをいうわね」ニコールがいい、愛しているとつけくわえた。

25

ホテルのレストランには、公園の見晴らしがいい大きな窓があり、広場のまわりは砂まみれの街路だったが、それでもなかなかいい景色だった。だが、ダフィー、クルーズ、スクイーズ、ナスカー、ウルフソン、フレンチーは、レストランにはいったとたんに、表から客が見えないようにカーテンを閉めるよう要求した。ホテルの正面でパックホース2(ツー)の四人が、降車するか銃塔に配置されていたが、射程の長い銃を持ったやつが、絶好のチャンスだと思って警護対象のひとりを狙い撃つかもしれないので、ダフィーは疎漏(そろう)がないようにしたかった。

レストランの客やスタッフはすこし不機嫌な顔をしたが、やがてカーテンが引かれ、VIP四人をダフィーが案内してきて、中央のテーブルで席につくよう指示した。そこからは、ロビーに出るドアと、調理場に通じている裏の廊下にすぐ行くことができる。国連のミシェル・ラルーとラインハルト・ヘルムが、メキシコ政府のエクトル・エレーラとアドナン・ロドリゲスの向かいの席に座り、カクテルが出されるとすぐに、今後数日の予定について検討しはじめた。

ダフィーは、部下をレストランのあちこちに配置したが、ウルフソンのところへ行くと、しばし間を置いた。

冷酷な目つきの元SEALはなにもいわず、チームリーダーを睨み返しただけだった。

ダフィーはいった。「おれはさっき屋根に行ったが、そこから公園を完璧な照準線に収められる」

「そうか」

「スコープ付きライフルを持って、そこへ行くというのはどうだ？」

ウルフソンが肩をすくめた。「ゴードンのチームが、表の警備をやってる。正面と裏で」

ダフィーはいらだって応じた。「そして、おれたちは警護対象を護っている。警護対象を動かすのには、五人いれば足りる。あんたは屋根から監視し、ゴードンのチームを支援できる」

ウルフソンは、指示どおりに動くふうはなかった。

ウルフソンが従わないのは、四年しか軍務経験がない元軍曹に指図されるのが気に入らないからで、ほかに理由はないはずだとダフィーは感じた。

ウルフソンがいった。「ゴードンとやつのチームは八人いる。表には警官もいる。周辺防御の監視の目はじゅうぶんだ。おれがそんなことをやる必要は――」

ウルフソンが、ダフィーの指示になおもケチをつけたが、ダフィーはとめなかった。なにが問題だったか、気づいたからだった。ウルフソンに命令していなかった。提案しただけだ。ちくしょう、ニッキ、おれのきんたまをいますぐに蹴とばしてくれ。

「あんたはスナイパーだな？」

「ああ」

ダフィーはうなずいた。「おれはちがうが、ボーイ長の持ち場よりも屋根のほうが、ずっと狙撃しやすいだろう。行け」

ウルフソンは動かなかった。

命令しろ、ジョシュ。このくそ野郎に命令しろ。ダフィーは、肩をそびやかした。「2（ツー）、あんたは命令を受けた。おれの前から消えろ」

ウルフソンが、片方の眉をあげてからいった。「アイアイ」ゆっくりと向きを変えて、レストランから出ていった。

そのあいだずっと、ナスカーがそばに立っていたのを、ダフィーは忘れていなかった。

胸にAR‐15を吊ったブロンドのナスカーがいった。「SEALはくそったれだ。そうだよね、ボス？」

ダフィーは、ナスカーのほうを向かずにいった。「おまえはロビーに出るドアを護れ。調理場にも注意しろ」

「了解」

ダフィーは、勝手気ままな猫の群れを率いているような心地がした。

三十分後、食事は順調に進み、外交官たちはサラダを食べ、ワインを飲みながら、話し込んでいた。ロドリゲスだけはべつで、メスカルをちびちび飲みながら、ときどき腕時計を見ていた。

ダフィーは、ホテルのスタッフや客に目を配っていたが、なんの脅威も見当たらなかった。ゴードンはホテルの裏手でパックホース1(ワン)に乗り、ダフィーと連絡を維持していた。ホテルの正面のパックホース2(ツー)も同様だった。

ウルフソンも屋根から、表は万事異状ないと伝えた。

そのとき、ガブリエラ・フローレス博士がレストランにはいってきたので、ダフィーはいらだった。フローレスがナスカーのそばを通ったが、ナスカーは目をあげただけで、制止しようとはしなかった。

ダフィーは、行く手をさえぎろうとして、フローレスのほうへ歩き出した。「ずっと三階にいると約束したはずだ」

なにをいっても、フローレスをなだめられそうになかった。「ミシェルとラインハルトに話があるのよ」

メキシコ人の文化顧問が、国連のＶＩＰを呼び捨てにしたので、ダフィーはむっとした。契約で近接警護を行なっている人間の流儀にはそぐわないし、フローレスもアーマード・セイントの資産（アセット）なのだ。ダフィーはいった。「彼らは会議中だ。きょう起きたことからして、上に戻ってくだらないテレビとルームサービスでも楽しんだほうがいい」

フローレスが首をふった。「五分だけ。西シエラマドレへ行くルートについて話がしたいの。わたしたちは検討すべき――」

ダフィーはさえぎった。「フローレス博士、あなたの仕事に道案内は含まれていない」

フローレスが聞かなかったふりをして話をつづけた。「〝悪魔の背骨〟は、グランド・キャニオンよりも深い侵食谷（キャニオン）に沿ってのびている。でも、わたしたちは橋に到着して――」

聞きたくない地理の講義を聞かされることになりそうだと、ダフィーは思った。だが、そのとき、べつのことが不意に注意を喚起した。メキシコ内務副大臣のアシスタントのアドナン・ロドリゲスが、サラダの上にナプキンをかけながら立ちあがった。

ロドリゲスが、英語でいった。「ミス・ラルー、みなさん、失礼します。部屋に戻りたいので。午後からずっと胃の調子が悪いんです」

ロドリゲスがテーブルの三人と握手を交わし、向きを変えて出ていこうとした。

ダフィーは、正面の窓近くに立ってカーテンの隙間(すきま)から外を見ていたチャーリー4(フォー)をチーム無線で呼び出した。「クルーズ、副大臣のアシスタントに付き添って三階の部屋まで行ってくれ」

柱に寄りかかっていたクルーズが、そこから離れた。「VIPひとりを寝かしつけるんだな。わかった」

フローレスが、注意がそれた隙にテーブルの三人のほうへ行き、ロドリゲスの席に座った。ダフィーはあきれて目を剝(む)いたが、そこへ行って立ち去るようフローレスに頼む前に、屋根から連絡がはいった。

「チャーリー2(ツー)からチャーリー1(ワン)へ」

「1(ワン)だ。どうぞ」

「えー……ちょっとした緊急事態かもしれない」

「説明しろ」

「ブラヴォーの数人が、装甲人員輸送車(APC)の外で煙草(たばこ)を吸って馬鹿話をしてる。おれがここから見てるものを、そいつらは見てないと思う。ここでスコープごしに、公園の地方警察の車両四台が見える」

「ああ、わかっている」

「ああ……しかし、四台とも、だれも乗っていない。変だと思わないか？」

ダフィーは、正面の窓のカーテンに目を向けた。「だれも乗っていない？　警官は徒歩で見まわっているんじゃないのか？」

「それなんだよ。警官の姿が見当たらない。地元の警官がみんなでコーヒーを飲みにいって、無線機付きの警察車両をほったらかしにすると思うか？」

ダフィーは、完全な警戒態勢になった。「いや、そうは思わない。電話がかかってきて、ここでなにかが起きると知らされ――」

最後までいい終える前に、銃の連射音が表で轟(とどろ)き、レストランの一般客が悲鳴をあげた。

26

数挺の自動小銃の発射音が、広場中央の公園の方角から響き、レストランの窓ガラスが割れ、銃弾がカーテンを引き裂いた。客たちは物蔭に跳び込むか、パニックを起こして凍りついたように椅子に座ったままでいた。

ダフィー、フレンチー、スクイーズが、警護対象に近く、三人とも六メートル以内にいたので、ひとりが対象ひとりに体当たりして、床に押し倒した。

ダフィーはラルーを椅子から床に押し倒して、自分の体で覆（おお）った。それから手をのばして、セーターを着たフローレス博士の腕をつかみ、ひっぱってそばに伏せさせた。

それと同時に、ウルフソンが無線でいった。

「正面で触敵（コンタクト）！　公園のまんなかの石の野外ステージの蔭から、銃口炎が四つか五つ！　交戦する！」

低い響きの大きな発射音が、屋根で轟（とどろ）いた。つづいてもう一発が、一秒後に発射された。

フローレスは、激しくまばたきしながら、ダフィーのそばの床で体を丸めてじっとしていたが、ミシェル・ラルーが起きあがらないように押さえるのに、ダフィーは苦労していた。まるでレスリングでもやっているようだったが、平常心は保っていたので、任務中のアーマード・セイントの武装警護員すべてに聞こえるチーム間周波数で送信した。なおも襲ってくる銃撃のなかで聞こえるように、ダフィーは叫んだ。「チャーリー1からブラヴォー1へ。ゴードン、パックホース1の銃塔の銃手に、野外ステージの蔭のターゲットと交戦するよう指示しろ。チャーリー2、公園のまんなかのターゲットはMk48に任せて、公園のそのほかの場所に敵がいないか探せ。受信しているか？」

ゴードンが先に答えた。「いまやってる、ダフィー」

つぎにウルフソンの声が聞こえた。「とっくにやってる。広場の南でパトカー一台の向こうにいるやつをふたり見つけた。おれの二時方向。そいつらが立ちあがって、武器を持ってるのが見えたら、おれが片づける」

パックホース2の上部銃手が野外ステージをベルト給弾式のMk48軽機関銃で撃ちはじめ、ホテルの正面で雷鳴のような銃声が鳴り響いた。

ダフィーはふたたび叫んだ。「ナスカー！　窓から制圧射撃！　ホテルにだれも入れるな！」

ナスカーが、床に伏せている客の一団のそばを駆け抜け、物蔭にうずくまっている客を跳び越して、カーテンをどかした。レストランのホテル正面側の柱を掩蔽(カヴァー)にして、AR-15から公園のターゲットめがけて銃弾を送り込みはじめた。

ウルフソンの力強い落ち着いた声が、ダフィーの耳に届いた。「チャーリー2(ツー)は、AKを目視。そいつらと交戦する」

襲来する敵弾がレストランのあちこちに当たると同時に、ウルフソンが屋根から発砲した。レストランの天井の照明器具が被弾してはずれ、ダフィーと女ふたりの近くのテーブルに落ちた。

警護対象をここから連れ出さなければならないと、ダフィーは思った。「スクイーズ！ナスカーの制圧射撃を手伝いに行け！　体を低くしろ。フレンチーとおれは警護対象を連れて上の階へ行く。ギャビー、いっしょに来い！」

フローレスは、ダフィーのそばで膝(ひざ)立ちになっていて、うなずいた。スクイーズがテーブルをまわって、窓の近くで弾倉を交換しているナスカーのほうへ走っていった。

「掩護(えんご)射撃！」ダフィーはマイクに向けてどなった。一秒後、ナスカーが射撃を再開し、スクイーズが連射で銃弾を撒(ま)き散らした。

ダフィーは、ラルーをかがませて、ロビー側の出口へ押していった。

「押すのをやめて！」ラルーがどなった。

「だったら早く進め、おばさん！」ダフィーは、心臓を突き刺されるような恐怖を感じた。ベイルートで自分と警護対象の妻が生き延びるために必死で逃げたことを思い出し、心的外傷後ストレス障害(PTSD)にさいなまれていた。

フレンチー、ヘルム、エレーラも起きあがり、だれもがテーブルのあいだを走り、耳か傷口を押さえて倒れている男女のそばを通り抜けた。

ヘルムが、ダフィーの抗弾ベストのストラップをつかんで引き戻しながら叫んだ。「ウェイトレスが撃たれた！」

「走りつづけろ」ダフィーは語気鋭く命じた。「階段へ行く」

ヘルムが、歩度を緩(ゆる)めた。「でも……撃たれたんだぞ！」

「おれのいうとおりにしないと、あんたも撃たれる！」

ダフィーは、一団を引き連れて狭いロビーを駆け抜けるあいだ、襲撃者がホテル内に侵入していた場合に備え、アサルトライフルを前方に向けていた。ナスカーが無線で報告した。「ひとり殺(や)った！　そいつはぶっ倒れた！」

ダフィーは、階段に着いた。ダフィーが先頭に立ち、フレンチーが殿(しんがり)で、まもなく三階にあがった。暗い短い廊下の先が、ダフィーの部屋だった。鍵をあけるのに、ダフィーはちょっと手間取った。

手がふるえていたが、ダフィーはそれを隠そうともしなかった。こんなひどい状況に対する心構えはできていなかった。疑いの余地なく、最悪の事態だった。

ようやくドアをあけることができた。

うしろでフレンチーがどなった。「全員、なかにはいって。さあどうぞ（シル・ヴ・プレ）」

だが、ダフィーは、その部屋が警備対象にとって安全だとは思わなかった。「三人ともバスルームにはいってほしい。フレンチー、バスルームのドアを護（まも）れ。おれは廊下を見張る」

エレーラとヘルムはいわれたとおりにしたが、ラルーがいった。「バスルームに隠れるのは嫌よ。わたしは立って――」

ダフィーはラルーに怒りをぶつけようとしたが、ラインハルト・ヘルムが代わりにやってくれた。ドイツなまりの英語でどなった。「ミシェル、いわれたとおりにしろ！」

ラルーがすぐに従い、三人は狭いバスルームで猫脚バスタブのそばに立った。

ギャビー・フローレスは、武装警備員ふたりとともに寝室にいたが、ダフィーが手袋をはめた手で、ベッドの奥の床に伏せるよう指示した。フローレスは警護対象ではないが、彼女の身の安全にダフィーは責任を負っている。

そのときようやく、表の銃撃が熄んでいることに、ダフィーは気づいた。Mk48は発砲していないし、屋根のウルフソンのスナイパーライフルの轟音も聞こえない。

「チャーリー1からブラヴォー1へ。どうなっている？」

「敵は逃げてる。公園に五人か六人の死体がある。悪党どもは死体を回収してるみたいだが、武器が見当たらないので、攻撃を控えてる。どこも安全のようだが、ブラヴォー・チームのひとりが、表で撃たれた。APCの蔭で、いま処置してる」

ゴードンの部下がひとり負傷したが、怪我の程度はわからない。「くそ、了解。チャーリー、全員報告しろ」

フレンチーは、ダフィーとおなじ部屋のバスルームの外にいたが、それでも応答した。

「3はチャーリー1および警護対象三人といっしょに、三〇四にいる」

つぎにクルーズがいった。「チャーリー4は、ロドリゲスといっしょに三〇六にいる。ロドリゲスをバスタブにはいらせ、寝室で警備してる。窓の外にターゲットはいない」

「チャーリー4」ダフィーはいった。「そっちの警護対象を、おれたちのほうに連れてこい。おれは階段を見張る」

「いま行く」

ダフィーは、廊下側のドアをあけて片膝をつき、階段に銃口を向けた。年配の男が客室から外を覗（のぞ）いた。ダフィーは親指でカラシニコフの安全装置をはずし、引き金に指をかけたが、男はライフルを持ったアメリカ人をひと目見ると、首をひっこめた。

やれやれ。ダフィーは思った。もうちょっとでなんの罪もない人間を撃つところだった。

また手がふるえはじめた。

ナスカーが無線で報告した。「チャーリー5（ファイヴ）からチャーリー1（ワン）へ。全ターゲットを制圧した。レストランで民間人三人が負傷。ひとりは助かりそうにない」

「できるだけのことをやれ。警備を緩めずに」

「了解」

つぎにスクイーズが報告した。「6（シックス）は無事。ウェイトレスを手当てしてる。腕に一発くらってる。命に別状はなさそうだけど、この町には病院があるよな」

クルーズとロドリゲスが、ダフィーのうしろから廊下を近づいてきた。ふたりだということを肩ごしに確認してから、ダフィーは静かな階段に注意を戻した。

そのとき、あらたな声がヘッドセットから聞こえた。「ダフィー、ゴードンだ」

「ダフィーに送れ」

ゴードンの声は緊張し、息を切らしていた。「攻撃がはじまったとき、おれはパックホース1（ワン）の後部にいた。いま正面にまわって、パックホース2（ツー）のそばにいる。ブレーク」間を置いてから、ゴードンがいった。「ここの舗道でひとりが戦死（KIA）。おれの5（ファイヴ）だ」
ダフィーは目を閉じて、ドア枠にそっと額を打ちつけた。なんてこった。任務第一夜に武装警護員ひとりが死んだ。

　できるだけ急いで気を取り直してからいった。「了解。警護対象四人はすべてこの三〇四にいる。ブレーク。チャーリー1（ワン）からアルファ1（ワン）へ」

　レミックから応答はなかった。

「チャーリーからアルファ指揮官（アクチュアル）へ。応答してくれ」

　やはり応答はなかった。

「ゴードン、アルファのだれかを呼び出せるか？」

　ゴードンがレミックの応答を得ようとするあいだ、ダフィーは待った。やはり最初は応答がなかったが、二度目の呼び出しで馬鹿でかい声が通信網から聞こえた。

「アルファ指揮官（アクチュアル）だ。ブラヴォー指揮官（アクチュアル）、状況報告」

　ゴードンがいった。「ブラヴォーはひとり戦死（KIA）、負傷者なし。弾薬はじゅうぶんにある。敵は退却した」

　レミックは、死んだ契約武装警護員についてききもしなかった。「チャーリー1（ワン）、状況報告」

「チャーリーは戦死も負傷もなし。警護対象は三〇四にいて安全だが、ここには三人しかいない。何人かよこしてくれると助かるし、レストランには助けが必要な一般市民死傷者（CIVCAS）がいる」

レミックが一般市民の死傷者を気にかけるかどうか、見当もつかなかったが、スクイーズが下で手当てをしているので、支援してもらいたかった。

レミックがいった。「了解。おまえのところにふたり行かせ、あとは負傷者の手当てと、ブラヴォーが戦死者を回収できるように、正面の道路の警備に差し向ける。受信しているか？」

「受信状態は良好」ダフィーはいった。

つづいてレミックがいった。「これについて話し合うために、指揮官は全員、五分後にロビーに来い」

クルーズがドア前の護りを交替し、ダフィーはベッド脇へ行った。ベッドに座っていたフローレスが、先ほどの出来事に動揺しているようだったが、過度にパニックを起こしていないのを見て、ダフィーはほっとした。

「だいじょうぶですか、博士？」

「ええ。ありがとう」

「下でレミックと話をするときに、いっしょにいてもらいたい」

「ええ、いいわよ」フローレスは首をかしげた。「でも、どうして？」

「このあたりで起きていることに、おれよりも詳しいからだ。レミックよりも詳しいんじゃないかと思う」

フローレスが立ちあがった。「もちろん、そうよ」

ダフィーは、フローレスの勢いをすこし抑えようとした。「だけど、頼むから、繊細にやってくれ」

「さっきまで人を撃っていたのに、いまわたしに繊細になれというの？」

ダフィーは、肩をすくめた。「おれはだれも撃っていない」両手がふるえているのをフローレスに見られないように、アサルトライフルをぎゅっと握り締めた。

一階のロビーで、チャーリー5（ファイヴ）と6（シックス）がダフィーとフローレスに近づいた。スクイーズの両腕と戦闘服の袖（そで）に、血がついていた。スクイーズが、レストランの入口のほうを手で示した。何人ものすすり泣きやうめき声が聞こえた。「いまアルファが負傷者を手当てしてる。救急車が来る」

「負傷はどんなふうだ？」

「三人が撃たれた。窓ぎわのテーブルにいたじいさんが、額のどまんなかに一発くらった。あっというまに死んだ」

ナスカーがつけくわえた。「弾丸が脳に達したら、あんたもそうなる」

スクィーズが、なおもいった。「ウェイトレスが腕に一発、べつのおばさんが肩の貫通銃創。このあたりにまあまあの医者がいれば、ふたりとも死にゃしない」

ナスカーが、顔を近づけて小声でいった。「ブラヴォーがドジを踏んだんだ、ボス。ウルフソンが屋根にいなかったら、もっとひどいことになってたかもしれない」

ダフィーもおなじことを考えていた。

スクィーズがいい添えた。「それに、このあいだずっと、アルファはなにやって――」

レミックとアルファのふたりが階段から現われたので、スクィーズは黙った。

近づきながら、レミックがロビーの向こうから大声でいった。「いったいなにが起きた、ダフィー？」

「複数の射手。小火器。すべて死んだか逃げた」

ゴードンが、正面ドアから姿を現わした。黒い顔が汗まみれで、三日分のびている顎鬚(あごひげ)から滴(したた)っていた。胸の弾薬帯と手袋が血で汚れ、目が怒りのために鋭くなっていた。

レミックがいった。「状況報告、ブラヴォー」

ゴードンが動揺しているのも無理はなかった。ダフィーはゴードンのことを十年前から知っているので、すぐにわかった。「残されていた襲撃者五人の死体を、おれの部下が調べた。ふたりは警官だったが、おれたちと交戦したことは明らかだった。あとの三人は地元の人間らしい。残された血痕（けっこん）からして、敵がふたりの死体を待っていた車にひきずっていって、現場から運び去ったことがわかってる」

レミックが、手袋をはめた手で顔をこすった。「では、そいつらが黒い騎士だったんだな？」

ギャビー・フローレスがいった。「これがロス・カバジェロス・ネグロスだとしたら、五人や十人ではなかったはずよ。五十人か百人で来たでしょうね」

レミックがフローレスの顔を見て、なにかをいいたそうだったが、ゴードンのほうに向き直った。「負傷者を近くの病院へ運び、戦死者を遺体袋に入れろ」こんどはダフィーに向かっていった。「VIPはどうした？　銃撃がはじまったとき、全員、レストランにいたんだろう？」

ダフィーはいった。「はい、そうです。いや……じつはロドリゲスが、チャーリー4（フォー）といっしょに部屋に戻ったときに、襲撃がはじまりました」

「これからは四人いっしょにいさせろ。ブラヴォーは外を警備し、チャーリーは屋内を警備していた。こんなことが起きるはずはなかった！　二度と失敗するな」

ゴードンがいった。「アルファ1(ワン)、このあいだずっと、あんたたちがどこにいたのか、きいてもいいですか？」

レミックがゴードンを睨(にら)みつけた。「まず、わたしはくそをしていた。これでいいか、マイク？」

「はい、ボス」

レミックはそれ以上なにもいわず、パックホース2(ツー)を調べるために、ホテルの正面へ行った。部下ふたりが、無言でついていった。

ダフィーは、ナスカーとスクイーズのほうを向き、チーム無線機であとの三人に伝えた。「チャーリー・コールサインは全員、部屋から荷物を持ってこい。今夜はクレイジーホースで眠る」フローレスに向かっていった。「あんたもだ、すまないが」

「いいのよ。あの戦車のなかのほうが安心できる」

階段に向かいかけていたスクイーズが、声を殺していった。「戦車じゃねえよ、通訳(タープ)」

27

二ブロック離れていて、ホテルからは見えないが公園を視界に収められる場所でジープの運転席に座っていたオスカル・カルドーサが、双眼鏡を置いた。助手席から携帯電話を取り、いくつかボタンにタッチして、車のブルートゥースと接続した。

スピーカーから音が流れて、すぐに応答があった。「もしもし（ブエノ）？」

カルドーサがスペイン語でいった。「ロボか？　わたしだ。どこにいる、友よ？」

「チワワの低山地帯だ。明朝には山脈にはいる。〝悪魔の背骨〟には、あすの夜に着く。あんたはどこだ？」

「エル・サルトの町にいる。ドゥランゴの低山地帯だ。車列はわたしと広場を挟んで向かいにいる。やつらは今夜はホテル泊だ」

「優雅だな」

「そうでもない。襲撃されたところだ」

ロボが、くすくす笑った。「山の麓に着いた第一夜に？」

「そうだ。地元の組織がマリファナ中毒の連中と買収した警官を送り込んだ。武装警護員ひとりを撃った。殺したかもしれない」

「見たのか？」

「いま公園の向かいにジープをとめて、後片づけを見ている。すごい花火だったぞ、アミーゴ」

「警護部隊の働きぶりは？」

「備えていなかった。こんなに早く襲われるとは思っていなかったんだろう。しかし、やつらはすぐに態勢を立て直した。襲撃側はホテルに近づけなかった。ほとんど死んだ。何人かは逃げた」

「おれたちは逃げない」

「わかっている。しかし、やつらは二度と警戒を緩めないだろう。あんたたちは戦う用意をしておいたほうがいい」

「おれたちはロス・セタスだ。いつだって戦う用意がある」ロボがまた低い声で笑った。

「地元の連中に、おれたちが殺せるようにアメリカ人を何人か残しておくよう、いってくれ」

「連絡を絶やさないようにする。おやすみ(ブエナス・ノチェス)」

「ブエナス・ノチェス、セニョール・カルドーサ」

28

午前三時、ヴァージニア州フォールズチャーチにある八三・六平方メートルの家の一台分のカーポートに、古いミニバンがとまった。小雨が降るなかで、Vネックで半袖の黄色い作業着を着て野球帽をかぶり、ブロンドの髪をポニーテイルにまとめている女性がおりて、ハンドバッグを持ち、隣のおなじような小さい家のフロントポーチに向けて、一八メートルたらずの距離を歩いていった。

彼女が防風ドアを軽く叩くと、すぐにあいた。べつの女性――ブロンドの女性とおなじ三十代――が、両腕で三歳の男の子を抱えていて、作業着姿の女性に渡した。そのあいだに、パジャマを着て髪がきれいにカールした五歳の女の子が、もぞもぞと出てきた。

「ふたりともお行儀よくしていた?」ニコール・ダフィーが、疲れを隠そうともせずそっときいた。

ディナ・レイサムは、眠っていたせいで頭がぼんやりしているのをふり払ってから答えた。「いい子だった」そしてきいた。「ジョシュはいつ帰ってくるの？」

「二、三週間くらいよ。どうして？」

ディナが肩をすくめ、笑みを浮かべた。「正直いって、お金がほしいから、ジョシュが急いで仕事から帰ってこなくてもいいの。ただ、あなたのことを考えるとね」

「わたしはだいじょうぶ」ニコールが、無理に笑みを浮かべていった。「ジョシュもだいじょうぶよ」

「そうだとわかってるわ。あしたもこの子たちを連れてくる？」

「ええ。ほとんど毎晩ね」

「ずっとそうしてもいいのよ。すこし眠ってね」

ニコールは、ディナに礼をいい、すぐに子供ふたりといっしょに、二軒の私設車道のあいだの芝生を歩いて、自分の家のカーポートのドアへ行った。

ニコールは、隣に住むディナに八時間あたり四十ドル払って、夜のあいだ子供ふたりのベビーシッターを頼んでいる。ほんとうはそんな余裕はないのだが、ジョシュが大金を稼いでいるので、毎晩それだけ出せると判断していた。ニコールの稼ぎは一晩百ドル以上だし、子供ふたりを連れてオフィスを終夜掃除できるはずがないので、この手配が必要だった。

ニコールは急いで子供たちを寝かせて、シャワーを浴び、アメリカ陸軍のスエットパンツと母校のヴァージニア州立軍事学校のロゴ入りのTシャツを着た。Tシャツには〝賢慮と勇気によって(コンシリオ・エト・アニミス)〟という校訓が描かれている。それはニコールがいまも残してある過去の暮らしの名残(なごり)のひとつで、じつをいうと、ときどき気分を落ち込ませる事柄でもあった。

商業施設を清掃するときに着る汚れた作業着——いまの暮らしを示すもの——を洗濯物の籠(かご)にほうり込み、ニコールは午前三時三十分近くになって、独りでベッドに潜り込んだ。ハリーがいつまで寝かせてくれるかによるが、三時間か四時間たったら起きなければならない。ジョシュが出かけてから数日しかたっていないのに、ベッドに彼がいてくれたらと思った。

ジョシュのことが心配で、ニコールは何度も寝返りを打った。なにも心配はいらないと、やっと自分を納得させたときに、そばのテーブルで携帯電話が鳴った。

ニコールはさっと上半身を起こし、体の向きを変えてベッドカバーの下から脚を出して、素足で床を踏んだ。

なにか恐ろしいことが起きたのだと、わかっていた。そうでなかったら、真夜中にジョシュが電話をかけてくるはずがないし、まして今夜は一度話をしている。電話をかけてきたのがアーマード・セイントのだれかで、人生で最愛のひとが死んだことを知らされるのではないかと思い、ニコールは恐怖にかられた。

想像を絶する恐怖におののきながら、ニコールは電話に出て、息を切らし、かすれた声でいった。「もしもし？」

「ニック、おれだ」

深刻な口調だったが、ジョシュの声を聞いて、ニコールはそっと安堵の溜息をついた。両目を閉じて、ジョシュが生きていることに感謝する祈りをすばやくつぶやき、目をあけた。「なにがあったの？」

「便所を使うために車両から出たところだ」小さい声で話さないといけない」間を置いてから、ジョシュがいった。「今夜、マイク・ゴードンの部下がひとり殺された」

ニコールが、また目をぎゅっと閉じた。右目から涙が一滴こぼれた。「ひどい。なにがあったの？」

「おれたちのホテルが小火器で攻撃された。防御態勢だったが、攻撃されるまで気づかなかった」

「かわいそうなマイク」

「ああ」

「何者がやったの？」

「それすらわからない。おれたちは、襲撃部隊にいた警官を何人か殺した。おれは敵の射手を見ていない。一発も撃っていない」

脈が速くなったが、ニコールは力強い声でいった。「ぜったいに帰ってきて」

数秒のあいだ、ジョシュが息を継ぐのが聞こえた。心痛と恐怖が感じ取れた。ジョシュが自分とおなじくらい恐れていることを知って、ニコールはほっとした。ジョシュは馬鹿ではない。必死で事態に取り組もうとしている。

だが、そのときジョシュがいった。「おれはだいじょうぶだ。おれたちはだいじょうぶだ。攻撃を巧みに撃退し、警護対象をすばやく安全なところへ移動した」

「警護対象なんかどうでもいい、ジョシュ。わかっているでしょう」

「おれにはどうでもよくない」ジョシュが弁解した。「な、もう切るよ。みんながすぐ近くにいる。おれたちはだいじょうぶだ。だれももう二度と警戒を緩めない。断言する。とにかくおれはぜったいに油断しない」つけくわえた。「きみのところへ、どうしても帰らなければならない。ぜったいに帰るつもりだ」

そこで負っている責任を放棄し、家族がどうしても必要としている三万五千ドルをあきらめて帰ってくるようにと説得するのは、とうてい無理だった。ニコールにはそれがわかっていたので、心に浮かんだたったひとつのことをいった。「愛している。気をつけてね」

「そうする」

ジョシュが電話を切ると、ニコールは携帯電話を手にしたまま、グーグルマップをひらいて、ジョシュが作戦を行なっている場所の地理を必死で調べて、山脈の奥でジョシュを待ち受けている地形、脅威、危険を知ろうとした。今夜は眠れないとわかっていたが、ジョシュを助けるためになにかをやらなければならないという思いをふり払うことができなかった。ニコールは、いまはヴァージニア州の零細清掃会社の経営者だが、元陸軍将校なので、なにもせずにじっとしているつもりはなかった。

それはニコールの流儀ではない。

しかし、手助けのためになにができるかと考えても、なにも思いつかなかった。

ニコールは夜明けまで寝返りを打ちつづけ、やがて眠ったが、この数日の緊張が記憶をかきたてたせいで安眠できず、夢のなかでそれらの記憶にさいなまれた。

29

七年前

AH-64Dアパッチ・ロングボウ攻撃ヘリコプター二機が、イラクのファルージャの北東約三〇キロメートルにひろがるパッチワークのような農地の一〇〇〇フィート上空の夜気をかきまわしながら、単縦陣編隊で飛行していた。

二機の操縦士は、機首カメラのパイロット暗視センサー(PNVS)を使って進路を見定める。操縦士席よりも低く一八〇センチ前方にある前席の副操縦士兼射手は、両膝の上の大型多目的ディスプレー(MPD)と、左右の把手にボタン類がびっしり並んでいる中央のスクリーンに、注意のほとんどを集中する。

そこに目標捕捉指示照準装置(TADS)の画像が表示される。PNVSとともに機首の先端に搭載されているTADSは、一八〇度旋回でき、副操縦士兼射手が選択したどんなターゲットでも、識別し、測距し、照準を維持することができる。

アメリカ陸軍の攻撃ヘリコプター二機、コールサイン〝刺客(アサシンズ)43〟と〝アサシンズ44〟は、ドイツのニュルンベルクの南西にあるカッテンバッハ駐屯地に配置されている第12戦闘航空旅団/第3航空連隊/第1大隊に属していた。だが、第1大隊は、イラクで広範囲に版図をひろげているテロ組織ISIS（イラクとシリアのイスラミック・ステート）と戦っているイラク治安部隊(ISF)（イラク政府の法執行機関と軍をひっくるめたアメリカ国防総省による呼称）を支援するために、ドイツから急遽(きゅうきょ)、イラクに派遣された。

ISISは強硬な狂信者なので、ISFは自前の兵力ではまったく太刀打ちできなかった。現地にあらたに到着したアメリカ軍部隊は、反政府勢力が迅速に進撃していたことに衝撃を受けるとともに、イラク軍の対応があまりにもお粗末だったことに啞然(あぜん)とした。

二機で哨戒中の一番機の操縦士は、マックス・ヘンダーソンというアリゾナ出身の男で、四十三歳だった。ヘンダーソンはアパッチを十年以上操縦してて、その前は十年近くブラックホークを操縦していた。

攻撃ヘリコプターの前席の女性将校は、ヘンダーソンとは対照的だった。まだ二十五歳のニコール・マーティン大尉は、ヴァージニア州立軍事学校を卒業して、アメリカ陸軍将校の任命書を受領したばかりだった。最近、中尉から大尉に昇級したところで、A(アルファ)中隊に配属されてイラクに派遣されてから二週間しかたっていなかったが、その前にアフガニスタンで二度の戦闘服務期間を経験していた。

アパッチ二機は、バグダッドの戦術作戦センター(TOC)からの任務付与に備えて、定位置で楕円(だえん)軌道を描いて低速飛行していた。アパッチ二機の現在位置の南で、イラク治安部隊とISISの激しい戦闘が一週間以上つづいていた。ファルージャ市内でも戦闘が起きていたが、強力なアメリカの軍用機二機の下の村と畑は、三〇キロメートル北までいまのところ平穏だった。

マーティン大尉は、目の前の時刻表示を見て、午前三時を過ぎていると気づいた。前日の朝八時から、これが三度目の哨戒で、それが体にこたえているのがわかった。「長い一日だった」マーティンはインターコムでいった。

後席のヘンダーソンが答えた。「おれの寝る時間をとっくに過ぎてる」

マーティンはくすくす笑った。「定位置にあと三十分いればいいだけよ、准尉(チーフ)。一時間たったら寝られるじゃないの」

「ああ、そしてまた朝には飛ぶ」ヘンダーソンが溜息をついた。「ひと月たてば、好きなだけ眠れるだろう」

マーティンは、ヘンダーソンと組んで飛ぶようになってから日が浅かったが、退役する予定だということは聞いていた。「ほんとうにこういうことから離れるつもり？」

「ああ、そうだ。そのつもりだ」ヘンダーソンがいった。「三十日後には、民間人になる」つけくわえた。「それまでにケツを吹っ飛ばされなければ」

「ええ、そうならないようにしたいわね」

「あんたはどうなんだ、大尉？　最後までいるつもりなのか？」

だれかにそうきかれたときの型どおりの答を、マーティンは用意していた。「母も父も陸軍で、ふたりとも二十三年勤めた。ずっといるのが自然に思えるのよ」

「子供がいるとたいへんだ」ゆっくりと南に向けて旋回しながら、ヘンダーソンがいった。うしろの同型のアパッチが、すこし下でおなじように旋回した。

「そうよ。わたしと弟がいたから、両親はたいへんだった。わたしもそのうち子供がほしい。どうやりくりするかを、考えておかないといけない」

マーティンは、TADSで監視し、ファルージャの北の郊外にある建物群にズームした。それをやりながらきいた。「陸軍を辞めたあと、なにをやるの？」

「ちゃんとした計画があるんだ、マーム。自営の航空業をはじめる」

「航空業？　ほんとうに？　航空会社みたいな？」

「そうだ。ビジネスプランやなにもかも用意してある。回転翼機を一機リースする。ジェットレンジャーかなにかを。固定翼機は……オンラインでサイテーションに目をつけてる。銀行から借金しないといけないが、それはなんとかなる。まず政府の小規模な契約を取るのに、保全適格性認定資格（セキュリティ・クリアランス）を維持するつもりだ。国際開発庁（USAID）、国土安全保障省（DHS）、麻薬取締局（DEA）、いろいろある。何年かたったら、完全に自前の航空機を所有できるだろう。パイロットを雇い、もっと大きな契約を取る」

「世界中で？」

「ああ。ただ、自分が飛べないようなところまで手をひろげたくはない」ヘンダーソンはつけくわえた。「自宅はフィーニクスにある。できれば、国境沿いで働きたい」

マーティン大尉がいった。「楽しそうな仕事ね。わたしも陸軍を辞めたら雇ってもらおうかしら」

「うーん」ヘンダーソンが、からかうように答えた。「困ったな、大尉。将校を雇うのか？　扱いにくそうだ」

一理あるとマーティンは思ったが、話をつづける前に、無線機から声が聞こえた。

「アサシンズ4（フォー・フォー）4、こちらアサシンズ4（フォー・スリー）3」

マーティンは応答した。「4（フォー・フォー）4に送れ」

「えー、作動油圧警告が出てる。直そうとしたんだが、うまくいかない。なんでもないかもしれないが、帰投（ＲＴＢ）するしかない」

くそ。マーティンは思った。二番機のアサシンズ４３が定位置を離れて帰投しなければならなくなったら、基地に帰るまで付き添うか、ここにとどまって単機で哨戒を終わりまでやるか、選択しなければならない。付近は平穏なので、哨戒を切りあげてもまちがった判断だとはいえないが、二機編隊でここに派遣されたのはそれなりの理由があるからだとわかっていた。それに、危険な事態はいつ起きるかわからない。

マーティンのアサシンズ４４は順調に飛行していたし、作動油圧警告は九〇パーセントくらい、なんでもない場合がある。アサシンズ４３は、きわめて困難な状況だとはいえないので、マーティンはすぐに決断した。「了解、４３（フォー・スリー）、あなたたちは帰投して。わたしたちは定位置にあと」——時刻表示を見た——「三十分くらいいる」

「了解、４４（フォー・フォー）。豊猟を祈る（グッド・ハンティング）」

バックミラーで見ていると、背後のアパッチの黒い大きな機体が離れて、北へ向かって飛びはじめた。

ヘンダーソンがいった。「連中はここにあまり未練がないみたいだな」

「ええ。ぜんぜんおもしろくないもの」マーティンは、一二七倍に拡大されたＴＡＤＳの表示に目を戻した。イラクで空中哨戒を行なうときにいつもやっているように、機首に設置されているカメラシステムを前後に動かし、いまはアパッチの南、つまりファルージャの街の東にある遠くの建物群、構造物、道路に焦点を合わせていた。

だが、カメラを西に戻そうとしたとき、閃光が目にはいった。赤外線カメラの画像が黒くなったが、モニターには表示された。さらに二度、たてつづけに閃光が輝いた。

ヘンダーソンは、マーティンとはちがってズームしていなかったが、それでも閃光を見ていた。

「ファルージャ東部を砲撃してるみたいだな」

「そのようね」マーティンはいって、その位置をズームした。

「ISFだろうな」ヘンダーソンがいった。「ISISは大口径砲の使いかたを知らない」

「そのうちに使いかたを憶えるでしょう」マーティンは小声でいい、農産物加工場のように見える建物の横の畑に精密照準を合わせた。そこが発砲源のようだった。

「なにを撃ってるんだろう?」ヘンダーソンがいった。

マーティンは、TADSのスクリーンを覗き込んだ。「砲兵が見える。まちがいなくイラク軍よ。M198一班。三門ある」M198はアメリカ製の一五五ミリ榴弾砲で、イラク軍は百二十門以上保有していたが、いま何門保有しているか、ISISに何門鹵獲されたか、だれにもわかっていない。マーティンはいった。「あの砲の射程からして、ターゲットは一〇キロくらい西。市内よ」

マーティンはイラク軍の監視をつづけたが、まもなくヘンダーソンがいった。「ああ。弾着は真西一二キロだ」

マーティンは、いま見ている事物を戦術作戦センター（TOC）に無線で伝え、各友軍部隊の座標とイラク軍砲兵のだいたいの位置を報告した。

砲撃されている敵の位置を突き止めるつもりだったので、マーティンは急いでカメラを西に向けようとした。だが、ファルージャの東端にあるモスク近くに大規模な集団がいるのを見つけて、途中でとめた。

その集団にズームすると、ISIS部隊だとたちどころにわかった。十数台以上のピックアップ・トラックが、東に通じる道路にとまり、周囲で武装した何人もが動きまわっていた。迫撃砲とおぼしい物が、立てられているところだった。

ヘンダーソンにはそれが見えていなかったが、つぎに見えたことを報告した。「砲兵がふたたび一斉射撃」

どこに弾着したにせよ、マーティンの視界の外だった。つまり、イラク軍砲兵はISISの大規模な部隊を狙い撃っているのではない。しかも、その大部隊は、砲撃を受けているＩＳＩＳ部隊よりもずっとイラク砲兵に近いところにいる。

マーティンはいった。「たいへん、准尉（チーフ）。こっちに……たぶん五十人くらいの敵がいる。迫撃砲四門の発射準備をしている。わたしたちの一時方向、一二キロ。友軍から二キロしか離れていないし、攻撃準備をしている」

「くそ」ヘンダーソンがいった。「敵軍が二キロしか離れていないところにいるのをイラク軍が知らなかったら、蹂躙（じゅうりん）されちまうぞ」

マーティンは、ふたたびＴＯＣに連絡した。「タロン、アサシンズ４４（フォー・フォー）。方位一七〇のＩＳＦ部隊と連絡がとれるか？　どうぞ」

長い間があった。ヘンダーソンがコレクティブピッチ・レバーを戻し、アパッチは前方監視赤外線装置（ＦＬＩＲ）に強調表示されている敵陣地の約一二キロメートル北、大麦畑の上空でホヴァリングした。

ＴＯＣがようやく応答した。「アサシンズ４４（フォー・フォー）、こちらタロン。友軍との連絡はとれない。約二〇キロ離れたＩＳＦ部隊には統合戦術航空統制官（ＪＴＡＣ）がいるが、そちらの座標もしくは南の部隊にはだれも付随しておらず、連絡できない。どうぞ」

「准尉（チーフ）」マーティンは、インターコムでヘンダーソンとだけ話をした。「発砲しているセクションは、迫撃砲で攻撃されてから、車両部隊に蹂躙されるわ」ＦＬＩＲをちらりと見てから、ダッシュボードの左側の多目的ディスプレー(MPD)を見た。「交戦できる燃料がある」

「ああ」ヘンダーソンが、気乗りしないようにいった。「だけど、おれたちは一機だけだし、ISISには迫撃砲が四門あって、小隊規模の車両部隊がいる。おれたちが見てない部隊が、そのあたりにもっといるかもしれない。敵の軍容がわからない」

「悪党どもを見つけたのにみすみすひきかえすために、ここに来たわけじゃない、准尉(チーフ)。友軍を砲撃するために迫撃砲が設置されているのよ。なにかやらないといけない」

ヘンダーソンは、この戦闘にくわわりたくなかったが、切羽(せっぱ)詰まった状況だとマーティンは判断した。ISFの砲兵隊がいる。その数十人は、敵が数分の距離にいて、攻撃を仕掛けようとしていることに、まったく気づいていないようだった。

「わかった」ヘンダーソンがつぶやいた。「使える高速移動体がほかにないかどうか、TOCに確認しよう」

「却下(ネガティヴ)」マーティンは確信していた。「九行要約(ナイン・ライン)（近接航空支援に含まれる九項目。進入点、機首方位、距離、目標標高、目標距離、目標位置、標識種別、味方部隊、離脱点）を設定して、ほかの運搬体(プラットホーム)（航空機・車両・艦船・飛翔体・衛星など移動／運搬用装備全般を指す）を呼ぶ時間はない」ヘンダーソンが応答する前に、マーティンはふたたびTOCに連絡した。「タロン、アサシンズ4 4(フォー・フォー)は現時点で姿を見せている敵を目視している。四、五十人と迫撃砲四門。報せ(しら)た座標の友軍の西二キロ。交戦承認を求める」

「タロン、アサシンズ44（フォー・フォー）、くりかえせ。武器を目視しているんだな？」

「アサシンズ44（フォー・フォー）、然り（アファーマティヴ）。ベルト給弾式機関銃と迫撃砲。改造戦闘車（タクティカル）数台と下車戦闘員（ディスマウント）（車両から下車して徒歩で戦う兵士）」

べつの声、こんどは男性の声が、無線から聞こえた。「アサシンズ44（フォー・フォー）、こちらタロン指揮官（シックス）。実戦態勢でターゲットを目指すことを承認する」

「了解しました。実戦態勢、了解」マーティンは、インターコムに切り換えて、ヘンダーソンに指示した。「安全解除（アーミング）」左のキーパッドのスイッチふたつをはじいた。左の兵装ディスプレーに、44（フォー・フォー）が搭載する各兵器の数量が表示された。

マーティンは選択した。「ロケット弾航過し、機関砲で仕上げる」

「了解した」ヘンダーソンは怒っているようだった。

マーティンはそれに気づかないふりをして、ISIS部隊が密集している中心、迫撃砲の砲床のまんなかをレーザーで指定した。「よし、准尉（チーフ）。これにぴったり合わせて突入。距離四〇〇〇メートルで発射し、東に離脱する」

ヘンダーソンは不承不承、応答した。「了解、方位〇九〇に離脱。突入する」

アパッチが機体を傾けた。マーティンは、右膝（ひざ）の上の小さなディスプレーに全注意を集中していた。最初に望んだのとは、針路がすこしずれていた。

「もうすこし右に。もうちょっと。そこよ！」

「おれたちは建物群の上を飛んでる、マーム。赤外線では人間を捕捉してないが――」

「ターゲットからそれないで、准尉（チーフ）」

　アパッチの機首下にあるカメラの画像を見ていると、ＩＳＩＳ戦士が迫撃砲に砲弾を落とし込み、閃光が黒く表示された。イラク軍の砲兵陣地に向けて一発が発射されたのだ。

　ニコール・マーティン大尉は、落ち着いた声でいった。「発射する」

　発射ボタンを押した。ハイドラ70ロケット弾が左右の主翼のポッドから五発ずついっせいに発射されて高速で離れ、ＴＡＤＳディスプレーに五本の黒い指のように映った。

「離脱する」ヘンダーソンがいい、右にバンクをかけた。

　アパッチの機首はもうターゲットのほうを向いていなかったが、カメラは選択された位置を追いつづけていたので、マーティンはＴＡＤＳで動きを見守ることができた。ロケット弾はそれぞれ、ターゲットに近づくと破裂して、フレシェット一一八〇発が飛散する。フレシェットは安定板付きの小さな矢弾で、敵陣地をそれが襲い、戦闘員と装備をずたずたに切り裂いた。ピックアップ数台が爆発して、火の球になった。

「弾着（インパクト）」マーティンはいった。「やった、イェー」つけくわえた。「スタンバイ」

　ヘンダーソンがアパッチを東に向けて飛ばしてから、カメラが敵を捉えつづけられるように、ゆっくりバンクをかけて一八〇度方向転換して、西にひきかえした。三十秒ぐらいたってから、マーティンがいった。「いまもターゲットを捉えている、准尉。二十五人か三十人くらいが、車両に乗って逃げようとしている。ベルト給弾式の武器を持っている。急いで戻って、機銃掃射する」

ヘンダーソンがいった。「マーム、ヘルファイアを使って、敵の射程外からやろう。なにも敵の上を飛ばなくても――」

「三〇ミリのほうが有効よ」

「了解」ヘンダーソンは、しぶしぶ同意した。「今回は、北じゃなくて、東から進入しよう」

ヘンダーソンの操縦士席よりも低い前席に座っていたマーティンがいった。「そうして。でも速度をあげて。速ければ速いほど、捕捉されづらいから」

マーティンは、座席下にある三〇ミリ・チェインガンに切り換えた。コクピット後部のセンサーがマーティンの視線を感知し、チェインガンがそれに連動して、銃手の彼女が凝視しているものに照準が合う仕組みになっている。

アパッチのチェインガンは、爆風破片と成形炸薬による徹甲の両方の目的を果たせる両用榴弾を発射する。有効射程は三〇〇〇メートルだが、実質的な効果をあげるにはできるだけ接近したいとマーティンは考えていた。

マーティン大尉は、照準を合わせていった。「発砲する」

マーティンがそういったとたんに、ヘンダーソンがマイクに向かって叫んだ。「RPG（対戦車ロケット擲弾発射器だが、対空兵器としても有効であることが実戦で証明された）！」

輝く光の条（すじ）が二本、風防の真正面から放たれ、真下に近いところから上昇してきて、マーティンのコクピットの四、五メートル前方を通過した。

「ターゲットから離れる！」ヘンダーソンが叫び、マーティンが反対する前に、右に急旋回した。九〇度方向転換し、側面が眼下の街路から九〇メートルしか離れていないときに、マーティンとヘンダーソンは屋上からべつの輝く光の条が高速で近づいてくるのを見た。

「RPG！」今回はマーティンが告げて、後方から追ってくるだろうと思い、それを目で追った。

だが、機体下から激しい衝撃が伝わってきて、そうならなかったことがわかった。

「被弾した」ヘンダーソンが告げたが、いわれるまでもなくわかっていた。衝撃につづいて警報が鳴り、マーティンの前の多目的ディスプレー（MPD）二台に赤い警告表示が現われた。

ヘンダーソンがアパッチを水平に戻し、ファルージャの北郊外にあたる西に向けて高速で飛ばした。マーティンはいままではただの乗客で、警告灯を眺め、警報を聞いているだけだった。

ややあって、マーティンはきいた。「飛べるの、准尉（チーフ）？」

「いまのところは。作動油圧が落ちているが、じわじわとだ。テイルローターに損害があったような音が聞こえる。どれくらいひどいかわからない。ガタガタになっても、基地に帰るつもりだ」

ヘンダーソンは、バンクをかけて、北に向かおうとした。損壊したテイルローターにあまり無理がかからないように、そろそろとゆっくり操縦していた。

マーティンはいった。「一三〇キロ以上ある。そこまで行くのは無理じゃないの――」

「おれに自分の仕事をやらせてくれ、大尉！」不満をあらわにして、ヘンダーソンがどなった。

だが、ニコール・マーティンは黙らなかった。「基地まで行けるわけがない！　ISIS部隊のどまんなかに墜落するかもしれない。イラン陸軍砲兵隊の陣地を目指すしかない」

ヘンダーソンは、アパッチを北に飛ばしつづけていた。「ISF砲兵班は、やはり蹂躙（じゅうりん）されるだろう。救難落下傘降下員（パラレスキュー）が来ておれたちを救出する前に、おそらくそうなる。ISFはおれたちを助けられない。自分たちの問題で手いっぱいだ。おれは、こいつが基地にたどり着くほうに賭ける」

マーティンは、アサシンズ4(フォー・フォー)4の位置と状況を、タロンに伝えた。

それを終えると、インターコムでまたいった。「准尉(チーフ)、即応部隊(QRF)が緊急出動した」

「よかった。途中で会えるかもしれない」

そのとき、マーティンのMPD二台にあらたな警告が表示され、ヘッドセットから警報が聞こえて、ヘンダーソンがいった。「エンジン一基に火災発生。停止する」

マーティンは、恐怖をこらえようとした。状況は悪化している。確信をこめた声でいった。「イラク軍前線にひきかえす必要がある、准尉(チーフ)。この速度と燃料では、墜落する前にQRFまで行けない」

「行ける」

「命令しているのよ、准尉(チーフ)」

ヘンダーソンはなおも北へ向かってアパッチを飛ばしつづけ、答えなかった。

「准尉(チーフ)」力強く、脅しつけるような気配を含んだ声で、マーティンはいった。

マックス・ヘンダーソンが、南西に向けてゆっくりバンクをかけ、悪意のこもった声でいった。「イエス、マーム。いいとも、イラク人といっしょに死のう」

マーティンは唇(くちびる)を嚙(か)んだが、計画変更をタロンに伝えるために無線交信に注意を集中した。

だが、送信する前に、前のディスプレーが三台とも真っ暗になった。

うしろでヘンダーソンがいった。「MPDがだめになった」

「こっちも」マーティンはいった。

「予備計器に切り換える」操縦士の右膝の上にアナログ計器があるので、電子機器がすべて故障したときには、それで航法を行なうことができる。ヘンダーソンはいま、それらの計器で操縦していた。赤外線カメラがないので、なにも見えないはずだと、マーティンは気づいた。

マーティンは無線のスイッチを入れた。「タロン、アサシンズ4（フォー・フォー）4。電子機器が使用不能――」

すさまじい振動が機体をガタガタふるわせ、マーティンの体がハーネスをひっぱって左右に揺さぶられた。ヘンダーソンと話をするために、マーティンは送信を中断したが、口をひらく前に、ドーンという音とあらたな振動がうしろから伝わってきて、テイルローターがもぎ取れたのだとわかった。

「くそ！」ヘンダーソンが叫んだ。

テイルローターを失ったアパッチは、メインローターの下で回転しはじめた。オートローテーションで不時着できることを願って、ヘンダーソンがエンジンの出力を落とし、ある程度制御された降下を開始した。

二十五歳のニコール・マーティン大尉は、胴体の手掛けをつかみ、ヘッドレストに頭をしっかり押しつけて、両目を閉じた。ぜったいに聞きたくないと思っていたことを、操縦士のヘンダーソンが無線で報告するのが、ヘッドセットから聞こえた。

「アサシンズ4　4(フォー・フォー)は墜落する。アサシンズ4　4(フォー・フォー)は急激に墜落！」

30

現在

ジョシュ・ダフィーは、ドゥランゴ州のエル・リジトという山中の小さな町にあるトタン屋根でエアコンがない小学校の汚れた窓のそばに立ち、自分の家庭のことを思った。じつのところ、ホームシックにかられたのは、子供たちのせいだった。少女の一団が窓の外で遊んでいて、甲高い声で元気よく叫んでいた。彼女たちは、汚れた小さい旗をふるなにかの遊戯をやっていた。ダフィーは自分がいるシンダーブロックの狭い校舎のなかのおとなたちに注意を集中していたので、そちらには目を向けなかった。

だが、子供たちの声は聞いていて、マンディーとハリーのことを思い、ニコールのことを思った。そのあとで、AKで骨盤を撃たれて死んだブラヴォー・チームの警護員ジョー・ベネットの子供たちのことをふと考えた。ダフィーは、ベネットとほとんど顔を合わせてもいなかった。

ブラヴォー5(ファイヴ)のベネットには、別れた妻と高校生の子供ふたりがいるという話だった。アーマード・セイント社は、たぶんアルバカーキのベネット夫人に電話をかけて、遺体と身の回り品の送り先をきくだろう。

ニコールがそういう電話を受けた場合のことを思い、ダフィーの背中をさむけが走った。

ダフィーは深みにはまっていて、そこから脱け出すすべはなかった。

ダフィーはそういう思いを押しのけ、校舎内と外の持ち場にいるアメリカ人すべてとおなじように、あちこちに視線を向けた。右手はアサルトライフルのグリップに置き、子供たちから注意をそらし、ヘッドセットから聞こえる通信に耳を澄ました。

アルファの運転手がブラヴォーの運転手に、車両を数メートル移動するよう要求しただけで、ダフィーとそのチームに関係があることはなにもなかった。

警護部隊が昨夜ひとり失った重圧が、いまも全員の肩にのしかかっていた。仕事に関係があることが手短(てみじか)に伝達されるのを除けば、チャーリー・チーム内での会話はほとんどなかった。

それでも、任務はつづいている。

ベネットが死んだ場所から、車列は低山地帯に六五キロメートル分け入っていた。暖かくよく晴れた午後で、外に出れば、西シエラマドレ山脈の高峰が見える。まもなく道路に戻り、もっと高いところを目指すことになるはずだった。

地元の指導者たちが、二、三十人、近くの村や集落からこの校舎に急遽集められ、国連とメキシコ政府の高官からじかに意図を聞かされた。エル・リジトでは一度もなかったような大きな行事だったが、三時間たらず前に内務省から電話があり、重要人物が来訪して、ドゥランゴ州のこの地域の実力者たちに演説を行なうと伝えるまで、武装した車両が到着することを、女性町長はまったく知らなかった。

いままでは演説会がはじまってから、二十分たっていた。ミシェル・ラルーが、地元の通訳を介して聴衆に話をしていた。ダフィーがときどき聞いていたのは、この行事がいつまでつづくのか、感触を得たいからだった。町にはいった瞬間からダフィーの頭のなかではストップウオッチが時を刻みはじめていたし、この地域に銃を持ったくそ野郎どもがひしめくまで、どれくらい時間があるかわからなかったが、あまり時間がないのはたしかだろうと思っていた。

ラルーは聴衆に、自分たちは黒い騎士と取り決めを結ぼうとしているし、それが平和への道を切り拓くような和解を全関係者が見いだす好機になると、語っていた。エル・リジトは安全地帯になるし、西シエラマドレの山脈や低山地帯のあちこちにおなじような安全地帯ができるはずだ、と。

つぎに、ラインハルト・ヘルムが、平和維持活動について説明した。ダフィーは注意をそらし、ちらりと窓の外を見て、幼い子供たちを眺めた。ルーフの機関銃のうしろに野球帽をかぶった男が立っている重さ一〇トンの黒い装甲人員輸送車(APC)が校庭にはいってきたせいで、ふだんのような金曜日を奪われたことは明らかだった。

マンディーとおなじ年頃に見える女の子に、ダフィーは注意を向けた。黒い髪、浅黒い肌。マンディーのカールした薄茶色の髪よりもずっと長く、まっすぐな黒い髪を、ポニーテイルにしている。赤い旗を持って遊び、スペイン語でなにかを歌っていた。隣の子供もおなじだった。マンディーと似ているとはいえなかったが、儚(はかな)さと、子供らしく不思議そうに目を丸くしているのが、六〇〇〇キロメートル離れたヴァージニア州北部にいるダフィーの娘とまったくおなじだった。

レバノン、イラク、ソマリアでも、おなじ思いに囚われたのを憶えている。

世界にはまったく外見がちがうひとびとが数かぎりなくいるが、ダフィーが出会う子供たちすべてが、べつの子供のことを思い出させる。

だが、そういった子供が成長して、テロ行為などのろくでもないことをやりはじめたら、対決せざるをえなくなる。

ダフィーはふたたび任務に注意を戻した。ヘルムが脇に引きさがり、エレーラ副大臣が、陸軍の出動を回避するために和平案の交渉が不可欠だと、聴衆に向かって演説していた。だが、そのときギャビー・フローレスが、文字どおり奥の壁伝いに進んで、ダフィーの真横で足をとめた。

また来たか、とダフィーは思った。

エレーラが演説をつづけていたので、フローレスはささやき声でダフィーに話しかけた。「ダフィーさん。この学校の子供たちを見て。すべての子供たちを。ここでの暮らしがどれほどたいへんか、わかるでしょう。貧困。戦闘。麻薬。陸軍が来なくても、内戦がなくても、彼らは毎日の暮らしを脅かされているのよ」

ダフィーはつかのま答えなかったが、やがてささやき声でいった。「おれは防御範囲に目を配っているだけだ、フローレス博士」

それがまるで耳にはいらなかったように、フローレスが話をつづけた。「国連の計画では、彼らの暮らしはよくならない。地元の役人が平和維持軍を受け入れるのは、外国人（エストランヘロス）からお金をむしり取れるからよ。彼らの目を見れば、聴衆のなかに腐敗したご都合主義者がいるのがわかる。なにも変わらないわ」

また長い間——なにかしら反応があるのを待っているのは明らかだった——ダフィーは

つぶやいた。「ああ、そうか」

「この有力者たちは国連を手伝わない――外国の資金を自分がじかに手に入れる方法を探すだけよ」

また長い間。フローレスが離れていって、ほかのだれかにしつこくつきまとえばいいのにと、ダフィーは思ったが、動くようすがないので、いった。「ずいぶん〝楽観的な〟ことばかりいうんだね」

「わたしは現実を見ているのよ。国連はあまりにも世間知らずだわ。黒い騎士は強大だし、田舎のひとびと(カンペシーノ)は力が弱い。現地の地方政府は腐敗しているから、長つづきする変革が行なわれることはありえない」

ダフィーはついに憤懣(ふんまん)をすこし吐き出した。肩をゆすって抗弾ベストのぐあいを直してからいった。「軍隊が来たら、ある程度いいことをやるだろう。ここの政府がひどいのなら、陸軍がここを浄化するのに役立つんじゃないか」

フローレスが、あなたの頭は空(から)っぽなのというような反応を示したので、ダフィーはすぐさま彼女とやり合ったのを後悔した。

「陸軍？」フローレスが、馬鹿にするようにいった。「陸軍が不偏不党だと思っているの？ 陸軍はカルテルと手を結んでいるのよ。陸軍が冷酷に支配するか、見て見ぬふりをするかは、だれに買収されるかによる。それに、ここでは見て見ぬふりはしないでしょうね。断言するわ。あなたたちがもらおうとしている報酬は、一五〇キロメートル四方で唯一の、どっちにも偏(かたよ)っていない仕事への代金でしょうね。もしも、あなたたちが――」

ダフィーは、フローレスの話をちゃんと聞いていたわけではなかったが、エレーラが「ありがとう(グラシアス)」といい、中途半端な拍手喝采(かっさい)を受けたので、フローレスの声を意識から完全に閉め出した。演説が終わったので、レミックが全員を大至急装甲人員輸送車(APC)に戻すはずだとわかっていた。

「失礼、博士」ダフィーはそういってから、ヘッドセットで連絡した。「全チャーリー・コールサイン。演説会が終わった。乗車して、正面の道路からアルファの移動を掩護(えんご)する」

ダフィーは、警護対象四人を菱形に囲んで移動しているレミックとアルファ・チームの三人につづいて、歩きはじめた。

「わたしがいったこと、ひとことでも聞いていたの？」ダフィーの横をついてきながら、フローレスがいった。

部屋のあちこちに目を配りながら、ダフィーはいった。「ひとことも漏らさず聞いた。でも、文句をいう相手をまちがえている。気づいていないかもしれないが、おれは〝ガン

・モンキーズ〟（シューティング・ゲームのキャラクター）の一匹にすぎない」

「だけど、わたしの話を聞くのは、あなただけよ」

ダフィーはそれに対してつぶやいた。「それがまちがいだった」

「それに、ここで指揮をとっている人間のひとりでもある」

ダフィーは、階段のそばを通るときに、アサルトライフルを構えてそっちを見た。移動をつづけながらいった。「いいか、おれには責任を負う対象が三つある――クレイジーホース、チャーリー・チーム、あんたたち民間人を生かしておくこと。それだけだ」

「わたしとあなたの部下が生きていられるように、こういう話をしているのよ。わたしたちは途方もない危険に踏み込もうとしている。メキシコシティにいるときには、どんなにひどいか、察していなかった。でも、いま村人の顔を見ている。きのう連邦警察がわたしたちを見たのとおなじ目つきよ。〝悪魔の背骨〟へ登っていけば、わたしたちはみんな死ぬだろうと思っているのがわかる」

ダフィーは、午後の明るい陽射しのもとに出ながら、サングラスをかけた。「おれは警護隊で生き残っているみんなとおなじだ。VIPが仕事をやれるように護ろうとしている。どうしてここの状況をおれがなんとかできると思って話しかけているのか、理解できない」

「あなたはほかのひとたちとはちがう。気にかけている。子供たちを見ていた目つきでわかる。あなたは父親なんでしょう?」

「そうだが――」

「わたしは母親じゃない。夫や子供には恵まれなかった。でも、他人を見知らぬ異国人ではなく人間として見るひとを見分けることはできる。〝悪魔の背骨〟へ行ったら、わたしのいうことをよく聞いたほうがいいわ。わたしは専門家なのよ」

ダフィーは、溜息をついた。「わかった。こうしよう。あんたはしゃべりつづける。おれは話を聞く。だが、クレイジーホースにいっしょに戻り、おれの任務を邪魔しないでくれ。今夜、山脈にはいる前に、きょうはあと二カ所、こういうところに寄らないといけない」

フローレスがうなずき、黙ってついてきて、乗車した。車列はまもなく町と子供たちをあとにして、高速道路に戻り、北西のシエラマドレを目指した。

31

その日の午後、オスカル・カルドーサは、ジープ・ラングラーを酷使した。頑丈な四輪駆動車の全地形（オールテレイン）タイヤが、岩の多い地面の上でも勢いよくまわり、そのルートなら山を登る時間をかなり短縮できるとシナロア・カルテルの構成員に教わった裏道の急傾斜を登った。

シナロア・カルテルの男たちは、ここを登るのにリヴォルヴァー一挺を持たせてくれて、カルドーサはそれをグラヴコンパートメントに入れた。銃は携帯したくなかった。拳銃を持っているのを黒い騎士の検問所で見つかることだけは避けたい。だが、カルテルに属していても隙（すき）があれば悪事を働こうとする集団が、この裏道で襲いかかって揉（も）め事を引き起こす確率は五〇パーセントくらいあると説得された。そいつらは山刀（マチェーテ）よりも強力な武器を持っている可能性があるから、ちっぽけな三八口径でもカルドーサの活動の成否と生死の決め手になるかもしれない。

しかし、これまでのところ、何事もなくジープを走らせてきた。いまにも壊れそうな家から成る小さな集落十数カ所で、好奇の目を向ける住人のそばを通った。疑いの目を向けられるだけではなく、そういう男女や子供が携帯電話で地元を牛耳(ぎゅうじ)っている人間に知らせるはずだということを、カルドーサは意識していた。つまり、トラックに乗った男たちが、追ってくる可能性がある。

だが、轍(わだち)が刻まれている砂利と泥の坂を何時間も登るあいだ、まだだれも行く手をさえぎろうとはしていなかった。

カルドーサはようやく急傾斜の岩場の道からジープを跳ねるように出して、ほぼ北東に向かっている曲がりくねったアスファルト舗装の道路に出た。左右には樹木が生い茂っている。オフロードの小物の賊に襲われる危険が去ったので、三八口径をサイドウィンドウから投げ捨てようと思ったが、その前に〈スント〉の腕時計を見て、衛星携帯電話で任務の進捗(しんちょく)についてグアダラハラの大親分(エル・パトロン)にざっと報告することにした。

携帯電話の信号が衛星を見つけるまで一分かかったが、ようやくつながり、雑音まじりの声がスピーカーから聞こえた。

「話してくれ、オスカル」年配の大親分(エル・パトロン)がいった。「美しい西シエラマドレはどんなふうだ？　このグアダラハラでは雨が降っている。そっちでは銃弾の雨が降っているんじゃないのか?」

カルドーサは笑みを浮かべて、役柄を演じた。大親分(エル・パトロン)が相手のときは、気が利いて従順だが、危険な仕事のために雇われた自信満々の交渉人になる。「昨夜はそれも小雨程度でしたが、嵐が近づいています。運よく山の上のほうに登れました。夜までに〝背骨〟に着くでしょう」

「それで、あんたの友だちは? ロス・セタスは?」グアダラハラの大親分(エル・パトロン)がからかうような口調でいったが、カルドーサは餌(えさ)に食いつかず、北のカルテルは友だちではないと、むきになって否定するようなことはしなかった。

そうせずに、カルドーサは答えた。「連中はあすの晩に野営して、車列の要人が黒い騎士との会談を終えたあとで、そいつらを襲撃します。交渉の進み具合にもよりますが、二日後くらいでしょう」

「よろしい(ムイ・ビエン)」大親分(エル・パトロン)が答えた。「そこの山地について教えてくれ。戦争にうってつけの場所か?」

「戦争には苦労するような場所です」

「それなら、わたしの友(ミ・アミーゴ)よ。完璧じゃないか」

カルドーサはいった。「われわれがアルチュレタの携帯式ミサイルを破壊し、車列を掃滅したら、まちがいなく戦争になるでしょう」

「あんたがそうするのを、辛抱強く待っている」

急傾斜のヘアピンカーブを曲がったとき、前方の道路になにかがあるのをカルドーサは見た。道路から一二〇センチの高さに長い木の棒が渡され、行く手をさえぎっていた。回転させて開閉できるように、支柱に取り付けてあり、ライフルを持った男三人が、そばに立っていた。

くそ。

合板の小さな哨舎が、道路から一五メートルほど離れた山の斜面に建っていた。道路の左右は切り立っているか、岩場か、低木が生い茂っていて、通れそうにないので、バリケードを迂回（うかい）することはできない。

カルドーサは、うわの空でいった。「すみません、大親分（エル・パトロン）。もう切らないと。前方に道路阻絶（ロードブロック）があるので、それに対処したほうがよさそうです」

電話から笑い声が聞こえた。「あんたのような男が事態にどう対処するか知っている、オスカル。あとで一部始終を教えてくれ」

カルドーサは電話を切り、ジープの速度を落として、検問所に近づいた。

歩哨三人は、特殊な技倆（ぎりょう）を備えている人間のようには見えなかった。汚れたライフルを胸に吊り、擦り切れた私服を着ている、ただの山の男で、いずれも餓えているような痩せた顔だった。

カルドーサが彼らの存在に驚いている以上に、男たちが高級な新しいジープに驚いていることが、彼らの表情からわかった。カルドーサは、さきほどリヴォルヴァーを投げ捨てなかったことを悔やんだ。

歩哨三人が道路上で散開し、右側のふたりのうちのひとりが、片手を差し出して、そのまま進んでいたジープにとまれと合図した。太い木の横木に行く手をさえぎられていたので、合図されなくてもとまるしかなかった。

カルドーサはジープをとめ、歩哨たちをもっと仔細に眺めた。精鋭ではないが危険な男たちを相手にしていることはわかっていた。彼らはおそらく黒い騎士の構成員だろうが、もしそうならこんな辺鄙な検問所に配置されているのは、もっと精神的に過酷な仕事に耐えられないからだろう。それでも、銃を使って一般車両に乗っている人間を武力で支配することはできるはずだ。

それに、この男たちが階級組織の最下層に属していて、ラファエル・アルチュレタの三〇キロメートル以内に近づいたことがないとしても、カルドーサが取り入ろうとしている組織の構成員であることに変わりはない。その理由だけでも、できることなら暴力は避けたかった。

彼らの武器はG3と呼ばれるヘッケラー&コッホ製の旧式な大型アサルトライフルで、馬鹿でかい弾丸を発射できるが、大きすぎて近接戦闘では扱いづらい。カルテルがメキシコ海兵隊の古い武器庫かどこかで盗んだか、ブラックマーケットで買ったのだろう。全員が予備弾倉をポケットに入れていたが、抗弾ベストなどの軍の装備は身につけていなかった。

オスカル・カルドーサは、どういう目的があるのか怪しんでいる歩哨の疑いを和らげるために、サイドウィンドウをあけて両手をハンドルに置いた。

「こんにちは、みなさん」カルドーサはいった。ラングラーの横でひとりがサイドウィンドウに近づいたが、安全な距離を置いていた。もうひとりはラングラーの後部にまわった。助手席側の三人目が、フロントウィンドウに近づいて、興味津々で覗き込んだが、威嚇するような動きではなかった。

意外なことに、彼らは案外有能な動きをしていた。

「エンジンを切れ」運転席側の男がスペイン語でいった。カルドーサはいわれたとおりにして、すぐに手をハンドルに戻した。これまでの仕事人生で、カルテルの検問所を何事もなく通過してきたので、歩哨たちとおなじように、慣れたものだった。

ジープの後方の男が、運転席側のサイドミラーごしにカルドーサを見た。その男は、歯が欠けていて、痩せこけ、飲酒のせいで目が赤く腫れぼったかった。すこし呂律が怪しかったが、酔っ払っているかどうかはわからなかった。「クリアカンから来たのか？」

カルドーサは首をふった。「ちがう、アミーゴ……ナンバープレートを見ただろう。空港のレンタカーだ。メキシコシティから飛行機で来た。親類の家へ行くところだ。曲がるところをまちがえたのかな？」

サイドウィンドウにもっとも近い男が、一歩近づいた。目の縁が赤く、目やにがついていた。大麻の模様を描いたステンレスとおぼしいメダルのペンダントを、首から吊るしていた。「山に登ってきたのがまちがいだったのさ。おれたちは黒い騎士だ。クリアカンはシナロア・カルテルだ」

カルドーサは、まあいいだろうというようにほほえんだ。「わたしはどこのカルテルとも関係ない、ミ・アミーゴ。ソヤティタへ行くところだ。伯父が――」

大麻のペンダントを首から吊るしている男がいった。「車からおりろ」

カルドーサは、ハンドルから両手を離し、懇願するように差しあげた。「アミーゴ……遅刻しそうだし……」

「車からおりろ」

カルドーサは溜息をついたが、いらだちをできるだけ隠そうとした。

「いいだろう（ブエノ）。ゆっくり動くぞ、セニョール」

カルドーサは、歩哨のいうとおりにして、道路に立つとさっと向きを変え、両手をボンネットについた。目やにがついている男に手荒くボディチェックされた。

おとなしく従っているふりをしていたが、内心では戦う覚悟を固めていた。話し合いでこの状況から逃れるつもりだったが、代案（プランB）がすでに頭のなかで固まっていた。

ボディチェックをしている男の息はアルコール臭かった。助手席に置いてあるものを調べている歩哨を眺めて、その男もかなり酔っ払っていると、カルドーサは判断した。三人目はまだラングラーのうしろにいた。

ボディチェックをやっていた歩哨は、カルドーサの前ポケットから折り畳（たた）みナイフを出したときにはなにもいわず、ボンネットに適当にほうり投げた。ナイフが道路に落ちて、カタンという音をたてた。

ラングラーのうしろにいた男が、また口をひらいた。明らかに呂律がまわっていなかったので、暑くて土埃（つちぼこり）の立つ道路で、三人とも昼間から飲酒していたにちがいないというカルドーサの推理が裏付けられた。

「クリアカンのナンバープレートだ」呂律がまわらない歩哨が、三十秒前に判明していることをくりかえした。

カルドーサは、腕時計を盗み見た。もともと時間の余裕がなかったのに、無駄に時間が過ぎていた。

ボディチェックをしていた男がいった。「おい、アミーゴ。いい時計だな」

カルドーサはうなずいた。「すごくいい時計だ。ここを通して伯父に会いにいかせてくれれば、あんたにやる。帰りの時間が――」

「拳銃だ！」ラングラーの車内を調べていた歩哨がいい、グリップに木を張った三八口径を、まるで戦利品のように持ちあげてみせた。

カルドーサは、一瞬目を閉じた。思ったよりもずっとまずい事態になりつつある。すぐに目をあけて、自分が演じている役柄に戻った。「ああ、わかるだろう。この山では強盗が出る。身を護（まも）るために小さな拳銃を持ってきただけだ――」

カルドーサは、大麻のペンダントをつけている男によって体をまわされてボンネットから離れ、小さな哨所のほうを向かされた。その小さな建物の入口の奥に四人目の男が腰に手を当てて立っていたので、カルドーサは驚いた。男はカウボーイハットをかぶり、五十歳をだいぶ過ぎているようだった。もっとも、ここは過酷な状況なので、だれでも実年齢より老けて見えるだろうと、カルドーサは思った。

男はジーンズに締めている革ベルトにグロックをたばさんでいたが、ライフルは持っていなかった。

哨所の階段を男が威張(いば)った歩きかたでおりてきた。子供のころ父親が見ていた古い西部劇映画のジョン・ウェインを、カルドーサは思い浮かべた。

カウボーイハットの男がいった。「おまえはシナロアみたいだ」

馬鹿者どもに包囲されたと、カルドーサは心のなかでつぶやいたが、無表情を保った。

サイドウィンドウにもっとも近い歩哨がいった。「首都から来たといってる」

「もっと悪い」ギザギザの歯をむき出して、カウボーイハットの男がいった。近づいてきて、道路まで来た。カルドーサの新しい〈REI〉の上等なアウトドアウェア、きちんと刈り込んだ顎鬚(あごひげ)、金がかかっていそうなヘアカットをじろじろ眺めた。

男がデザイナーブランドのサングラスとシルヴァーのウェディングリングに目を留めたことに、カルドーサは気づいた。

「ここはおまえがいるような場所じゃねえ、この野郎(カブロン)」年配の男はいった。わかりきったことを断言しただけだった。

拳銃を携帯しているカウボーイハットの男が指揮官だと、カルドーサはすぐに見てとった。このあとの六十秒にどういうことになるか、決めるのはこの男だ。

カルドーサは、自分の作戦のことを明かさず、口車でこの検問所を通れるかもしれないと思っていたが、権力に訴えることにした。「聞いてくれ、親方（ヘフェ）。わたしはあんたの上官が許可している特殊任務のために来た。グルポ・デ・グアダラハラの特使だ。ラファエル・アルチュレタ本人に通行を許可されている。じきじきに会うため——」

年配の男は、部下たちのほうを見て笑い出した。歯が欠けていて、長年の喫煙と麻薬常用の影響が出ていた。

「ラファに会うんだと？」

「ああ（シ）、そうだ」

「おれがそれを知らされてねえのは、どういうわけだ？」

カルドーサは、アルチュレタとの会見をほんとうに手配していたが、それが組織の末端まで伝えられることはありえないと思っていた。カルドーサはいった。「時間を節約するために、ちがう経路を使った。信じてくれ。わたしの任務は秘密で——」

「それに」年配の男はつづけた。「ロス・カバジェロス・ネグロスの頭目に会うのに、銃を持っていくつもりだったのか？」

「もちろんちがう。着く前に川に投げ捨て——」

「嘘つきの馬鹿野郎（ペンデホ）」年配の男がどなった。

親しげだったカルドーサの顔が、瞬時に険悪になった。「よく聞け、騎士(カバジェロ)。わたしはジープに乗って、〝悪魔の背骨〟へ行かなければならない。あんたはただ――」

「おれの検問所で、おまえの命令は受けない。おれはここの王だ」

カルドーサが、鼻を鳴らして笑った。「検問所の王か」ここまで来たら、酔っ払いの馬鹿者どもに愛想よくしてもしかたがないと肚(はら)をくくった。

大麻のネックレスをした男が右側から近づいてきて、ライフルの銃口をカルドーサの頭に向けた。ラングラーの後方にいた男が左から近づいてきて、いつでもこのよそ者を撃てるように、ライフルを構えた。三人目の歩哨はラングラーの反対側にいて、フロアボードに置いてあるカルドーサのバックパックを漁っていた。

カウボーイハットの男がいった。「おれにはここでおまえを撃ち殺す権限がある」

カルドーサは首をふった。「いや……その権限はない。おまえはただこの高級なジープと、わたしの高級な時計と、わたしがポケットに入れているかもしれない現金のことを考えているだけだ。都会からきた馬鹿なやつを殺して、死体をほうっておけば、狼がどこかにくわえていくと思っているんだ」

「よくもおれを馬鹿に――」

カルドーサはさえぎった。「おまえは、わたしがアルチュレタに招待されていることを信じていない。信じていたら、わたしに指一本触れないだろう。だがな、友よ、わたしには会見の約束がある。検問所の王ではなく、山の王と会うことになっている。時間どおりに着きたいから、わたしは行く」

オスカル・カルドーサは、凄腕の交渉人だった。それでも、この負け犬四人がその台詞を聞いてすぐに通してくれる確率は、三三パーセント以下だと判断した。

年配の男が、カルドーサにもう一歩近づき、顔を覗き込んで、欠けた歯をむき出しにして、にやにや笑った。

「おまえを道路に這いつくばらせて、おれがこの銃で――」

男が、腹のところでベルトの下に突っ込んであるグロックに手をのばした。それによって、カルドーサが戦わずにジープでここを離れられる確率は、一気にゼロになった。

「――みずから殺す、このくそ野郎――」

歩哨の指揮官がグロックを抜こうとしたとき、カルドーサはベルトの下から出されたその拳銃を両手でつかみ、同時に両膝を地面についた。

カルドーサは、驚愕している歩哨の指揮官の手からグロックをもぎ取り、まわして逆さにして、至近距離から相手の腹に銃口を向け、小指で引き金を引いた。

カルドーサの頭の上ですさまじい銃声が響いた。左右の歩哨が、カルドーサの頭があったところめがけて撃ったのだが、そのときにはカルドーサはもっと下に身を沈めていた。

カウボーイハットの男は、内臓をずたずたに引き裂かれた腹を押さえて、仰向(あおむ)けに倒れた。カルドーサの左と右に立っていた酔っ払いの歩哨は、一メートルほどの距離からおたがいをうっかり撃ってしまったために、伐採された木のようにドサッと倒れた。

アスファルト舗装にまだ膝をついていたカルドーサは、耳鳴りに襲われていたが、さっと向きを変えた。グロックを宙にはじき飛ばし、回転して戻ってきたのを、正しい握りかた(グリップ)で受けとめた。ラングラーのあいていた運転席側のドアごしに狙いをつけて、助手席側のドアからあわてて跳び出し、背中のライフルを必死でおろして撃とうとしていた歩哨に照準を合わせた。

カルドーサはその歩哨の胸を一発撃ち、歩哨が道路に倒れ込んで見えなくなった。

カルドーサは地面に伏せ、車の下から狙いをつけて、歩哨の右側頭部にさらに一発撃ち込んだ。

カルドーサはゆっくりと立ちあがり、グロックを低く構えて、首をふりながら周囲に倒れている男たちを見た。聴覚がおかしくなっている耳の穴に、空いた手の指を突っ込んだ。首をまわして痛みと音を追い払おうとしたが、腹を撃たれた男がまだ生きているのを見て、すぐにそれをあきらめた。歩哨の指揮官は空を見つめ、両手で腹のなかの出血をとめることができず、喉から胸が悪くなるようなゴボゴボという音が漏れていた。

耳鳴りをとめようとして、こんどは首をふっていたカルドーサは、負け犬の寄せ集めの指揮官のほうにかがみ込んだ。

「腹を撃たれるとものすごく痛いと、わたしよりもこういうことに詳しい人間から聞いている。

そいつらは、いまのおまえとまったくおなじ位置にいた。わたしの足もとで、道路にめり込みそうになっていた。正直いって、どれほど痛いか、詳しい話を聞いたわけではない。長話ができなかったからだ。まあ、おおむね観察の結果だな」

カルドーサは、一五メートル離れている斜面の哨舎のほうを見あげた。ドアが細めにあき、ライフルの銃身が突き出して、カルドーサのほうを向いた。

カルドーサはグロックの狙いをつけて、ドアめがけて六発撃った。五人目の歩哨が転げ出て、木の階段を落ち、岩の多い斜面で死体がとまった。

カルドーサはまた首をふり、耳の痛みをこらえようとした。

立ちあがり、仰向けに倒れている男を見た。腹が血にまみれていた。「おまえが無能でドジを踏んだことを、ラファに会ったら話すとしよう」肩をすくめた。「おまえが苦しむのを眺めるのはさぞかし楽しいだろうが、あいにく時間がない。おまえたちの指導者と会うために、おまえたちが一所懸命護っていたこの山を登らないといけないんだ」

向きを変えてから、カルドーサはふりむいた。「結局、アミーゴ、おまえは無駄死にだった。公平ではないみたいだが、おまえの命はそれくらいの価値しかないんだ」

年配の男が、血まみれの手を宙にのばして、かすれた声でいった。「助けてくれ（アユーダ）」

「助ける？」カルドーサはくすりと笑った。「助けてやろう、検問所の王」

倒れている男の額に一発撃ち込み、血まみれの死体の上にグロックをほうり出した。

「礼はいらない」

カルドーサは、地面から折り畳みナイフを拾い、ジープの進行を妨害していた横木をどかして、運転席に乗った。耳鳴りを直そうとしてあいかわらず首をふりながら、北へジープを走らせ、〝悪魔の背骨〟に向けて登っていった。

32

山脈に達したところで、シェーン・レミックが、秘密をできるだけ守るために高速道路を離れるようアーマード・セイントの車両縦隊に命じた。そのために、見かけも走り心地も数百年たっていると思われる未舗装路を走らなければならず、山肌と植物群が左右から押し寄せているために、かなり困難な旅になった。

クレイジーホースの汚れたフロントウィンドウの外に目を凝らしても、ナスカーには土埃(つちぼこり)を通してパックホース2(ツー)の後部が見えるだけで、厚いガラスに照りつける夕陽がさらに視界を悪化させた。

平均時速は八キロメートル程度で、アスファルト舗装の道路だったら這(は)うような速度だが、いま走っている砂利と泥の悪路では、それでもかなり危険な速さに思えた。装備が危険な飛翔体にならないように、後部の男たちはなにもかも縛りつけていたが、それでも激しい揺れや振動を我慢するだけではすまなかった。容器のなかで弾薬がガチャガチャ鳴る音、バックパックのなかのものが揺れ動く音、体に固定した装備までもが装甲人員輸送車の内壁に当たったりこすったりする音が、巨大なＶ８エンジンの轟音のなかでも聞こえた。きょうはこういう走行が何時間もつづくので、ＡＰＣが故障するのではないかと、ダフィーは心配せずにはいられなかった。叫ばなくても一・二メートル離れたところにいるナスカーに聞こえるように、チーム無線できいた。「クレイジーホースの調子はどうだ？」

ナスカーが、ワイパーを作動した。水飛沫がガラスについた土埃を泥の薄い膜に変え、ワイパーブレードがそれをこすり落とした。「こいつは凄いマシーンだ。タンクにガソリンがはいってて、タイヤが四本ついてれば、だいじょうぶだと思うね」

ナスカーのうしろでフレンチーがいった。「それと弾薬だ。弾薬が大量に必要になる」

ダフィーはそれに答えた。「このＡＰＣに五千発積んである。パックホース２にも余分にある」

「まあまあ足りそうだな」ウルフソンがつぶやいた。

全員が最悪の事態を覚悟しているのだと、ダフィーは思った。もちろん、作戦第一夜にひとり失ったことが影響しているが、フローレス博士がチームのまんなかにいるせいで、雰囲気が暗くなっている。フローレス博士はあまり話をしなくなっていたが、口をひらくと作戦について深刻なことばかりいう。

ダフィーは自分のことを考えはじめていた。この悪路走行が体にこたえていた。右足がフロアボードの振動や揺れをすべて受けとめて背骨に伝えていたし、左側では膝がズボンとブーツに隠されたカーボンファイバーの義足から打撃を受けていた。

それでも、ダフィーは助手席に座って、防御範囲に目を配っていた。まだ戦闘にはくわわっていないので、肉体的にはきついとはいえ、これはまだ楽なほうだとわかっていた。

あいかわらずクレイジーホースが最後尾のまま、車両縦隊が小高い尾根を越えて、急な坂を下りはじめた。一五メートルも行かないうちに、レミックの声がAPCのスピーカーから鳴り響いた。「完全停止！　完全停止！」

ナスカーがどなった。「全員、なにかにつかまれ！」ナスカーがブレーキペダルを踏みつけ、急傾斜の未舗装路でAPCが横滑りしてから、パックホース2のわずか一八〇センチうしろのわりあい平らな地面で停止した。

命令を待たずに、スクイーズが告げた。「上に行く！」スクイーズが、掛け金をはずしてハッチをあけ、Mk48軽機関銃のうしろに登って、照準器を覗きながら銃塔をまわし、四方の土埃を透かし見た。

ダフィーは、車内の武装警護員四人とおなじように、銃眼から自分のアサルトライフルを突き出した。脅威の位置も性質もわからなかったが、すばやく交戦できるように備えた。

クレイジーホースの周囲の土埃が収まる前に、レミックが状況を説明した。

「アルファ1(ワン)から全コールサインへ。男の一団が正面でわれわれを囲み、行く手を阻(はば)んでいる。六人ほどいる。武器は見えない。ブレーク。チャーリー指揮官(アクチュアル)、六時(真うしろ)になにが見える?」

ダフィーのところから六時方向は見えなかった。後方が見えるのは、スクイーズとクルーズだけだ。「クルーズ?」

「なにも見えない。いま下ってきた坂のてっぺんに木立がある。あとは岩だらけの道だけだ」

「スクイーズ?」

「土埃でなにも見えねえよ」

「了解」触敵(コンタクト)がないことを報告しようとして、ダフィーはハンドセットのボタンを押しかけたが、その前にクルーズがチーム無線で叫んだ。

「待て! 六時にひとがいる! 道路脇の木立から出てきた」

「どこだ?」スクイーズが叫んだ。ダフィーはバックミラーを覗いたが、なにも見えなかった。そのとき、スクイーズがチーム無線でいった。「ああ! 見つけた。複数いる」

クルーズがふたたびいった。「なんてこった! 二十人はいる。横に広く並んでる。何人かは、なにか持ってる。交戦しようか？」

「交戦するな。スクイーズ、そいつらは武器を持っているのか？」

「なにを持ってるのかわからねえ。土埃がひどいし、坂の上の藪がかなり茂ってる」

「だったら、双眼鏡を出して、見ろ！」

レミックの声が、スピーカーから聞こえた。ダフィーが応答しないので、いらだった声だった。「チャーリー指揮官？　受信しているか？」

ダフィーは、ハンドセットのボタンを押した。「チャーリー指揮官からアルファへ。六時方向の林から二十人くらいが出てきた。武器は識別していないが、いま確認しているところだ。どうぞ」

「了解。こっちもおなじだ。ブラヴォー、おまえたちも脅威を探せ。交戦する前に武器を識別する必要がある」

ダフィーは、部下からの情報を必要としていた。いますぐに知る必要がある。こんなときにギャビー・フローレスの意見だけは聞きたくないと思った。

しかし、フローレスの声が耳に届いた。「銃眼から覗かせて。ここからではなにも見えない――」

ウルフソンが、フローレスに向かってどなった。「座ってろ、おばさん。おれの邪魔をするな」

ダフィーは、自分の側のサイドウィンドウから外の動きを見た。道路の右側の木立から出てきたとおぼしい人影が、遠くに見えた。「三時に動きを捉えた。スクイーズ、双眼鏡でそいつらを見ているか？」

「ああ、ちょっと待て」間を置いてからスクイーズがいった。「待て……やつら……棒を持ってる……ちがう……あれは槍か？」

「なんだって？」汚れたサイドウィンドウからなおも遠くに目を凝らして、ダフィーはきいた。足もとのバックパックから双眼鏡を出した。

クルーズがいった。「何人かが槍を持ってる。山刀も見える。真っ赤なシャツを着ている。全員、道路を歩いてくる。撃とうか？」

「射撃禁止！」ダフィーはどなった。

フローレスが叫び返した。「あれはカルテルではないわ。儀式用の槍を持っているのなら、タラウマラ族よ。先住民の。危険はない」

クルーズがいった。「ここからはかなり危険に見えるぜ、おばさん！　おおぜいいるし、武器を持ってる」

「麻薬業者から身を護るための武器よ。攻撃はしない」

スクイーズが、フローレスにどなり返した。「だったら、どうしてあんなふうに近づいてくるんだ?」

「よそ者が戦車に乗って自分たちの土地に来たからよ!」

「戦車じゃない!」ウルフソンが、フローレスをどなりつけた。

人間の輪が四方から車列に迫っているときに、レミックがふたたび送信した。「全コールサイン。ヘルム副長官が、交戦しないでゆっくり進んでほしいといっている。平和維持活動にこの連中の生存がかかっているから、われわれの味方だということだ」

フローレスが、ダフィーに向かって反論した。「タラウマラ族には、そんなことはわからない! なにが起きているか、知るはずがないでしょう。外に出て、わたしたちが何者で、なにをやろうとしているのか、説明する必要がある」

ダフィーとクレイジーホースに乗っていた男たちは、聞く耳を持たなかったが、フローレスはなおもいった。「休戦交渉が行なわれることを、タラウマラ族が知っているはずがないでしょう――」

ダフィーはさっとふりむいた。左手にハンドセットを持ち、ナスカーの座席の背もたれをつかんで体をひねり、フローレスのほうを見て、腹立たしげにいった。「話は聞いた!」

銃眼から覗こうとして、さきほどハーネスをはずしていたフローレスが、ダフィーの不意を衝(つ)いて、ハンドセットに跳びかかった。ハンドセットをさっと奪い、送信ボタンを押した。フレンチーがそれをとめようとしたが、間に合わなかった。

「ミス・ラルー、フローレス博士よ。わたしはタラウマラ族の言葉を流暢(りゅうちょう)にしゃべれる。わたしたちがここでなにをやっているか地元民に説明して、緊張を解くことができる。わたしが話をするのを――」

レミックの声が、フローレスの嘆願を打ち消した。「チャーリー1(ワン)、乗客からマイクを取り戻せ！」

フレンチーがハンドセットをひったくって、ダフィーに渡した。ダフィーも同時にスパイラルコードをひっぱってたぐり寄せた。

「この女を座らせろ！」ダフィーが命じ、フレンチーがフローレスの抗議を聞かずにすぐうしろのベンチシートに座らせてハーネスをかけた。

ダフィーは、マイクのスイッチを入れた。「えー……アルファ1(ワン)。報(しら)せる。われわれには言語がわかる通訳(タープ)がいるし――」

「却下(ネガティヴ)。進みつづける」

こんどはスクイーズがどなった。「長銃(ロングガン)（片手で撃てる短銃とは対照的に、両手で保持しなければいけないたぐいの銃）が見える！」

「おれも見てる」クルーズがいった。「古いレバーアクションの猟銃だろうが、たしかに何挺かある」

銃塔からスクイーズがいった。「武装した敵が四方から近づいてくる。交戦するぞ！」

「だめ！」フローレスが叫んだ。

「射撃禁止！」ダフィーは命じた。

ウルフソンが、チームリーダーのダフィーに向かってどなった。「あんた、この女の命令に従うのか？　だれがTLなんだ、ダフィー？」

「交戦は許可しない、スクイーズ！」ダフィーはくりかえした。

べつの車両に乗っていた警護員たちが、五十人以上に増えているように見える集団に何挺か旧式ライフルがあると報告しはじめた。

ナスカーも口をひらいた。「やばくないか、ボス。やつらを撃ち殺したらどうだ」

そのとき、レミックが車両縦隊にゆっくりと進むよう命じたので、ナスカーはパックホース2のあとからクレイジーホースを走らせはじめた。

数秒後、こんどはクルーズが叫んだ。「おい、ボス。戦闘員の年齢の男が何人か、おれたちのまうしろで道路に出てきた！　そいつらが狙いを……弓矢でおれたちを狙ってる！」

「なんだって？」

「やつら、くそ弓と、くそ矢で、おれたちを狙ってる！」

ダフィーはただちに命じた。「スクイーズ、ハッチを閉めろ！」

「あんなのはくそくらえだ！　こっちにはベルト給弾式機関銃があるし、こいつらを照準に捉えてる。ろくでなしのアパッチなんかに――」

「さっさとなかにはいれ！」

「やつら、射ってる！」クルーズが叫んだ。

クレイジーホースの装甲板から、エンジンの轟音(ごうおん)のなかでも聞こえる大きなガタンという音が響いた。つぎの瞬間、もう一度響いた。

「ハッチを閉めろ！」ダフィーは命じて、左側のフレンチーとフローレスと、右側のウルフソンのあいだに立っていたスクイーズの脚をつかもうとしたが、つかめなかった。

ダフィーはスクイーズの体をつかめなかったが、つぎの一斉射撃の矢がAPCの車体の右側に当たって激しい音が響くと、スクイーズは身を縮めて、ハッチをロックした。

「めちゃくちゃだぜ、イレヴンB！」スクイーズが腹を立ててわめいた。

ダフィーは、レミックに無線で報告した。「チャーリー1(ワン)からアルファ指揮官(アクチュアル)へ。われわれは六時と三時から弓矢の正確な射撃を受けている。銃撃はない。どうぞ」

レミックが応答した。「危険にさらされないかぎり交戦するなと、ヘルムがいっている」

ナスカーがいった。「これが危険じゃないのかよ?」

ダフィーは、ナスカーを叱りつけた。「矢が装甲を貫通して当たることはありえない。落ち着け。車内にいればおれたちはだいじょうぶだ」

ウルフソンが、ダフィーのうしろから答えた。「タイヤを射抜かれたら、動けなくなる。そうなったら、車外に出て修理しなきゃならない」

「ランフラットタイヤだ。知っているはずだ。落ち着け、チャーリー・チーム」

大混乱のなかで、ギャビー・フローレスがまたハーネスをはずし、右側のサイドハッチのほうへ身を躍らせた。ウルフソンがそちら側の席にいたが、射撃命令を待って、あけた銃眼に差し込んだスナイパーライフルのスコープを覗き込んでいたので、その動きが見えなかった。だが、掛け金がはずれる音は聞いた。

フレンチーは、フローレスがクレイジーホースから出るのを見たが、とめるのには間に合わなかった。「くそ(メルド)! 女が!」

フローレスがサイドハッチを通るときに、ウルフソンが彼女のシャツをつかんだが、引き戻せなかった。フローレスはゆっくり動いているAPCから地面に転げ落ちて、両手を挙げた。

決められた手順に従い、ウルフソンがすばやくサイドハッチを閉めた。「アルファ1、報せる。」

「くそ！」ダフィーは大声でいってから、マイクのスイッチを入れた。「アルファ1、報せる。フローレスがクレイジーホースから降車した」

フローレスが道路で立ちあがり、正面の坂の上にいる男たちに向けて、両手を頭の上でふりはじめた。

レミックが、語気鋭く応答した。「全車停止！　全車停止！　ちくしょう、ダフィー！　女を車内に入れて、おまえの車の秩序を回復しろ！」

ダフィーは、腹立ちのあまりハンドセットをフロントシートのあいだにほうり投げ、いそいでAK-47を首からおろしはじめた。それをやりながらいった。「全員、じっとしていろ。おれは武器を持たずに出ていって、彼女を連れ戻す」太腿のホルスターから拳銃を抜いて、ナスカーに渡した。ナスカーが目を剝いて拳銃を受け取った。

「なにをするって？」

クルーズがいった。「あんたはいかれてる、イレヴンB！」

「みんな、おれを掩護しろ。おれが斃れたら、やつらを殺れ」

「それがあんたの計画か？」ウルフソンがつぶやいた。

「幸運を祈ったほうがいい、チャーリー2。あんたはもうじき、この車両の指揮官になるかもしれない」

こんどはスクイーズがひとりごとをいった。「TLは頭がおかしいのさ」

ダフィーは、両手を高く挙げてAPCからおりた。二歩進む前に額に矢が突き刺さるのを予測していたが、奇跡的にもそうはならなかった。フローレスが二〇メートルほど前方で、林の手前の岩と低木が点々とある斜面で列をなしている男たちに近づこうとしているのが見えた。

フローレスがふりむいて、ダフィーを見た。「そこにいて！」と命じた。「わたしがこのひとたちと話をする」

「さっさと戻れ――」

フローレスがダフィーに背を向け、話をはじめた。

ダフィーのヘッドセットから、ウルフソンの声が聞こえた。「ボス、攻撃されたら地べたに伏せてくれ。おれがサブマシンガンで斜面を掃射する。スクイーズが林まで、なにもかも吹っ飛ばす」つけくわえた。「馬鹿な女はほっとけばいい」

ダフィーは、マイクに向かっていた。「冷静になれ、ウルフソン」もっと大きな声で、フローレスに向かっていった。「やつら、なんていっている？」

「あなたが指揮官で、わたしたちは全員、和平交渉の任務で来ていると話した。こっちへ来て」

ダフィーは、体から両手を遠ざけた格好で進んでいった。やはり矢がうなりをあげて飛んでくることはなかったので、いい兆候だと判断した。

ダフィーがフローレスの横へ行って、南の斜面にいる男たちの正面に立つと、フローレスがいった。「挨拶して」

ダフィーは、片手を胸に当てて、軽くお辞儀をした。

たちまちフローレスに叱られた。「なに、それ？ 中東にいるんじゃないのよ。握手をすればいい」

恥じ入ったダフィーは、握手を求めた。何人かの手を握ったが、男たちが疑うような目でじっと見つめたので、困惑した。猟銃を持った若い痩せた男が正面にいて、いまは銃口を向けられていなかったが、持ちあげて狙いをつけられたら、抵抗する間もなく撃ち殺されるにちがいなかった。

フローレスが、ふたたび男たちと話しはじめた。ダフィーはスペイン語がわからないが、スペイン語はさんざん聞いたことがあるので、ちがう言語だとわかった。

ダフィーがそこに立っているあいだに、レミックがチーム間周波数でいった。「チャーリー1、そっちはどうなっているんだ？」

「えー……おれは車両の外に出て、フローレスの安全を確保している。フローレスは地元民とその連中の言語で話をしている。だいじょうぶそうだ、ボス。待ってくれ」

「野蛮人に愛想をつかうために来たんじゃない。必要とあれば、そいつらを踏み潰して走ればいい」

　ダフィーは、フローレスの話をさえぎった。「彼らにどういう話をしているんだ？」

「あらゆることよ。なにが起きているのか、このひとたちはまったく知らないのよ」

「ダフィー？　聞いているか？」レミックが不機嫌にどなった。

　ダフィーは、遠くの斜面を見た。そこの男たちは、トラックだけではなくこちらを弓矢で狙っていた。「頼むよ、ギャビー。十五本の矢がおれの頭を狙っているんだ」

　フローレスが、タラウマラ族と話をするのをやめて、ダフィーのほうを向いた。「あなたたちが黒い騎士を殺すのかどうか、知りたがっている。いまの正しい答は〝イエス〟でしょうね」

　ダフィーは肩をすくめた。「平和に反対するやつらはすべて、おれたちの敵だ」

　フローレスがそれを伝え、そのとたんに何人かが手をのばし、ダフィーに握手を求めた。

　フローレスがまたすこし話をしてからいった。「なにもかも問題ない。わたしたちは通れる。前方のひとたちにそれを伝えるあいだ、待ってあげて」

ダフィーはまた男たちにお辞儀をして、自分の胸を叩いたが、相手はきょとんとした顔で見返しただけだった。さいわい、フローレスは別れの挨拶をしていて、ダフィーが文化を誤解していることに気づかなかった。

まもなくふたりはクレイジーホースに向けて坂を下っていった。ダフィーは報告した。

「チャーリー指揮官からアルファ指揮官へ。フローレス博士が、地元民から通行許可を取り付けた」

だが、レミックは感心したふうもなかった。「ああ、われわれの機関銃でドッグフードにされたくなかったからだ。さっさとクレイジーホースに戻れ。任務のあいだずっと、おまえはフローレスのポニーテイルをつかんでいるんだ。聞こえたか？」

「イエッサー」

フローレスは、レミックがなにをいおうが相手にせず、ダフィーに向かっていった。

「ほら……村人たちは悪くない。彼らは包囲されて攻撃されているだけよ。黒い騎士……恐ろしい連中だわ」

「ああ」ダフィーはつぶやいた。「そしてあす、おれたちはそいつらとランチのために会う」

フローレスは首をふった。「狂ってる（ロコ）。とことん狂ってる（コンプレタテメンテ・ロコ）」

フローレスがサイドハッチから乗った。ダフィーがハーネスを締めると、ナスカーがいった。「正気の沙汰じゃなかったぜ、ボス。今回はうまくいったかもしれないが、おれならあんなことは何度もやりたくない」

「やるつもりはない」ダフィーは、後部のほうをふりかえった。「ギャビー、こっちへ来て座れ。おれのうしろ、座席と座席のあいだに。ウルフソン、彼女が座れるように〈ペリカン・ケース〉を置いてやれ。フロアのアイボルトを使ってハーネスをこしらえよう。この作戦のあいだ、ギャビーをおれの手の届くところにいさせる」

ウルフソンが、唖然（あぜん）としていった。「あんなことをやられたのに、もっとそばにいさせるのか？」

「彼女はおおぜいの命を救って、親善を勝ち取った」

「それで格上げされるのか？　彼女がおれたちのナンバー2（ツー）か？」

「ちがう。あんたがナンバー2だ。とにかく、脅威ではない地元民を殺したくはない。おれたちは国連の任務を支援しているんだ。なんの罪もないひとびとを殺したら困ったことになる。彼女にはおれが見るものが見えるようになるし、意見をいってくれるだろう」

「ありがとう（グラシアス）、ダフィーさん」

レミックが、スピーカーを通じて怒声を響かせた。「アルファ１（ワン）より全運転手へ。道路の安全を確保した。全員、移動開始」

ナスカーがギアを入れ、ＡＰＣは現地の住民の群れを背後の道路に残してガタガタ走りはじめた。

33

午後六時をまわったころに、オスカル・カルドーサは、泥まみれのジープ・ラングラーでボカ・アリバという土埃(つちぼこり)の立つ山の町にはいった。金曜日の夜で、陽が沈みかけ、町の広場から音楽が聞こえてきた。男や女が歩きまわり、ほとんどが飲むか食べるかしていた。メインストリート沿いの汚い公園で、子供たちが遊んでいた。

ボカ・アリバは、〝悪魔の背骨〟を越えて山中を通っている高速道路から三キロメートル離れていて、標高は一七〇〇メートルだが、びっくりするくらい都会的な場所だった。シンダーブロック、煉瓦(れんが)、コンクリートの建物が四方にあり、ソフトドリンク、ビール、自動車部品の看板があらゆるものに取り付けてあり、道路の交通量も多かった。ほとんどの車が四輪駆動のトラックで、カルドーサはすこしも意外には思わなかったが、ラファエル・アルチュレタとの会見を手配する黒い騎士の構成員との最初の接触場所に着いたとき、夜の町がこれほど賑(にぎ)わっていることに驚いた。

ここに来るよう指示されたとき、カルドーサはこの町の歴史を調べた。かつては山の斜面にパッチワークのような果樹園があって、いたるところで果物を栽培していたが、近年はカルテルが道路と町を支配し、作付けを支配している。バスケットボールのコート以上の広さで、登っていけるような平坦な傾斜地すべてで、罌粟(けし)と大麻が生育している。若い男女が岩をどかし、地面を耕し、年配者は作物を植え、その間ずっと、命じられた作業をやっていることをいつでも確認できるように、かならずそう遠くないところに武装した殺し屋が乗るピックアップがとまっている。

この町の住民は土地の手入れをやっているが、ロス・カバジェロス・ネグロスの構成員ではない。ただの農民で、収穫する作物に対してわずかな手当てをもらっている。従わないと極貧に陥るか、悪くすると殺されるおそれがある。

年季奉公の奴隷のようなものだと、カルドーサは見なしていた。人類の歴史がはじまってから、全世界で行なわれてきたことだ。地球上のおおかたの地域で、ひとびとの自由が踏みにじられ、男も女も、最大の勢力か武力を備えた人間の所有物になっている。そうではない地域もわずかにあるが、それが物事の自然な状態ではない。ここで苦しんでいるひとびとを、カルドーサは気の毒には思わなかったし、笞(むち)と鎖の鍵を握っている輩(やから)をうらやましいとも思わなかった。だれもが自分の役割を演じているだけだ。

野蛮だが、人間はもともと野蛮なのだと、カルドーサは判断していた。だが、自分はこの争いを超越していると、オスカル・カルドーサは自負していた。自分は独立独歩の人間だ。やがてこういったことすべてを置き去りにするし、この山とこの国を離れたら、二度とふりかえるつもりはない。

町なかでジープをゆっくり走らせていると、地元住民が横目で見ているのにカルドーサは気づいた。見慣れない車に見慣れない人間が乗っているのを見て、きわめて重要な人間なのか、それともきわめて大きな危険にさらされているか、どちらかだと思っているのだ。

自分が野蛮な土地のまんなかにいることを、カルドーサは知っていたので、夜にぶらぶら歩いている一団が通り過ぎるのを街灯のそばで待つあいだに、気を静めようとした。これから数時間、もしくは数日のあいだ、自信が揺らぐことがたびたびあるにちがいないが、じつのところ、ここでの演技は死に物狂いの行動だと考えていた。逆転勝利を狙う試合終了間際のロングパス、万事に押し潰される前にその万事から遠ざかるために、大きな点数を稼ぐ最後のチャンスなのだ。

カルドーサは、ほんの一瞬、感情に流されるのを甘受した。なにもかもが終わるまで、私情を容れることができるのは、これが最後になるだろう。

それを考えて、カルドーサはふっと笑みを浮かべた。自分の名前がついているビーチ、手にはグラスがすぐ露を帯びるよく冷えた飲み物。いくらでも飲みつづけることができ、目の前の絶景を一生眺めることができる。運がよければ、その楽園で、本人そのものが楽園のような女といっしょにいることになる。

女はふたり、もしくは三人かもしれない。

三人までだと思い、カルドーサはまた笑みを浮かべた。自分は強欲ではないと思っていた。

カルドーサは、自分の目標のことを毎日つかのま考えるのが好きだった。これが終わったときにいたい場所にいる自分の姿を思い浮かべる。夢のなかにいる自分を思い描くことで、夢を実現する。

信じることは力である(クレエル・エス・ポデル)。

カルドーサは首をふって、現在のこの場所に意識を戻し、ポケットから出した紙片に書いてある番号をダイヤルして、待った。

すぐさま接続する音が聞こえた。息遣いが聞こえたが、だれも言葉を発しなかった。

「カルドーサだ」すこし間を置いて、カルドーサはいった。「ボカ・アリバに着いたところだ」

「知っている」相手がいった。「ずっと見張っていた」

カルドーサはまわりを見た。通りの向かいにおんぼろのトヨタ・タコマがとまっていて、ふたりが乗っているのが見えた。「もちろん、そうだろう。どうすれば――」

「武器は持っているか？」

「銃はない」

「ナイフは？」

「もちろん、持っている」

「サイドウィンドウから投げ捨てろ」

カルドーサは溜息をついた。〈ベンチマーク〉の折り畳(たた)みナイフは、贈り物だった。だが、これが終わったら千本でも買えると、自分にいい聞かせた。

カルドーサはナイフをポケットから出し、サイドウィンドウをあけて、外にほうり投げた。

ナイフが舗道に落ちてカタンという音をたてた。「これだけだ、アミーゴ、あとはどうすれば――」

葡萄(えび)茶(ちゃ)色のバンが左うしろから突っ走ってきて、ラングラーの運転席側の横でタイヤを鳴らしてとまった。リアのスライドドアがあき、なかは暗かったが、座っているふたりの男の輪郭が見えた。ひとりが携帯電話を耳に当てていた。

カルドーサはジープをおりて、バンの横へ行き、暗い車内から突き出された手から白い目隠しを受け取った。立ちどまってこういうことをじろじろ見てはいけないと心得ている男、女、子供によく見えるところで、カルドーサは目隠しを巻きつけ、すぐにバンに乗せられて、バンが走り出した。

だれも一瞬、口をきかなかったので、カルドーサはいった。「どれくらい時間が――」

「しゃべるな」ひとりがどなった。

メキシコシティから来た男は、心のなかで溜息をついた。

時間と距離を推し量るのは難しかったが、でこぼこの九十九折の坂を七、八キロメートル登ったようだとカルドーサは思った。つねに登りで、下りはなかった。荒れた道をバンが走りつづけていることに感心し、〝悪魔の背骨〟付近の整備工はサスペンションの修理と点検の達人にちがいないと憶測した。なぜなら、このあたりの車は、文明社会の道路ではなく、不揃いな段差がついている山道を走るのがふつうだったからだ。登りも下りも、硬くなった地面と、数メートルごとに露出している頑丈な岩にシャシーが激突する。

カルドーサが乗せられたバンが、アスファルト舗装のわりあい平らな個所で速度を落とした。べつの車が何台も、まわりを走っているのが聞こえ、ボカ・アリバよりも高い山中にある町にはいったのではないかと思った。なにもかも、カルドーサにとっては意外だった。地図によればボカ・アリバがこの地域で最大の建物が多い町だったし、ここに来るまでずっと登りつづけ、山の下のほうへ折り返してはいなかった。

今回の旅の前に、カルドーサはグーグルマップを丹念に確認していたが、ここがどこなのか見当もつかないことに気づいた。

バンがとまり、カルドーサはおりて、うしろの男が目隠しをひっぱってはずした。正面の建物の明かりに目が慣れるまで数秒かかったが、ゆっくり周囲を見ると、小さいが素朴で抒情的な植民地時代の村にいるとわかった。

地図でどうしてここを見落としたのか、想像もつかなかった。

ここはメキシコのシャングリラ（ヒルトンの『失われた地平線』に描かれているヒマラヤ奥地の架空の理想郷）かと、と思った。

なにかの競技場のように見える巨大な建物のそばの駐車場に、バンはとまっていた。窓の明かりが、ここでもっとも明るい光だった。どこかにあるラウドスピーカーから音が聞こえていた。アコーディオンがはいっているメキシコ北部のポルカに似たリズムの音楽で、富と権力と殺人と裏切りが歌われていた。

メキシコシティの知り合いはだれもこの音楽を演奏しないが、オスカル・カルドーサは孤絶した土地へよく行くので、いま演奏されている曲を知っていた。

駐車場にはピックアップ・トラックが何台もとまっていて、最初は男たちの姿が見えなかったが、それらの車の大きさと型から考えて、建物には黒い騎士がひしめいているのだろうとカルドーサは推理した。大型のフォードF-250、ダッジ・ラム、シボレー・シルバラード。どのリアウィンドウの内側にも銃架（ガンラック）がある。いずれもカルテルのピックアップ・トラックで、それが数多くとまっている。

カルドーサは建物のなかに連れていかれた。手錠をかけられたり縛られたりはしなかったが、武器を持っているにちがいない男三人に囲まれて歩かされた。ボカ・アリバで見かけたトヨタ・タコマも駐車場にはいってきて、男ふたりがおりて、カルドーサたちの行列につづいて、建物のドアを通った。

カルドーサは、ここへ来るまでのあいだに頭のてっぺんから爪先（つまさき）までボディチェックされたが、ドアのところで、ジェルで髪を逆立てた屈強な若者ふたりにふたたび調べられた。そのふたりは制服を着ていなかったが、現役か退役した連邦警察官だと、カルドーサは見抜いた。引き締まった体つきで、身だしなみがいい。山の住民らしくない。それに、悪意に満ちた暗い目つきだった。

それも、カルドーサの経験ではよくあることだった。

すぐにまた歩かされ、狭いロビーを通り、広さ、見かけ、感じが馬術競技場のような、途方もなく広い部屋にはいった。床におが屑が撒かれ、四方に観覧席がある。その時点でカルドーサは五人に付き添われ、黙って眺めている男や女のそばを通って、メインフロアへ行った。

音楽は室内には流れてこなかった。建物の裏手の戸外で、なにかの集まりが行なわれているような感じだった。

だが、カルドーサは裏手には向かっていなかった。競技場のまんなかの大きな円卓に向けて歩かされていることに気づいた。

五十代の男が独りで座り、ピザなみの大きさのステーキが前の皿からはみ出していた。おが屑を撒いた地面のまんなかにひとつだけ置いてあるその円卓の白いテーブルクロスに、ジュースがこぼれていた。

男の前に蠟燭が一本立てられ、赤ワイン用と白ワイン用のグラスが置いてあったが、どちらも空だった。テキーラが一本、ライムと塩を添えたショットグラスのそばに置いてあった。

小さな鏡が円卓に置いてあり、俗語でペリコ（インコのこと。コカインを吸うとインコのように甲高い声でしゃべり出すから）と呼ばれるコカインの条二本が、鼻から吸われるのを辛抱強く待っていた。

部屋にかすかに馬糞のにおいが漂っているのが、カルドーサは気になった。

ラファエル・アルチュレタを見たことは一度もなく、写真も見たことがなかった。公に写真が存在するのであれば、それを見られる情報源がカルドーサにはある。

だが、アルチュレタにちがいなかった。退屈そうな自信に満ちた顔で、周囲に立っている武装した男たち全員に敬意を表されていた。この事態に対して、円卓についている男が堂々とした力の誇示と無頓着な態度の両方を示すのを、男たちが期待していることは明らかだった。

典型的なギャングのボスのありさまだった。

謎めいていて、ほとんど伝説上の存在のように見なされているアルチュレタが、よそのカルテルのボスとたいして変わりがないように思え、カルドーサはなんとなく安心した。

円卓に向かって座っていた男は、口髭と尖った顎鬚を生やしていた。それらはほとんど灰色に近かったが、頭髪は真っ黒で豊かだった。一日ずっと牛を追っていたかのように、首にバンダナを巻き、赤い雄鶏の刺繍が両胸にあるシルクの黄色いカウボーイシャツを着て、金の腕時計をはめていた。

どういうわけか、カルドーサの目には、アルチュレタがメキシコのありきたりの民族には属していないように見えたが、血筋を特定できなかった。顔は幅広く、顎が頑丈そうで、黒い目がかなり落ちくぼんでいた。

カルドーサが円卓の正面に連れてこられても、アルチュレタは顔をあげなかった。ショットガンの銃身を挽き切るのに使えそうなくらい大きくて立派な鋸刃のナイフで、肉を切っただけだった。

カルドーサは辛抱強くじっと立ち、アルチュレタを仔細に観察した。

ショットグラスになみなみと注いだテキーラで、大きな肉を流し込んでから、アルチュレタがようやく目をあげた。大きなナイフでカルドーサを示したが、口にしたのは周囲の人間に向けた言葉だった。

「この男の席を作ってやれ。ステーキを持ってきてやれ」カルドーサに向かっていった。

「おれはレアが好きだ。あんたは？」

「ステーキの調理法はレアしかない」カルドーサは、じつはミディアムが好きだったが、こういうときに食事のことで注文をつけるつもりはなかった。

アルチュレタが、カルドーサをじっと見た。「グアダラハラの連中はテキーラを飲むのか、それともあんたらはジンとシャブリばかりか？」

「わたしは誇り高いメキシコ人すべてとおなじようにテキーラを飲むが、グアダラハラ出身ではない。首都の出身だ」

「首都か。ああ、それじゃロゼが好きだろう?」

周囲の男たちが笑った。カルドーサは愛想よく笑みを浮かべた。「わたしはテキーラ、メスカル、スコッチが好きだ」

アルチュレタが両眉をあげ、男たちが笑うのをやめた。

これはつまらない度胸の競い合いにすぎない。アルチュレタはカルドーサの男らしさに疑問を投げかけていた。敬意を勝ち取るには、男らしさを確立する必要がある。

カルドーサは、早くもアルチュレタを憎悪していた。これまでの長い仕事人生で出会ったすべてのカルテルの幹部とおなじくらい憎かった。

女性ふたりが現われて、アルチュレタの隣にすばやく席をこしらえた。アルチュレタがまたひと切れ食べてから、カルドーサが座る前に、新しい席のなにかに目を留めた。「ステーキナイフを下げろ。正気か? おれはメキシコシティから来たこのろくでもない野郎を信用しない。肉はバターナイフで食えばいい」

34

周囲の男たちが、さっきよりも大きな声でふたたび笑った。アルチュレタも笑みを浮かべて、カルドーサにウィンクをした。

カルドーサは礼儀正しくくすりと笑ってから、腰をおろした。

黒い騎士の頭目のアルチュレタが握手を求めなかったので、カルドーサはただこういった。「セニョール・アルチュレタ。ロス・カバジェロス・ネグロスの指導者にようやく会うことができて、光栄です」

アルチュレタは、前置きには興味を示さずにいった。「あんたのことを、みんなあれこれいっている。メキシコシティの有名な交渉人で、カルテルすべてを仲のいいひとつの家族にしようとしている、と」

女が手をのばして、アルチュレタのショットグラスにテキーラを注いだ。アルチュレタがふたたびステーキから目をあげたときにアイコンタクトできるように、カルドーサは身を乗り出した。「わたしはすこし前から、組織間の問題を仲介してきた、セニョール。あんたたちが突然、仲のいいひとつの家族になったら、わたしは仕事を失う」

アルチュレタが、馬鹿にするように鼻を鳴らして笑った。血が滴るステーキを飲み込んだ。「まあ、それはありえない。おれたちはみんな殺し合いをつづけるから、あんたの仕事はある」ふと思いついたようにきいた。「ここに来るのに、なにか問題はあったか？」

カルドーサは肩をすくめ、テキーラのグラスを握った。「あんたの検問所の連中が、わたしを殺そうとした」

アルチュレタがまた両眉をあげたが、食べつづけた。口いっぱいにほおばったままでいった。「独りでくるとは勇敢だな」

「あんたに招待された」

「おれはしじゅう招待したやつを殺している」アルチュレタがテキーラのグラスを持ちあげたので、カルドーサもおなじようにした。気の乗らない祝杯のそぶりをして、アルチュレタが飲み干し、カルドーサもそれにならった。空のグラスをふたりとも円卓に置くと、アルチュレタがいった。「それで、あんたは何人殺した？」

ついにきたかと、カルドーサは思った。これからの十秒は、人生でもっとも重要な十秒になるかもしれないと、自分にいい聞かせた。相手とおなじような無頓着な顔で答えた。

「四人か五人だ。よく憶えていない」

アルチュレタは平然としていた。ふたりのグラスにテキーラを注ぐよう、くだんの女に合図し、またステーキを切った。それに注意を向けながらいった。「あまり迷惑だと思っていないようだな」

「どうということはない」カルドーサは答えた。

アルチュレタがステーキからさっと目をあげて、カルドーサを見た。かすかに鋭い目つきになったので、調子に乗りすぎたとカルドーサは気づいた。薄汚い検問所で死んだ歩哨五人のことなど、アルチュレタは気にかけてもいないが、あの間抜けたちも彼の権力の末端に属している。

その連中を片づけたことを軽くあしらったのは、自分の目の届くものすべてを支配していると思っているアルチュレタの癇に障ったはずだ。

オスカル・カルドーサは、弁解したくなるのをこらえ、沈黙が流れるにまかせた。それも力の誇示になる。

カルドーサの前にステーキが運ばれてくると、緊張した一瞬が消滅した。血がにじみ出し、滴っているステーキのグリルの焦げ目を見れば、両面とも二、三分しか焼いていないとわかる。

アルチュレタが、自分のステーキをまた食べはじめた。カルドーサは、用意されたプラスティックのナイフで切るのに苦労したが、なんとか切って食べた。カルドーサは、胸が悪くなるくらい生焼けのステーキと中級のテキーラよりも、白いバターソースに浸ったフィレミニヨンと二〇一五年の〈アルトゥラ・マクシマ〉のほうが好きだったが、役割を演じて、いかにも満足しているように食べ、飲んだ。

カルドーサは、度胸の競い合いを数え切れないほど経験していたが、これは最終的に大腸菌に感染するおそれがあるはじめての競い合いになるかもしれないと思った。

ようやく、血が滴るステーキを口いっぱいにほおばったアルチュレタが、口をひらいた。

「で、グアダラハラがはるばるここまであんたをよこしたのは、なにが重要だからなんだ？」

「申しわけないが、セニョール・アルチュレタ。わたしはグアダラハラの配下ではない。一介のコンサルタントだ。今回は関係がある当事者と話をする特使として、グアダラハラに雇われた。わたしは彼のためだけではなく、あんたのためにも働く」

「危険な仕事だな」アルチュレタは退屈しているように見えたが、すべて見せかけだと、カルドーサにはわかっていた。聞き出したいことがあるのだが、そうではないようにふるまっているのだ。

「ときには。しかし、あんたの仕事ほど危険ではない」

アルチュレタが、大きなステーキナイフで強く切りつけてから、また目をあげた。「それは脅しのたぐいか？」

「いや、セニョール。そんなものではない。わたしもグアダラハラの大親分も、そんなつもりはない。彼はあんたともっといい関係になりたいと思っている。率直なところ、わたしにいわせれば、彼はあんたともっといい関係になる必要がある。ロス・カバジェロス・ネグロスが、未来の勢力だということを、だれもが知っているし、彼は自分になにが提供できるかを、あんたに考えてほしいだけだ」

アルチュレタがいった。「やつからもらうものなどあるか？　化学物質はほかの供給源から手に入れている。グアダラハラに金を払ってアカプルコ港を使う必要はない。おれの品物はアカプルコを通って運ばれてはいない」

「グアダラハラの事業の親分は、あんたの現在の供給者より二〇パーセント安く売ると、わたしに約束した。いまもいったように、あんたがいずれ、シナロア・カルテル、カルテル・デル・ゴルフォ、ロス・セタス、ファレス、ハリスコ新世代の市場占有率を切り取り、アメリカ行きの製品のマーケットシェアを乗っ取るだろうと、彼は思っている。グアダラハラの商売は傾きつつある。このことも、いうのは許可されていないが、わたしはいう。

彼はなにがなんでもあんたを顧客にしたいと思っている」

アルチュレタが笑った。「そんなに必死になっているんなら、五〇パーセント値引きすればいい」

テーブルの周囲の男たちが笑ったが、カルドーサはフォークを置いて、考え込むように顎(あご)をさすった。「それは大きすぎると思うが、上手に交渉すれば、三〇パーセントなら可能かもしれない」

アルチュレタが、両肘(ひじ)を円卓について、身を乗り出した。「話をもっと聞きたいが、あんたは人脈が広いから、おれの縄張りに陸軍が来ないように、おれたちが手を打っていることは知っているだろう」

「もちろん知っている。ここにいるあんたの殺し屋(シカーリヨ)の豪勇は語りぐさになっているが、四万人の兵力には太刀打ちできない」

アルチュレタが、自分とカルドーサにテキーラを注いだが、なにもいわなかった。

「しかし」カルドーサは話をつづけた。「グアダラハラには、あんたが軍を追い払うのを支援する方法がある」

「やつの手は借りない。和平取引の交渉のために、国連が代表団をよこす。それに同意して、ここでシナロアと戦うのをやめればいいだけだ。そうすれば、国連は厳しい交戦規則を課して平和維持軍四千五百人を派遣するだけで、おれの事業の邪魔にはならない。陸軍を遠ざけておけるし、国連軍はおれの工場や倉庫から離れた特定の地域に封じ込めればいい」

「そんなに単純ならいいんだが、セニョール」

「なにが込み入っているんだ？」

カルドーサとアルチュレタは、アイコンタクトをした。「携帯式ミサイル。それが込み入っている原因だ」

アルチュレタが、わけがわからないふりをした。「それがどうした？　おれとは関係ない。そんな武器は持っていない。必要もない」

「問題は、セニョール・アルチュレタ、あんたがそれを持っていると、国連とメキシコ内務省が考えていることだ。それを渡せば平和維持軍が来て、陸軍を近づかせないという交換条件になるだろう」

「あのヘリコプターを撃ち落としたのは、シナロアだ」

「当局はそうではないと考え、証拠があると主張している。それに、地対空ミサイル（SAM）が回収できなかったら、国連はあんたを戦争犯罪で告発するつもりだ」

アルチュレタが急に立ちあがった、怒りをあらわにしていた。カルドーサは、アルチュ

レタがひどく短気だということに驚くとともに、その情報を知ってほんとうに愕然として
いることにも驚いた。

「戦争犯罪？　おい、あんた、いったいなんの話だ？」

小柄なアルチュレタのベルトのパン皿なみの大きさのバックルが銀で、ＡＫ－47の図柄
が刻まれているのを、カルドーサは見た。

カルドーサはいった。「代表団がここに来て、あんたと差しで話をするときに、そのこ
とが持ち出されるはずだ。代表団は携帯式ミサイルを破棄させたいと考えている。イグラ
－Ｓ地対空ミサイルをあんたの手から奪うまで、メキシコ政府は平和維持任務の条件に同
意しないだろう。選択肢はふたつになる。一、ミサイルを引き渡し、海兵隊のヘリコプタ
ー二機を撃墜したのがやはり黒い騎士だったことを、だれもが知ることになる。国連がな
にを約束しても、あんたは戦争犯罪で裁かれるかもしれない。

あるいは、二、ミサイルを持っていることを否定し、平和維持の取引をだめにする。陸
軍が〝悪魔の背骨〟に登ってきて、あんたは金のかかる長引く戦いにひきずり込まれ、最
後には負ける」

アルチュレタが落ち着きを取り戻して、座り、またフォークとナイフに手をのばした。

「やつらが思ってるように、おれがミサイルを持っているようなら、陸軍のヘリコプター

を撃ち落とせばいいだけじゃないか？」

カルドーサは冷静なまま、ずっと座っていた。「それをやったら、アメリカが介入するだろう。アメリカはいまもここで麻薬戦争を戦っている。自分たちの航空機が脅威にさらされていると考えたら、アメリカ空軍を派遣するだろう。攻撃機や無人機が西シエラマドレ上空を飛び、地対空ミサイルに対する電子対策が行なわれる。あんたがそれらを撃墜するのは数量的に無理だ。彼らは夜も昼もあんたを捜す。彼らの交戦規則は、国連の交戦規則とはまったくちがう」

「あんたは頭がおかしい」

「わたしが？　ＳＡＭの破棄はすべての人間の利益になるが、黒い騎士がその購入や使用に関わっていたことを知られずに始末をつける方法がわたしにはある」

「ミサイルは持っていないが、持っていたらただ破壊すればいいだけじゃないか？　ヘリコプターをだれが撃墜したか、だれも確実には知らない」

それで問題は解決したという口ぶりだったが、カルドーサは肩をすくめた。

「それは下手なやりかただ」

「どうして？」

「なぜなら、セニョール、ヘリコプターを撃墜したのはほかのだれかだとだれもが考えるようにする手立てがあるからだ。あんたからすべての疑惑をぬぐい去って、あんたの敵に疑惑をなすりつけることができる。慎重さを要する提案をしているんだ。もっと内密に話をしたほうが──」

アルチュレタが指を一本立てて、話をやめさせ、片手を宙でふった。武装した護衛たちが散開し、馬術競技場の奥の壁まで遠ざかった。裏の戸外から増幅されたアコーディオンの音楽が漏れていたことも相まって、話を聞かれるおそれはなくなった。

「話を聞こう」アルチュレタが、低い声でいった。

カルドーサは、まわりを見まわしてから、秘密めかして小声でいった。「国連の車列の男ひとりが、わたしの手の者だ。会談中にその男が脱け出し、あんたの手下がミサイルのあるところへ案内する。近くにあれば、ということだ。彼が数を確認したら、あんたの手下がミサイルをトラックに積み、バブニカのすぐ南にある侵食谷(キャニオン)の間際の飛行場へ運ぶ。場所はわかるだろう?」

アルチュレタは、メキシコシティから来た男をじっと見た。「もちろんわかる。おれの飛行場だ。どんな地図にも載っていない」

「知っている」

「どうしてそこのことを知っているのか、話してくれないか、セニョール・メキシコシティ？」

カルドーサは、自分のテキーラを注いだ。いまだけは主導権を握ったと思った。アルチュレタのグラスにも注いだ。「そこに飛行機がとまっている。カムフラージュの下に隠してある。しかし、昼間の暑さで機体が暖まる。夜に衛星が赤外線画像で、放射される熱を探知できる」笑みを浮かべた。「五〇キロ四方でそこだけが平坦な場所だ。そこに飛行機が隠してあったら、飛行場に決まっている」

「それで、グアダラハラは、衛星画像を見られる衛星を持っているんだな？」

カルドーサは笑みを浮かべた。「この一件にわたしが雇われたのは、われわれの国の政府にコネがあるからだ。わたしに使える手段で、飛行場を見つけたんだ。セニョール・アルチュレタ。あいにく、それ以上いうつもりはない」

アルチュレタは、それを聞き流した。「あれはおれの飛行機だ。はじめて所有したやつだ。昔はタールやハッシュ（ブラックタールヘロインとハシシュ）をアメリカに運んで帰ってくるのに使った。若くて無鉄砲だったころに。しかし、もう使っていない。何年も飛んでいない。それを使うつもりなら――」

カルドーサは、首をふった。「その飛行機は必要ない。その草地の飛行場に、ミサイルをすべて積める大きさの飛行機が着陸する。それから、シナロアのバディラグアトの倉庫に運ぶ。散弾銃(エル・エスコペタ)とシナロア・カルテルが所有している倉庫だ」

アルチュレタが、テキーラをまた喉(のど)に流し込んだ。「あのいかれたくそ野郎」

カルドーサは、取り合わなかった。「翌日、あんたがここで和平取引について国連とまだ話し合い、携帯式ミサイルのことなど知らないといい張っているときに、われわれがメキシコシティの連邦警察に、ミサイルのありかを情報漏洩(リーク)する。連邦警察が、カルテルに買収されていない海兵隊を急派し、戦争犯罪の下手人はラファエル・アルチュレタと黒い騎士ではなく、シナロア・カルテルだということが証明される。平和維持軍は山にはいり、陸軍は山から遠ざけられ、あんたはハーグの国際刑事裁判所で裁かれずにすむ」

アルチュレタが皿の横に身を乗り出し、いかにも慣れたしぐさで、鏡の上のコカインひと条(すじ)を鼻に吸い込み、やがてまた目をあげた。「グアダラハラがおれに手を貸す？　馬鹿なことをいうな。やつらになんの利益がある？　おれと商売をやりたがっているとあんたはいうが、おれが陸軍に滅ぼされたら、やつらの固定客が市場を取り戻し、グアダラハラが得をする」

「ロス・カバジェロス・ネグロスには将来性があると、わたしはグアダラハラの大親分(エル・パトロン)を説得した。あんたたちは、これをはじめて五年にしかならないのに、製造と販路をどんどん増やし、ほかのカルテルすべてをひっくるめたよりも多く売っている。合衆国(ロス・エスタドス・ウニドス)

の市場にはもっと拡大する潜在力があると、われわれは見ている。大親分（エル・パトロン）はあんたを信用しているし、いいビジネス関係と見返りにあんたに協力するつもりだ」

アルチュレタのステーキは、脂（あぶら）と筋しか残っていなかったが、それを食べた。嚙（か）みながら、アルチュレタがいった。「興味が湧いてきた」

テキーラを飲み干してから、カルドーサは答えた。「そうでなかったら、わたしは死ぬだろう」

「ああ（シ）、そのとおり（エス・ラ・ベルダード）。あんたがいったことを考えるが、まだ決めるつもりはない」

「いいだろう。しかし、あすには決めなければならない。交渉には時間がかかるだろうが、代表団のその男が脱け出せる機会は限られている」

アルチュレタがうなずいた。「朝までに決める。それまで、あんたはここにいろ。おれの近くに。グアダラハラ、セタス、政府、シナロアは、話をするたびに立場を変えるコンサルタントを信用しているかもしれない……だが、おれはちがう。あんたをシンコ・ラグリマスへ連れていかせる。会談がある町だ。国連との会談が行なわれる町庁舎の向かいのホテルに泊まってもらう。公園を見おろす快適なホテルだ。町を自由に歩きまわっていいが、監視のために部下ふたりを近くにいさせる。代表団が到着したときには、目につかないところにいてもらう」

「どんな仕事でも、役に立つことができて光栄です、セニョール」

アルチュレタが、右手にステーキナイフを持って、ゆっくりと身を乗り出した。ナイフをカルドーサの目に近づけていった。「おれを虚仮（こけ）にするな。虚仮にしようと思ってもいけない。おれはほかのカルテルの頭目とはちがう。おれはアパッチだ。祖父はまじりけのないアパッチだった。おれたちの部族は、合衆国（ロス・エスタドス・ウニドス）から南に来て、この山にはいった。それから百年以上たっている。おれたちは戦士、山の男。どんなときでも生き延びる人間だ。

おまえにべつの計画、べつのたくらみがあって、おれにそれを話していないようなら、死ぬはめになる。わかったか？」

カルドーサはゆっくりうなずいた。「わかった」

アルチュレタがうなずき、背すじをのばして、調理場に立っている女たちのほうを肩ごしに見た。「デザートだ！」

35

アーマード・セイントの車両縦隊は、山の中腹にある広大な墓地のそばのおおむね平坦だが岩の多い開豁地で野営した。〝悪魔の背骨〟に通じる高速道路のすぐそばにある砂利道から脇にはいったところだった。レミックが暗視装置をつけた歩哨を銃塔に配置し、油断なく見張れるように二時間ごとに交替するよう命じた。あとのものは男も女も、装甲人員輸送車の車内か近くの地面に寝具を敷いて眠った。

目につかないようにするために、焚火は禁じられた。山地の下のほうでも、そこは寒かったので、ダフィーは暖をとるために抗弾ベストの上からアーマード・セイントのだぶだぶのウィンドブレーカーを羽織った。車列の全員がおなじようにした。

快適ではなかったが、その夜は何事もなく過ぎた。

午前六時過ぎに野営を解き、エンジンを始動して、ダフィーには洗濯板の上をずっと走っているように思われる道路をふたたび北上して、どんどん登っていった。糸杉や松が、サボテンやタンブルウィードに取って代わり、空気が明らかに爽やかになって、岩山に隠れているどこかの集落から、料理の火のにおいが漂ってきた。

IAGガーディアンの燃料タンクは容量が三六〇リットルで、航続距離はなんと八〇〇キロメートルに及ぶが、パックホース1と2には、容量一〇四〇リットルのIBCコンテナ（パレット付きの液体輸送用コンテナ）二基と手動ポンプが積んである。アルファ・チームの二台のうち、ウォーホースにもおなじ大きさのIBCコンテナが積んであるのを、ダフィーは見ていた。つまり、車列には一六〇〇キロメートル走れるだけの燃料があるが、レミックはガソリンスタンドがあるところでは、安全だと判断されれば、つねに給油するよう指示していた。

高速道路からすこしはずれた町を通ったときに、レミックが運転手全員に、小さな市場の前にあったポンプ二台の〈ペメックス〉のガソリンスタンドに乗り入れるよう命じた。

五台の巨大な車両がポンプの前に並ぶと、女性の店主が肝を潰して立っていた。急傾斜の道路を通っていた男女も、すぐに足をとめ、目を丸くして眺めた。

レミック、ゴードン、ダフィーは、武力を見せつけるために降車するよう何人かに命じ、あとのものは、警護対象も含めて、昨夜の野営でこわばった体をほぐすために車からおりた。

ダフィーはフローレスに付き添って市場へ行った。そこでフローレスが生鮮食品と瓶入りのコーラを一本買った、ダフィーはライフルに手をかけ、四方に目を配りながら、ひきかえすフローレスにつづいた。

フローレスが立ちどまって、トルティージャをこしらえている女と話をし、ダフィーはぶらぶらとクレイジーホースにひきかえした。

近くに商店や住宅があり、ダフィーが車内にいるあいだに、道路に集まっている見物人の数が増えていた。野球帽をかぶった銃手が、銃塔をあちこちに向け、サングラスをかけて車両のそばに立っている武装した男たちが、周囲にいる人間すべてを監視していた。

地元住民は、あからさまな敵意を示してはいなかったが、疑念と不信が、山麓の料理の火のにおいとおなじように、あたりの大気に漂っていた。

リアハッチから降車し、首からMP5サブマシンガンを吊るして立っていたクルーズに、ひとりの女が近づいた。女がクルーズに、ラテン系アメリカ人かとスペイン語でたずね、クルーズがそうだと答えると、息子の皺くちゃになった写真を見せた。数カ月前に山に登ったあと、消息を絶ったのだと、女は説明した。ロス・カバジェロス・ネグロスの手にかかったから姿を消したのだと、女は確信していた。

息子さんにたまたま会ったら、お母さんにきかれたことを話すと、クルーズは丁重にいった。女は首をふり、息子が死んだことはわかっているし、もっと上に登ってはいけないと注意しているのだといった。

「息子さんには、こういう応援がついていたのか?」車列と銃を持った男たちを手で示しながら、シカゴ南部のなまりがあるプエルトリコのスペイン語で、クルーズはきいた。

女が一瞬、クルーズの顔を見てからいった。「いいえ、なかった。いてもおなじように殺されたでしょう」女が立ち去ろうとして、向きを変えかけた。

「おっかさん」クルーズは女に呼びかけた。「おれたちのために祈ってくれるね?」

悲しげな笑みを浮かべて、小柄な女がいった。「あなたたちが生き延びられるように祈るのは、時間の無駄だわ。だから、あなたたちの魂のために祈る」

クルーズは黙っていた。女がまた向きを変えて、通りのほうへ向かった。

ダフィーにはそのやりとりの内容がわからなかったが、フローレスがうしろから近づいてきて、ダフィーに教えた。ダフィーは耳を傾け、うなずきながら、見物人たちの根深い疑惑を感じていた。悪意に満ちてはいなかったが、わずかな蔑みが含まれていた。

車列を組んでいるよそ者が、やみくもにどこかへ向かっていて、そこでなにも果たすことができずに死ぬのだと、この町の住民すべてが思い込んでいるようだった。

ダフィーはまたしても一日千六百六十六ドル稼げることに考えを集中しようとしたが、それがますます難しくなっていた。

ナスカーがポンプ二台のガソリンスタンドで一台を使って給油するあいだ、ダフィーはAPCのそばに立っていた。フローレスが隣に立ち、店の前にいた女店主から買ったできたてのコーン・トルティージャを食べた。思春期の娘ふたりがいっしょにいて、小さなコンロのそばに立ち、生地を巧みにのばして焼いていた。

くだんの女の警告を伝えたのを除けば、けさからずっと、フローレスはダフィーと話をしていなかった。遠くを見つめているのか、さもなければ、怒った目つきをしていた。ダフィーには彼女の真意がわからなかった。

ダフィーは、フレンチーがガソリンスタンドで買ってきてくれたコーヒーを、〈イエティ〉のタンブラーから飲んでいた。朝の光を浴びている前方の岩が多く険しい山々を眺めた。

「どうかしたのか、フローレス博士？」

フローレスは答えなかった。

気まずい沈黙のあとで、ダフィーはいった。「それで……知恵を貸してくれないか。あんたは博物館の学芸員みたいなものなんだろう？」

フローレスがトルティージャを巻いてひと口かじり、コーラで飲み込んだ。「ちがう。学芸員じゃない。メキシコシティの人類学博物館で働いている。メキシコと中米の非ヒスパニック系住民の重点研究で、人類学博士号を得たのよ。わたしはこの国の民族を研究している」

ダフィーは肩をすくめた。「そうか……いまやっていることよりも、ずっと楽でいい仕事みたいだ。それじゃ、どうしてここへ来たんだ？ こんなことに巻き込まれたわけは？」

ペーパータオルで口をぬぐってから、フローレスがいった。「民族全体が撲滅（ぼくめつ）されるのを座視するのに耐えられないからよ。〝悪魔の背骨〟には、タラウマラ族やなんの罪もないシナロア人やチワワ人が住んでいる。彼らはだれにもなんの害もあたえていない。ただ生き延びているだけよ。なんであれ、戦争を回避するのを手伝える方法があるようなら、来るべきだと思った。わたしはこれまでの半生ずっと、滅びた文明について学んできた。いま、そういう文明のひとつが、自分が生きているあいだに自分の国で脅（おびや）かされている。そうなるあいだ、齢（とし）をとったときにそれを歴史の論文に書くために、首都のオフィスでじっと座っていることはできない」

フローレスは、トルティージャを食べ終えた。「いまは単純であさはかだったと思える。だって、この任務に参加しているわたしたちは、ひとり残らず馬鹿よ」

「だからおれたちが選ばれたんだろう」脅威に目を光らせながら、ダフィーはいった。

ウルフソンが一メートル半離れたところで、そばにスナイパーライフルを立てかけ、クレイジーホースの右サイドハッチに寄りかかっていた。噛み煙草の大きな塊を口にほうり込んでから、ウルフソンがいった。「おばさん、おれたちにすこしは感謝したらどうだ。おれたちはあんたの国の失態を是正するのを手伝うために、ここに来てるんだ。くそ、あんたの国のやつらは、アメリカをだめにしようとして麻薬を密輸しつづけている。それなのに、おれたちはここで和平を結ぼうとしてるんだ」

激しい反論があるだろうとダフィーは思っていたので、フローレスがこういったのは意外ではなかった。「こっちの人間は、アメリカとアメリカの麻薬問題に、これっぽっちも同情していない。あたりまえでしょう。アメリカ人はほしいものをすべて持っている。なんでも思いつくことを一生のあいだに実現する機会がある。それなのに、人口の二〇パーセントが、ひとびとを殺す戦争を煽っている麻薬を買って、自分の人生を投げ捨てている。アメリカが麻薬を受け入れるのをやめればいいと思っているけれど、やめないでしょう。だから、あなたがたの身になにが起きても、知ったことではないわ。あなたたちが麻薬に耽溺してわたしたちの国に害をあたえるのをやめてほしいだけよ」

ダフィーは仲裁しようとした。「もうやめよう、ギャビー。おれたちはあんたの敵じゃない。それに、前にもいったが、ショーホースに乗っているルールを決める連中ともちがう」

「ええ、わかっている。あなたたちは雇われた殺し屋よ。ここでわたしたちを殺そうとするやつらとおなじよ」

ダフィーには、聞き捨てならない言葉だった。「おれたちは殺すために金をもらっているんじゃない。護(まも)るために雇われているんだ」

「山の上のほうのひとたちも、まさにそれをやっているのよ。わたしたちを、自分たちの住民や生活様式に対する脅威だと見なしている。彼らは自分たちの家族や親分(パトロン)を護っていると考えている」

ダフィーはもう一台のポンプのほうをふりかえり、最後の一台のウォーホースが給油中だというのを見てとった。「だとしたら、そいつらは馬鹿野郎だ。おれはなにかの目的のために戦っているんじゃない、あんた。ＶＩＰやあんたが生きていられるように戦うだけだ。それを果たすことができたら、驚異的だが」

フローレスが、ダフィーをじっと見た。「あなたはほかのひとたちとちがう。気にかけている。あなたは傭兵じゃない」

見物人のほうに視線を戻して、ダフィーはつぶやいた。「自分がどういう人間なのか、よくわからない」

ナスカーが、クレイジーホースの給油を終えて、キャップを戻し、フューエルリッドをロックした。

フローレスは、なおもダフィーに視線を据えていた。「あなたにはお子さんがいるといったわね。だから来たのね。何人いるの？」

「息子と娘だ」ダフィーは、フローレスのほうを一瞬ちらりと見てから、群衆に注意を戻した。

「結婚しているんでしょう？」

「六年たつ」

「それなら、神さまの恵みがありますように」

「妙だな。ときどき、神に罰せられているような気になる」

「あなたが乗り越えられないような難関をあたえたことはなかったでしょう」

それを聞いて、ダフィーはほほえんだ。「この作戦も？」

「じきにそういうことになって、神さまにあなたが会ったら、神さまがこれまであなたにさずけた恵みすべてについて、感謝することができるわ」

「それも祝福のつもりなんだろう」

「ええ、さいわいなことに」

レミックの声が、ヘッドセットから聞こえた。「よし。給油は終わった。全員、乗車しろ」

ダフィーは、フローレスを車内に入れてから、自分の座席に座り、運転席のナスカーと顔を合わせた。アラバマ出身でブロンドのナスカーがいった。「二年前にハイチでやった仕事を思い出す。あと五分いたら、ここの連中が石を投げはじめる。ほんとうだぜ。この先、状況は悪化するばかりだ」

「ああ」ダフィーはいった。おなじことを感じていた。

ナスカーがつづけた。「携帯電話を持ってるやつらが、もう山の上のほうのだれかに電話してる」

「わかっている」

「もう不意打ちなんかできない――」

「ナスカー」

「なんだ、ボス？」

「黙れ」

「くそ壺にはまったっていいたいんだよ」クレイジーホースは、ガソリンスタンドを出て北に向かう最後の車両だった。

36

険しい岩肌の上に一頭の雌のピューマがいて、下の未舗装路にいる若い鹿に忍び寄っていた。ピューマが跳びかかろうとしたとき、餌食(えじき)になるはずだった鹿が首をもたげて、南のほうを見た。そして駆け出した。ピューマも音を聞きつけた。向きを変え、そのあたりにいる鋭敏な動物にしか聞こえないようなかすかな音の源(みなもと)に注意を向けた。

音が大きくなり、けたたましくなると、闘うか逃げるかを判断するピューマの本能が働いた。その音は、聴覚が発達したピューマにとって揉め事(もめごと)を意味していたので、岩によじ登り、その上にあるアメリカガシワの高木の森に姿を消した。

一分近く過ぎてから、ウォーホースのフロントグリルが下のカーブをまわって現われ、大型装甲人員輸送車(APC)のタイヤが、でこぼこの路面を乗り越えるために独立して働いた。ウォーホースの左は岩壁で、アメリカガシワの森がその上にあったが、右の地面は細長い盆地へと傾(なだ)れていた。

盆地側の斜面は急勾配だったが、太いタイヤをはいたＡＰＣならゆっくり下ることができるはずだった。だが、山を下るのではなく、ひたすら坂を登るのが、車列の目的だった。岩場の盆地に下ってから向かいの斜面をのぼる曲がりくねった細い山道が、ところどころにあった。

ピューマがいた場所を、車列最後尾を走っていた五台目のクレイジーホースが通過した。ダフィーは、〈オークリー〉のサングラスの下の目をぬぐい、助手席側のドアポケットに入れてあった容器から生ぬるいピクルスジュースをひと口飲んだ。塩分と電解質を多く含んでいるこのジュースは、頭のてっぺんから爪先(つまさき)まで重い装備や抗弾ベストを身につけているときに、脱水状態になるのを防ぐのに役立つ。

ダフィーがナスカーにピクルスジュースを勧め、ナスカーが片手でハンドルを握り、両目で道路を見ながら受け取った。

ジュースをがぶ飲みしてから、ナスカーがいった。「おれたちはものすごい土煙(つちけむり)を巻きあげているよな。あの盆地にいるやつらから、貨物列車が通ってるみたいに見えるんじゃないか」

ダフィーは、岩と木立が延々(えんえん)とつづいているように見える下のほうを、フロントウィンドウから眺めた。だが、どの岩や幹の蔭にも危険など潜んでいないと思うのは愚かだと知っていた。

グリーンと白と茶色と灰色の景色にくわえて、雪に覆われた山頂が陽光でピンクに染まっているのが、汚れたフロントウィンドウから三〇キロメートルもの範囲にわたって見えることもあった。

つまり、当然ながら三〇キロメートル離れたところからも、こちらが見えるはずなので、いくら美しい遠景でも楽しむ気にはならなかった。

この地域の小さな集落のあいだを行き来するひとびとともすれちがった——古い車に乗っている人間もすこしはいたが、ほとんどは馬に乗っているか、徒歩だった。十四歳以上の子供、女、男はすべて、ロス・カバジェロス・ネグロスのためになんらかの仕事をやっていると、フローレスが小声でダフィーに教えた。

名もないひとびとにくわえて、鋭い目つきの男たちを満載しているピックアップ・トラックとも、何度かすれちがった。銃を持っているのが見えたが、男たちは高速で突っ走る全長六メートルの黒いガーディアンAPCを睨みつけるだけだった。

銃口を向けるものはおらず、Uターンして追ってくる車もなかったが、この任務を目立たないように進められるかもしれないというダフィーのはかない希望は、とっくに消え失せていた。

この三十分ではじめて、ダフィーはチーム無線で伝えた。「スクイーズ、盆地の向こう側になにかを視認しているだろう？」

「ああ、そうだ。おれはここでセスナ機よりもでかい蠅(はえ)を叩いて、左側で土砂崩れが起きないかどうか見張ってる。五〇〇メートルくらい離れてる悪党どもには目を向けてなかった」

「そうか、装甲車から首を突き出しているのはおまえだけだから、敵に見つかったときには最初に知りたいはずじゃないのか」

スクイーズが、盆地がある東のほうへ銃塔をまわしたが、返事をしなかった。

数秒後に、フレンチーが口をひらいた。「節々(ふしぶし)にこたえる高度に達したのがわかる。空気が薄い」

自分はフレンチーより二十五歳は若いはずだとダフィーは思っていたが、高度は感じられた。地図によれば、標高二二〇〇メートルを超えて登っているし、酸素が乏しくなっているのが感じられた。肺に空気を送り込むのに苦労し、そんなに疲れているはずはないのに疲労感がある。節々が痛むのは、長時間車に乗って揺さぶられているせいばかりではない。車列がこのルートでこれから標高二七〇〇メートルを超えることがわかっているし、抗弾ベスト、武器、弾薬を身につけたまま走らなければならなくなったら、息が苦しくてあえぐことになるにちがいない。

ダフィーはいった。「がんばれ、フレンチー。ピクルスジュースを飲むか？」

「アメリカ人はおかしな連中だ。不気味なものに凝る」

スピーカーからのビーッという音につづいて、マイク・ゴードンの声が、クレイジーホースの車内で反響した。「ブラヴォー1（ワン）より、アルファ1（ワン）へ」

ダフィーが聞いていると、レミックが応答した。「アルファだ。送れ」

「ああ、パックホース1（ワン）のエンジンがオーバーヒートに近づいてる。ファンはちゃんとまわっているようだから、ウォーターポンプの故障か、燃料パイプの詰まりかもしれない。停止して点検する必要がある。五分以内にやったほうがいい」

レミックが答えた。「三キロ先で森にはいる。盆地からあまり見えなくなる。それまでもつか？」

「えー、無理（ネガティヴ）だ。なんらかの原因でオーバーヒートしかけてる。この速度だと、そこまで十分かかるし、いま処理しないと、そこへ行くまでに重大な損害が生じるだろう」

長い間があった。レミックが、よりによってこんなところで停止したくないと思っていることが、ダフィーにはわかっていた。だが、アルファ1（ワン）のレミックはいった。「アルファより全運転手へ、全面停止」

ダフィーは、すぐさま警戒を強めた。「三六〇度警備。スクィーズ、東に注意を集中しろ。クルーズ、ひきつづき後方を見張れ。あとの者は全員、銃眼をあけて、防御範囲を監視しろ」

ナスカーがいった。「ダフィー、ブラヴォーが厄介(やっかい)なことになってるんなら、おれもこの車のボンネットのなかを覗(のぞ)いたほうがいい。計器だとなにも問題がないみたいだけど、この道路には石ころやなんかのかけらがいっぱいあるから、ファンベルトか冷却水タンクが傷ついてるかもしれない」

ダフィーはうなずいた。「わかった。おれもいっしょに行く」ハーネスをはずし、座ったまま体をまわして、フローレスにいった。「車から出るな。やばいところで故障した」

生ぬるい水を飲んでいたフローレスの汗ばんだ小さな顔が、小さくうなずいた。

ダフィーはAPCから出て、轍(わだち)が残っている道路の真っ黒に近い土埃(つちぼこり)と泥の上におりた。パックホース2(ツー)がすぐ前にとまっていて、その向こうがゆるいカーブだったので、ダフィーが立っているところからは、ショーホースの後部しか見えなかった。故障を直しているパックホース1(ワン)とその前方のウォーホースは、道路左の火山岩の斜面がそこで急カーブになっているために、ダフィーの視界からは完全に隠れていた。

ダフィーのところからは、ゴードンかその部下たちの作業が見えなかったが、金属がぶつかる音と、修理しているブラヴォー・チームがときどき悪態をついているのが聞こえた。ダフィーはライフルに手をかけて谷のほうを見張り、うしろでナスカーが手早くクレイジーホースのボンネットをあけて、ベルトやパイプをすべて点検していた。

盆地を見おろす道路で降車した男たちに、強い陽射しが照りつけた。気温は一七、八度だったが、ダフィーにはつらかった。二日以上、ほとんどずっと抗弾ベストをつけていたので、東の盆地に視線を走らせながら立っていると、それが重くて不快だった。

ゴードンの声がふたたびヘッドセットから聞こえたのは、ほんの五、六分後だっただろうが、ダフィーにはひどく長く思えた。「ブラヴォー1（ワン）からアルファ指揮官（アクチュアル）へ」

「アルファに送れ」

「パイプが詰まってただけだった。詰まりを解消したから、走ってるうちにエンジンの温度は下がるだろう」

レミックが応答した。「了解。全員、乗車しろ」

ナスカーがボンネットを閉めて跳びおり、向きを変えて運転席側のハッチへ行こうとした。

ダフィーが自分の側のハッチに手をのばしたとき、襲いかかる弾丸の甲高（かんだか）い飛翔音が頭上で不意に響き、そばの岩棚に弾着して跳ねる音がその直後につづいた。ダフィーが大きなハッチをあけたとき、クレイジーホースの装甲に一発が当たる音が聞こえた。銃声そのものは、すこし遅れて車列の上を越えていったので、かなり離れたところからの銃撃だとわかった。

車列のあちこちで叫び声があがり、始動されたエンジンの回転があがった。ダフィーは、銃撃を受けているときの心臓をわしづかみにされるような感覚を味わった。反射的に首をすくめて、発砲源を突き止めようとしながら、APCに乗り込んだが、どこから撃ってくるのか突き止めることはできなかった。

ダフィーは戦闘に慣れていたので、パニックを起こしはしなかった。三挺ほどの銃で長距離から撃っていると判断した。これまでにも調整された伏撃(アンブッシュ)に遭ったことがあるので、この車両縦隊が撃退できないような攻撃ではないとわかっていた。

だが、だからといって安全というわけではない。身を隠すことができない場所にいたら、額を撃ち抜かれるかもしれないのだ。

ダフィーが座席に伏せてからサイドハッチを閉めたとき、レミックの声が無線機から聞こえた。

「だれか、ターゲットを捉えたか?」

ダフィーはチーム無線できいた。「スクイーズ?」

「盆地のあちこちで音が跳ね返ってる。どこから撃ってくるのか、位置決定できない」

近くの岩から跳ね返った一発が甲高くうなり、IAGガーディアンAPCの厚い鋼板と防弾ガラスに守られているのに、ダフィーはまたとっさに首をすくめた。

「頭を低くしろ！」ダフィーはいった。

「いわれるまでもねえよ！」スクイーズがどなり返した。

つぎの瞬間、レミックがまた送信した。「チャーリー指揮官(アクチュアル)、カーブの手前、われわれの後方から撃っているのはたしかだ。アルファとブラヴォーの位置からは応射できない。制圧はCAT(キャット)の役目だ」

ダフィーは対襲撃チーム(CAT)の指揮官なので、この銃撃に対処する責任がある。ハンドセットで応答した。「了解した。発砲源を探している」双眼鏡を構えて、探しはじめた。スナイパーライフル担当のウルフソンに向かっていった。「チャーリー2(ツー)。スコープでなにか見えるか？」

鋭い打撃音がダフィーの座席のうしろから聞こえ、厚い防弾ガラスに一発が当たったのだとわかった。

ウルフソンが応答した。「おれには見えないが、やつらにこっちが見えてるのはまちがいない」

フローレスがいった。「なにも知らない先住民かも――」

ウルフソンがさえぎった。「そんなことはどうでもいい、おばさん！　やつらはおれたちめがけて撃ってる。そいつらが何者だろうが、おれたちは撃ち返す！　黙ってじっと座ってろ！」

ダフィーは、自分たちの位置の斜めうしろにあたる、盆地の向こうの山腹に双眼鏡を向けて、上のほうを探した。動きがあるのを捉え、焦点を調整した。「見つけた！　四時、約三五〇メートル。おれたちよりも五〇メートルくらい高い木立のなかだ。目標視認したか、ウルフソン？」

「探している」

銃撃の数が増え、いまでは射手八人ないし十人がいると、ダフィーは判断した。機関銃ではなく、ありきたりの自動小銃を使用している。クレイジーホースは、車体右側に十数発をくらっていた。

スクイーズが叫んだ。「見つけた、ボス！　三五〇メートル東だ！」

フローレスが哀願した。「撃たないで！　もしかしたら――」

だが、ナスカーの叫び声にかき消された。

「車列が移動したら、カーブをまわるだけでいい。そうしたら、照準線から出られる」

ダフィーは首をふった。やるべきことはわかっていた。「却下(ネガティヴ)。やつらにまた狙い撃たれるのはごめんだ。脅威を排除する」

後部からクルーズが叫んだ。「そうだ。そうこなくちゃ！」

フローレスが、ダフィーの肩をつかんだ。「セニョール・ダフィー。その前に、せめてわたしに識別させて」

ダフィーは、サイドウィンドウから眺め、つづいてフローレスに目を向けた。「全員、一時射撃禁止」フローレスに向かっていった。「いいだろう。こっちへ来て、見てくれ。だが、さっさとやれ」

「目標視認(タリー)」ウルフソンが告げた。「距離は三六五だな。AKを持ってる」

「射撃禁止」ダフィーは指示し、フローレスが助手席側のサイドウィンドウに近づいた。

クレイジーホースの車体にふたたび銃弾が当たる音が響いた。敵は狙いすましていて、銃撃が激しさを増すとともに、正確になっていた。

「嘘だろう、ダフィー？」ウルフソンがどなった。「あいつらを殺さなきゃならない！ＲＰＧがあったらどうするんだ？」

クルーズがいった。「頼むぜ、ＴＬ。やつらを殺(や)らないんなら、どうする気だ？」

「射撃禁止！」ダフィーはもう一度命令をくりかえした。ふるえていた手を、握り拳(こぶし)にした。銃撃を受けているせいで不安がつのっていたのではなく、決断を下す責任を感じていたからだった。強いて声に権威をこめた。「身を隠せ、スクイーズ。撃つんじゃないぞ」

フローレスが双眼鏡を受け取り、センターコンソールを乗り越えて、フロントシートのあいだに這っていき、ダフィーの膝に乗るような格好になった。ダフィーはいった。「盆地の向こうの斜面にある涸れた沢と未舗装路のあいだの茶色い低い木立だ。ピックアップが二台見える。そのまわりに男たちがいる。そいつらが撃っているんだと思う」

　双眼鏡を持って位置につきながら、フローレスがいった。「タラウマラ族か、あなたちを麻薬密売人だと思っている地元民かもしれない。先住民すべてが、ネイティヴアメリカンみたいな見かけではないのよ」

　ダフィーは、脅威による重圧だけではなく、脅威を制圧しろというレミックからの重圧、反撃しろというチームからの重圧を感じていた。腹立たしげに、フローレスに向かっていった。「しゃべるのをやめて、ちゃんと観察しろ！　早くしないと、あいつらを皆殺しにしなければならなくなる」

　フローレスが、双眼鏡の焦点を合わせた。「だめ！　待って！　見える！　いま見ている」

　レミックの声が鳴り響いた。「ダフィー？　おまえたちはいったいなにをやっているんだ？　応射の音が聞こえない。どういうわけだ？」

つぎにゴードンの声が聞こえた。「ダフィー？　おい、どうした。やつらを制圧しろ！」

ジョシュ・ダフィーは、五、六人にどなりつけられていたが、精いっぱい重圧を押しのけ、できるだけ落ち着いた声でいった。「ギャビー？」フローレスがなおも観察をつづけていたので、ウルフソンがまたどなった。「弾倉を交換してるやつを捉えてる。そいつの頭に照準を合わせてる。そいつの鬘を吹っ飛ばし――」

「ギャビー？」チャーリー2のウルフソンの言葉をさえぎって、ダフィーはうながした。

「ええ……見える……」双眼鏡から目を離し、ダフィーの顔を見た。「あれはタラウマラ族ではないわ。ピックアップ・トラック、銃、態度。あの連中はまちがいなく麻薬カルテルよ」

ダフィーは、ブームマイクの位置を直した。「チャーリー・チーム。やつらを殺れ」

すぐさまウルフソンがスナイパーライフルで撃ち、全員がノイズキャンセリング・ヘッドセットをつけていたにもかかわらず、車内にすさまじい轟音が響いた。上ではスクイーズがMk48で射撃を開始し、一度に十五発か二十発の長い連射を放った。熱した空薬莢が、車内に降り注いだ。

ものすごい騒音のなかで、ダフィーは車両間無線で報告した。「チャーリーは目標視認（タリー）。東にピックアップ三台。下車戦闘員（ディスマウント）約十人。われわれは交戦中。どうぞ」

レミックが応答した、とまどっているようだったが、明らかにほっとしていた。「了解した。われわれは移動する。クレイジーホースが車列を離れることを許可する。襲撃者を追跡し、銃撃をひきつけろ」

「了解した」ダフィーは答えた。フローレスが急いでフロントシートのうしろに戻り、ハーネスを締めると、ダフィーはナスカーのほうを見た。「この戦闘車両が、オフロードで斜面を下って向こう側に登るのは可能か？　だいぶ急みたいだが」

「ボス、トヨタ・ターセルを運転してても、おれにはできる」

「それじゃ、さっさとやつらをやっつけよう！」

それまでずっと、戦闘とは反対の側にいたフレンチーにも、ターゲットを撃てるチャンスがめぐってきた。「攻撃する！」フレンチーが叫んだ。

ＡＰＣは、山羊（やぎ）しか登り下りできないような泥の道をジグザグに下り、車内の全員が前に投げ出されないように、なにかにつかまった。しかし、ハーネスで固定され、しがみついていても、一日ずっと慣れていたはずの上下動と打撃よりも何倍もひどい目に遭った。

ダフィーは、自分の銃眼から狙いをつけようとしたが、その射撃位置は不安定で、あまり補正できなかった。「スクイーズ、おまえに任せる！　走っているときにおれが撃っても当たらない！」

　スクイーズが軽機関銃で射撃し、抑制しながら百発以上を放った。

　APCが盆地の底に達し、向かいの斜面を登るために速度をあげ、ナスカーが逆光を浴びているフロントウィンドウの前方に目を凝らした。「やつら、離脱しようとしてる！やばいってわかったんだ！」

　ダフィーも、それを見ていた。銃撃が熄み、ピックアップ一台が向きを変えて物蔭を目指し、もう一台もつづいた。あとの一台は、煙をあげ、とまったままだった。

　敵がAPCに向けて発砲していた山腹の小さな林に着いたときには、死体と炎に包まれたピックアップ一台しか残っていなかった。接近するあいだにスクイーズがMk48に再装塡する時間があり、脅威があれば狙い撃てる最高の位置にいた。

　見晴らしもスクイーズの位置が最高だった。「五人死んでる。ピックアップ二台が斜面を登って逃げてる。臆病者め！」

「そいつらを撃て」ダフィーは命じた。敵は逃げているが、この手のことに経験が豊富なダフィーは、そいつらがまた人数を集めて襲ってくるはずだということを知っていた。敵は車両縦隊と交戦することを決定した。敵が考えを変えたとしても、その決定の影響はひろがるにちがいない。

スクイーズが、数発を撃っただけでやめた。Mk48がまた沈黙した。「ターゲットがねえんだ。あそこの山の横をまわっちまった」

ナスカーがいった。「追跡できる」

ダフィーは首をふった。「却下。罠に誘い込もうとしているのかもしれない」

ウルフソンがいった。「あんたはあいつらを買いかぶりすぎてる」

ダフィーは聞かなかったふりをして、向きを変えて車両縦隊に戻るようナスカーに命じてから、ハンドセットで報告した。「チャーリー1からアルファ1へ」

追撃が終わったので、APCはゆっくり走っていた。火山岩の黒い土埃があらゆるものを覆い、ナスカーがワイパーとウォッシャーでフロントウィンドウの汚れを洗い流していた。

レミックの声がスピーカーから雑音まじりに聞こえた。「アルファに送れ」

「敵五人が戦死。こちらの損耗はなし。敵を追い払った。弾薬はまだあるが、向こう側が見えないカーブがあるので、追撃をやめた」

「了解。その判断は正しい。こちらも死傷者なし。パックホース2の後部の塗装がはげたとゴードンがいっているが、それだけだ」

「了解した。車列に合流する」

「了解。アルファ、通信終わり」

チーム無線では全員が黙っていて、やがてスクイーズがようやく座席におりてきて、ハッチを閉め、車内の全員に向かっていった。

「これだけいっとく。あの連中にはむかつく」

ギャビー・フローレスが、それに答えた。「あれは黒い騎士ではなかった。人数がすくなすぎる。見えたのは十人くらいだった。シナロア・カルテルの斥候（パトロール）にちがいない」

ウルフソンがいった。「何者だったにせよ、三六五メートル離れたところからAKで装甲車を撃つなんて間抜けだ。RPGも機関銃もなかった……馬鹿なやつらだ」

クルーズがいった。「馬鹿な死人。間抜けな戦いをやって、あの始末だ。ここにああいう的はずれなことをやる連中しかいないようなら、おれたちはなんの心配もいらない。これなら、急に勝ち目があるって気がしてきた」

ダフィーは、そういうやりとりには我慢できなかった。「うぬぼれるな、みんな。あいつらは遠くからおれたちを見て、脅威だと思い、弾倉二、三本分撃てば逃げるだろうと思った。調整された攻撃なら、もっとちがうやりかたをする。だから、冷静でいるんだ」

スクイーズがいった。「おれたちを撃ってる馬鹿野郎を殺すのに、毎回通訳（ターブ）の許可を得なきゃならねえんだから、冷静でいられるわけがねえだろう？」チャーリー６（シックス）の手厳しい批判を聞いて、激しい言葉で応じないようにするために、ダフィーは頰の内側を噛（か）んだ。交戦規則は明確だった。撃たれたときには、応射していい。それでも……武力行使には極端なくらい用心しないと、警護員二十一人は生き延びられないだろうと、ダフィーにはわかっていた。スクイーズのいうことはまちがっていないが、自分もまちがっていないと、ダフィーは思っていたので、こういった。「つぎにあんなふうに交戦したときには、おまえは自由射撃（ウェポン・フリー）だ」

「でも――」フローレスがいいかけたが、ダフィーはさえぎった。

「あんたがおれたちを撃ったら、ギャピー、あんたは敵になる。この世はそういう仕組みになっている」

「そのとおり」うしろでフレンチーが相槌（あいづち）を打った。

ダフィーは、自分の両手を見た。まだふるえていたが、なんとか抑えられるし、激しく揺れているＡＰＣの車内では、だれにも気づかれないはずだ。

戦闘のあいだ体を流れていたアドレナリンは、まもなく消えるだろうし、そうなったら疲労の波と戦わなければならない。ダフィーは経験からそれを知っていた。

クレイジーホースは、車両縦隊の最後尾に戻るために、道路に向けてまた斜面を登りはじめた。

37

午後八時だったので、ノーザン・ヴァージニア・コミュニティ・カレッジのアリグザンドリア・キャンパスの廊下を歩いている学生は、ひとりもいなかったが、六人組の清掃員が床にモップをかけ、ホワイトボードを拭き、ジムの器具類を消毒し、昼間の用務員にはできないそのほかの徹底した清掃作業を行なっていた。ニコール・ダフィーは、清掃員を組織して監督するだけではなく、毎晩、みずから汚れ仕事をやっていた。

ニコールは、デザイン・メディア&ジ・アート・センターの階段の手摺(てすり)を消毒していたが、働きながら意識はその仕事だけに集中してはいなかった。大学を清潔にすることよりも、夫のことばかり考え、電話がかかってくるのを願っていた。だが、表立って従業員に不安を見せるようなことはしなかった。

ありがたいことに、一階にある書店の外窓の清掃をはじめたばかりの八時十六分に、電話がかかってきた。ニコールはスクイージ（直線のゴム製ブレードで水分をぬぐう清掃用具）をバケツに入れ、作業着ですばやく両手をぬぐってから、イヤホンを指で叩いた。

「ジョシュ？　あなたなの？」

「おれだ、ベイビー」

雑音が混じっていたが、それでもニコールは夫が明らかに疲れているのを、声から察した。

「だいじょうぶ？」

「ああ、元気だ。給油のために村でとまっている。VIPたちは洗面所を使い、おれの部下は降車し、おれは銃塔で見張っている」

声が聞けてよかったとニコールが答えると、ジョシュがいった。「すまない。とぎれとぎれになっている。おれたちはいま、山の上のほうにいる。周囲の峰が衛星通信を妨害している」

ニコールはもう一度いった。「どんな状況なの？」

「だいじょうぶだ。これから二時間くらい走って、また車のなかで寝る。VIPたちはさぞかし気に入るだろう」

「触敵（コンタクト）はもうなかった？」

接続が一瞬切れたあとで、ジョシュが答えた。「ちょっとやり合った。たいしたことはない」

「どういう意味？　ちょっとやり合ったって？」

「なんでもない。ライフルを持ったやつらが、車列に向けて撃ってきた。応戦すると、そいつらは逃げた。高速道路ではなく裏道を使うというレミックの計画が、うまくいっているのかもしれない」

きょうの出来事をだいぶ潤色しているのだと、ニコールは見抜いた。「死傷者は？」

「悪党どもだけだ」

「何人？」

ジョシュが間を置いた。「五人、だと思う。あとの五人は逃げた」急いでつけくわえた。

「その連中は、黒い騎士じゃなかった。おそらくシナロアの斥候（パトロール）で、おれたちを脅そうとしたんだろう」

「二日間に二度の銃撃戦よ、ジョシュ。それに、あと二週間半ある」

「だいじょうぶだ。約束する。あした、ＶＩＰはカルテルの頭目のアルチュレタと会う。アルチュレタが姿を現わせば」

話の四分の三くらいがとぎれて聞こえなかったが、ニコールはだいたいのところを察した。溜息をついてから、書店の壁に寄りかかってズルズルと床に座り込んだ。「アルチュレタが姿を現わさなかったら、あなたはもっと早く帰ってこられるの？」

「ああ、そうだろう。しかし、稼ぎがだいぶ減る。これに参加している日数の分しかもらえない。わかっているだろう？」

「それに、お金よりもあなたのほうがわたしにとっては大事なのよ。それもわかっている？」

しばし接続が不安定になり、ニコールがジョシュの名前を二度呼んだとき、ようやく応答が聞こえた。

「黒い騎士のところへ行く前に国連代表団がひきかえせばいいという思いと、全額もらえるようにこのまま行ってほしいという思いが、半々だな」

ニコールの不満が、沸騰しはじめていた。「つまり、あなたの半分は賢明で、あとの半分は傭兵になりつつあるのね」

ジョシュはこう答えただけだった。「おれたちはだいじょうぶだ、ニッキ。なにも心配はいらない」

「ジョシュ、愛している。でも、あなたのいうことをぜんぶ信じてはいない」

ジョシュは、数秒のあいだ答えなかった。ようやくいった。「愛している、ニッキ。子供たちも愛している」通話の音質は悪かったが、溜息が聞こえた。「もう切らないと」接続が切れた。ニコールは両手で頭を抱え、額をさすりはじめた。

ジョシュの口調、恐れているという事実を必死で隠そうとしていることが、ニコールの心に重くのしかかっていた。ニコールはそれを見透かしていた。ジョシュが捨て鉢になっていて、過去の出来事に罪悪感をおぼえ、それが現在と家族に影響をあたえていることを、ニコールはなによりも強く感じていた。

ジョシュは、家族のために三万五千ドルを稼ごうとして、想像を絶する危険を冒している。

ほかにも気になることがあった。ジョシュが危険を冒しているのは、家族のためだけではない。どんな結果になっても自分はつねに英雄でありたいということを、ジョシュはときどきニコールに示していた。

ジョシュが十人分の思いやりを備えた男だということを、ニコールは知っていた。それに、正邪についてのジョシュの感じかたが、彼の能力に影を落とすことがある。ジョシュは、何年も前に契約警護員として仕事人生の絶頂期にあったときでも、他人を救うためにとてつもない危険を冒した。

ベイルートだけではない。アフガニスタン、ソマリア、そのほかの国々で、チームメートとともに活動したときだけではない。

ちがう。当時だけではない。ニコール・ダフィーは、ジョシュと会った日からずっと、彼が他人を護るために進んで危険に跳び込むことを知っていた。ニコールはそれが恐ろしくてたまらなかったが、それゆえにジョシュへの愛はいっそう深まった。

38

七年前

ニコール・マーティンは、愕然として目を醒ました。原因のわからない恐怖が、朦朧としている頭脳を突き抜けた。どこにいるのか、周囲を見ようとしたが、なにかに頭を押さえつけられていて、首がまったくまわらなかった。

埃か煙が周囲に充満していて、なにも見えなかった。ヘリコプターのコクピットにいることは、頭にかぶっているヘルメットの圧力と、座席に体を固定しているハーネスが食い込んでいることでわかった。だが、なにも音がしない。メインローターもテイルローターもまわっておらず、エンジンも停止していた。まわりに光はまったくなかった。

そこは平坦な地面ではなかった。ハーネスにかかる力が不均等だったので、それがわかった。胸のストラップに寄りかかるような感じに体が傾いていた。四五度くらいの角度で前のめりになっている。どうしてなのか見当がつかなかった。

朦朧としている頭脳をなんとか働かせて、最後のはっきりした記憶を思い出そうとした。〝いったいどうなっているの？〟そのとき、どうにか思い出した。〝撃墜された？　わたしたちは撃墜されたの？〟

信じられなかった。

まばたきをして埃を目から出し、視界をさえぎられている状態でできるだけ見ようとした。

土煙(つちけむり)はすこし収まっていたが、コクピットは真っ暗で、まわりの電子機器はどれも機能していなかった。そのとき、キャノピイがなくなっていることに気づいた。暖かい夜気が、顔のヘルメットに覆(おお)われていない部分に吹きつけていた。キャノピイ射出レバーを引いたのか、なにかの拍子にレバーが引かれたのだろう。あるいは、衝撃ではずれたのかもしれない。

明かりが見えたが、かなり遠かった。土煙がさらに薄くなると、現代的な感じの通りの横にある、泥とゴミと砂にまみれたがらんとした駐車場にヘリコプターが墜落していたことがわかった。一〇〇メートルくらい離れた前方の交差点にある琥珀色(こはくいろ)の街灯が、すこし高いところにいるニコールから見えるもっとも近い光源だった。

そのとき、ヘンダーソンのことを思い出した。ヘンダーソンの座席は一八〇センチ後方にある。ニコールの体が思ったとおり四五度傾いているようなら、いまは二メートルほど上にいるはずだった。

「准尉（チーフ）？　准尉（チーフ）？」ニコールは呼んだが、ヘンダーソン准尉からの返事はなかった。抗弾ベストに非常用無線機があるが、左手をそちらにのばしたとき、体の右側が、すこしつぶれた副操縦士兼射手コンパートメントに挟まれていて、動かせないことがわかった。その方向に首をまわすことができなかったのは、スパゲティのようにもつれた網目状のコードとパイプやねじれた金属が頭に巻きつき、ヘルメットを真正面に向けたまま締めつけていたからだった。

目だけを動かして眺めると、副操縦士兼射手コンパートメント全体とフライトスーツが土埃（つちぼこり）にまみれているのがわかったが、どうしてそうなったのか思いつかなかった。

そのとき気づいた。ヘリコプターがこんなひどいありさまになっても機内で生きているのは、どこかべつのところ、おそらく近くの屋上に墜落し、何度か横転してから駐車場に落ちて、おかしな角度でとまったからにちがいない。その激しい横転で地面から削り取った土などに、なにもかもが覆われているのだ。

「マックス！」ニコールは大声で呼んだ。意外なことに、通りはまだひと気がなかった。

今夜の飛行の記憶は定かでなかったが、ＩＳＩＳが近くにいるのは明らかだった。アパッチの墜落をその連中は見たにちがいないが、まだここまで来てはいない。

ニコールは左手で胸のハーネスをはずし、腰のハーネスもはずしたが、そうやっても体を動かせないとわかった。損壊した機体の右側がつぶれ、その位置でニコールの体を挟んでいたし、体を固定しているそのほかのハーネスのバックルに手が届かなかった。

急にあらたな音が聞こえ、ニコールははっとした。ライトを消して走っている車が、左から高速で近づいてきて、大破したアパッチのそばで横滑りしてとまった。

車のドアがあき、閉じられなかった。

「准尉（チーフ）？　銃に手が届く？」

ヘンダーソンは答えなかった。ニコールは左手を体の右側にのばして拳銃を取ろうとした。だが、機体の内壁に挟み込まれていたために、手が届かなかった。

金属が曲がり、ひっぱられる音を、ニコールは聞きつけ、すぐさま悟った。だれかがよじ登ってくる。ニコールは左手を右腰に押しつけて、拳銃をクロスドローで抜こうとしたが、挟み込まれているせいで触れることすらできなかった。

地面からよじ登ってきた男が、計器盤の上に姿を現わした。若く、顎鬚（あごひげ）を生やしている、地元民だった。暗いなかで、ニコールが見たこともないほどの悪意をみなぎらせて男が見つめたので、ニコールは死を覚悟した。

男が下にいるだれかに向かって叫び、地面から投げあげられたカラシニコフが不意に目にはいった。若い男が片手で計器盤につかまりながら、反対の手で受けとめた。

男がカラシニコフをニコールに向けた。

ニコールは男の目の奥を覗(のぞ)き込んだ。

一挺のライフルの乾いた銃声が響き、男が前のめりになって、ニコールのほうへずり落ちそうになってから、カラシニコフを取り落とし、ヘリコプターの潰れた機首から転げ落ちてニコールの視界から消えた。

数メートル下の地面に激突する音が聞こえた。

また連射の音が響き、やがて静まり返った。

ニコールは右腰にM9セミオートマティック・ピストルを携帯していたが、手が届かず、右肩の上の架台にあるM4カービンを取ることもできなかった。体を左右にゆすって脱け出そうとしたが、ほとんど動けなかった。

「マックス？」すこし声を落として、ニコールはもう一度呼んだ。「マックス、M4を取れる？」

返事はなかったが、そのとたんにあらたな音が聞こえた。ニコールはふたたび目を半分閉じた。

音をよく聞いて、なんの音か突き止めるのに、しばらくかかったが。それがわかると恐怖に呑み込まれそうになった。さっきの男とはべつのだれかが、残骸(ざんがい)のあいだを通り、機体側面をニコールのほうへ登ってきた。

恐怖を消し去るために、ニコールは一瞬目を閉じてから、またあけて、どういう危険が近づいているにせよ直視しようとした。

だが、相手の姿が見える前に、呼びかけるのが聞こえた。「味方だ！　味方だ！」

野球帽を逆向きにかぶった顎鬚の男が、損壊した路面の三メートルほど上、ニコールの高さまで体を引きあげた。最初の男とおなじように、多目的ディスプレー(MPD)二台と目標捕捉指示照準装置(TADS)の上を素手でつかんで、計器盤にしがみついていた。

男が暗いなかでニコールのほうを見て、心配そうに眉間に皺(しわ)を寄せた。ニコールは黙って見返した。

男がいった。「サー？　サー？　聞こえるか？」

アメリカ人であることは明らかだったが、軍服を着ていなかった。ライフルは持っておらず、ニコールのところからは拳銃を携帯しているかどうかもわからなかった。それでも、イラクのどまんなかにいるのだから、陸軍特殊部隊(グリーンベレー)か海軍のＳＥＡＬのような特殊作戦部隊の戦闘員にちがいないと思った。あるいはもっと極秘の部隊かもしれない。交流することはなかったものの、髪や髭をのばし、私服で基地を歩きまわっている男たちを、見かけたことがある。

男性だと思われたことを、ニコールは訂正しなかった。「ええ、だいじょうぶよ。ヘンダーソンに手を貸してあげて」

男がすかさずいった。「すみません、マーム。すぐに後席員を見にいく」赤いレンズをはめた小さなフラッシュライトをつけて、コクピットのあちこちを照らし、ニコールをひととおり見た。「怪我は？」

「怪我はない……と思うけど、はまり込んで動けないの」

「ひっぱり出すよ。操縦士のようすを見て、すぐに戻る」

ニコールは、通りのほうを見まわした。ヘルメットがまだコードにひっかかっていた。

「どこ……あなたの仲間はどこにいるの？」

「おれだけだ。じっとしてて」男がいい、壊れた機体が梯子でもあるかのように、二メートル上のヘンダーソンのほうへ登っていった。

「じっとしてて？」ニコールはつぶやいた。冗談のつもり？　体を押さえつけている曲がった金属、何十メートルものコード、何メートルものパイプ、何キロもの土と戦っているのに。

「くそ」ニコールはまたつぶやき、悔しまぎれにヘルメットをヘッドレストにぶつけたとき、右脚に最初の激痛を引き起こした。

二十五歳のジョシュ・ダフィーは、操縦士席へ登っていって、大柄な男を見つけ、最初は死んでいるのかと思った。だが、手をのばして、むき出しになっていた首の動脈に触れて脈拍を確認すると、驚いたことにかなりしっかりしていた。

「サー？」ダフィーが顔を仰向かせると、男のまぶたがピクピクふるえた。右目の上の単眼式暗視ゴーグルは、前席の女の暗視ゴーグルとおなじようにはずれていて、男の顔と額には血がついていた。

ダフィーは、抗弾ベストの右側につけていた救急キットに手をのばした。意識を失っている人間を起こすための気付け薬が、それにはいっている。だが、男はゆっくりと頭をもたげた。

「なにがあったんだ？」男がつぶやいた。

「動けるか？」

男がうなずいた。「よし。ハーネスをはずせ。前席員をひっぱり出してから、戻ってきて、あんたがおりるのに手を貸す」

ダフィーは、コクピットの副操縦士兼射手席へ滑りおりた。

前席員の女は、精いっぱい脱け出そうとしていたが、パイプを何本かひっぱってはずすことができただけだった。

女が、三〇センチしか離れていないところから、ダフィーを見た。「彼はどう？」

「生きていて、意識があって、呼吸も正常のようだ。内臓の損傷についてはわからないが、動かしてもだいじょうぶだろう」

ニコールはいった。「だめよ。あなたは内臓の損傷について知らない。動かせないわ」

ダフィーは、肩ごしにすばやくうしろを見てから、女に目を戻した。「マーム、あんたのヘリが墜落するのを、悪党どもが見ていた。もうふたり来たし、もっと来るだろう。動かしたくなくても、敵の数が増える前に、あんたたちふたりをここから連れ出さなければならない」

ダフィーは、女の体を固定しているハーネスを手探りした。

女が、左手でダフィーを押しのけようとした。「自分で……やれる。右足が骨折したみたい。わたしに触（さわ）ったら、ケツを蹴とばすわよ」

ダフィーは、女の手を遠ざけて、ねじ曲がった金属を引きはがしはじめた。それをやりながらいった。「左足で？　そのあいだどうやって立っているんだ、マーム？」

女が、首をかしげてダフィーのほうを見た。「あなた、ちょっと生意気じゃない？」

「隠れ場所を見つけて、あんたにモルヒネを一本打つときも、おれを生意気だと思うんだろうな、中尉」

「大尉よ」

ダフィーは、手をとめなかった。「わかった。すまない。もうちょっとで体を動かせるようになる。ひっぱらなきゃならない」ダフィーは、作業をつづけながら、土埃の立つ通りのほうを肩ごしに見た。銃声が響き、そう遠くないところで戦闘がはじまったとわかったが、こちらにはだれも目を向けていないようだった。

女が文句をいった。「いったでしょう。自分でやれるって」

「さっさとケツを動かさなきゃならないっていってるんだ！」

「いつも上官にそういう口をきくの？」

「あんたはおれの上官じゃない。おれは民間人だ」

「民間人？」

「ああ、トリプル・キャノピーに雇われている」女がぽかんとしていたので、ダフィーはつけくわえた。「民間警備会社だ」

「ここでなにをしているの？」

「三キロ東で、本部（HQ）に補給品を取りにいくところだった。南の砲兵が撃っているのを見て、それから、あんたたちが北から曳光弾を発射するのが見えた。RPGにやられたんだな？」

女にはききたいことがあったので、その質問には答えなかった。「あなた、独りで移動していたの？」

女の右側の金属を引きはがしながら、ダフィーはいった。「ここの南にある無線基地を警備しているチームといっしょに働いているんだ。水がなくなった。人数が足りないから、おれが志願して、本部（HQ）に何ケースか取りにいくことになった。このあたりはずっと静かだったが、状況が悪化するのは時間の問題だと、おれたちは思っていた」

ダフィーは、あたりをすばやく見た。「まちがいなく事実だ。そうなっている」

こんどはコードを引き抜き、アメリカ陸軍の副操縦士が自由に動けるように、最後の曲がった金属を押しのけた。それをやりながら、ダフィーはいった。「そのときに、あんたたちが墜落するのを見た。傷病者後送（CASEVAC）が来る前に到着できるかもしれないと思った」

「それで、独りで来たの？」

「高軌道多用途装輪車（ハンヴィー）を連ねた完全装備の兵士四十人よりも、頭布（クーフィーヤ）をつけてピックアップに乗った独りのほうが安全な場合があるんだよ」

「そういう場合もある」女がいった。「いまはちがう」

ダフィーは、薄笑いを浮かべた。「たしかにな。よし、これで自由になった。隠れ場所に連れていく」

「どんな隠れ場所があるのよ?」

「そうきかれても困る。おれのピックアップに乗せて、逃げ出す。あんたは厄介(やっかい)をかけないだろうが、准尉のほうは手間がかかりそうだ」

ダフィーが引き出そうとすると、女が痛そうに悲鳴をあげた。

「足か?」

「ええ。まだ挟まっているし、ぜったいに骨折している」

「すまないが、もう一度ひっぱるしかない」

「まいったわね」

数台のヘッドライトがふたりを照らしたが、ダフィーはかまわずにいった。「やるぞ、マーム」

ダフィーがひっぱった。女が悲鳴をあげたが、助け出そうと精いっぱいやっている男を手伝うために、左脚で突っ張り、脱け出すことができた。

動かせるようになったとき、右腕が痛んだが、それでもなにかを取ろうとして、女が手をのばした。M4カービンを取ろうとしているのだと気づいたダフィーがいった。

「やめておけ」

女がなおも手をのばして、M4カービンをつかんだが、ダフィーが力いっぱいひっぱって、座席から完全に離れさせた。ふたりいっしょに、大破したアパッチから落ちはじめた。

「くそ！」ふたりが滑ったり転がったりしながら落ちていくときに、女が叫んだ。ダフィーは女の体を自分の体で覆い、背中と右肩で硬い地面に当たる勢いを和らげた。

ダフィーは衝撃で息が切れた。女はその上で苦痛にうめいた。ダフィーは通りのほうを見あげて、人影が一〇〇メートルほど離れたところで散開していることに気づいた。

ニコール・マーティン大尉が転がってダフィーの上から離れ、左手でヘルメットを引きはずした。苦しげな顔で、叱りつけた。「悪いけど、救難員としては失格ね」

ダフィーも転がって、腹這いになり、それから膝立ちになった。M4カービンを持ちあげていった。「悪いが、あんたはヘリコプター・パイロットとしては失格だな」

大尉が上半身を起こしていた。「わたしたちは撃ち落とされたのよ、チンポ野郎」

そのときに、前方の通りの人影に、彼女も気づいた。「ヘンダーソンは？」

「連れてくる。カービンを頼む」

女がカービンを取ったとき、上から物音が聞こえて、ふたりとも見あげた。

ヘンダーソン准尉が意識を取り戻し、機体の残骸からおりようとしていた。

ヘンダーソンがすこし進んだときに、一〇〇メートル離れたところの敵が発砲しはじめた。ダフィーはカービンを取り戻して応射し、大尉も拳銃を抜いて制圧射撃を開始した。

ヘンダーソンが、ふたりのそばの地面に落ちた。すばやく立ちあがると、反対方向へ走っていって、左翼の蔭に潜り込んだ。

ヘンダーソンがライフルを持っておらず、拳銃も抜いていないことに、ダフィーは気づいた。

ダフィーは、弾薬が尽きたカービンを置き、機体の残骸のそばに置いてあった自分のAK-47をつかんだ。ターゲットに狙いをつけながら、ダフィーは叫んだ。「准尉！　あんたの大尉は負傷している。おれのピックアップまで、運んでもらわなきゃならない。一〇〇メートルしか離れていないが、おれは制圧射撃をつづけないといけない」

うしろにいるヘンダーソンからの返事はなかった。

大尉も叫んだが、そのとき弾薬が尽きた。「マックス？」ぎこちない手つきで、大尉が弾倉を交換した。足首だけではなく、手首か手も痛めているようだと、ダフィーは思ったが、すぐに彼女は拳銃を撃てる状態にして、戦闘に復帰した。

「准尉？」大尉がもう一度呼んだ。「こっちへ来るよう命令する。わたしが掩護する」

「知ったことか！」左翼の蔭から、ヘンダーソンがいった。

銃弾がうなりをあげてそばを飛ぶなかで、ダフィーは立ちあがっていた。敵は四、五人のようだったが、AKで連射しまくっていた。ダフィーは、怪我をしている大尉の体をつかみ、抗弾ベストのショルダーストラップをひっぱった。ピックアップに向けてひきずられていくとき、大尉は悲鳴をあげたが、拳銃で撃ちつづけ、二本目の弾倉が空になった。

ダフィーは、助手席のドアまで大尉をひっぱっていって、シートに押しあげようとしたが、大尉がダフィーのほうを向いた。「ライフルを渡して。ヘンダーソンを連れてきて。わたしが掩護する」

「彼はあそこにいて幸せみたいだ」准尉が自分自身の救出にも協力しないのであれば、置き去りにするのもやぶさかでないと、ダフィーは思った。

だが、大尉に睨みつけられた。

「わかった、マーム」

ニコール・マーティン大尉は、怪我をしていないほうの脚で体を支え、AK-47を受け取って、ピックアップ・トラックのボンネットの上から身を乗り出し、トリプル・キャノピーの契約武装警備員がヘンダーソンを救うために駆け戻るあいだ、必死で敵の射撃を妨害しようとした。

ダフィーは全力疾走で、アパッチの操縦士を護っている左翼のほうへひきかえした。ヘンダーソンが重傷を負っているのかどうかわからなかったが、新手のヘッドライトが接近していたので、彼の状態などどうでもよかった。数十秒以内にここを離れないと、三人とも殺されるから、彼の怪我など無関係になる。

操縦士が縮こまっているのがわかった。銃を抜いてもいない。ダフィーは声もかけずに引き起こし、立てるようだったので、左翼の蔭から押し出した。いっしょにピックアップに向けて走り、着いたときに大尉のAK-47の弾薬が尽きた。

「乗れ!」ダフィーは大尉に向かってどなり、ヘンダーソンが荷台に乗るのに手を貸した。銃撃を受けながら、ダフィーは運転席側にまわって、跳び乗り、セレクターレバーをバックに入れた。

精いっぱいの速度でバックさせ、一八〇度方向転換する直前に、フロントウィンドウが砕けた。ダフィーはレバーをドライヴに入れ、アクセルを踏みつけた。

アクセルをめいっぱい踏み、その場から遠ざかった。

大尉はブロンドだった。そのときはじめて、ダフィーはそれに気づいた。髪はショートで、汗にまみれ、ヘルメットをかぶっていたせいで癖がついていた。狭い荷台で自分たちのヘリコプターが墜落したところを眺めているヘンダーソンを、大尉が肩ごしに見た。

ダフィーはいった。「あんたの操縦士はあそこで栄誉ある働きをしたとはいえないな」

大尉が黙っていたので、なおもいった。「父ちゃんといっしょに飛ぶと、ああいう目に遭うんだろうな」

大尉がすこし笑い声を漏らしたが、痛みがひどくなっていることが、ダフィーにはわかった。「彼は優秀なパイロットだけど、こういうストレスにさらされたことがなかったんだと思う。直接命令に二度も従わなかった。軍法会議にかけることもできる」

「そうするのか？」ダフィーはきいた。

大尉が肩をすくめた。「あとで考えるわ。彼の軍歴はいまのわたしの優先事項のリストではずっと下のほうよ」

どれほどの痛みか、ダフィーにはわかっていたし、アドレナリンの分泌が収まりはじめて、一分ごとに痛みがひどくなっているのが見てとれた。ダフィーは、抗弾ベストの右側の救急キットに手を入れた。すこし手間取ったが、モルヒネの自動注射器を出した。ばね付きの注射器に、強力な鎮痛剤一〇ミリグラムが収められている。

「これが必要だ。早く打ったほうが、効き目がある」

「だめ」大尉が高飛車（たかびしゃ）にいった。「安全になるまで待つ。また戦わないといけないかもしれない」

「おれがついている。これからトリプル・キャノピーの拠点へ行く。痛みがひどくなる前に抑える必要がある」ダフィーは大尉の脚の上で注射器を構えたが、大尉が押しのけた。

「だめだっていったでしょう！　これが終わるまで、頭をはっきりさせておかなきゃならないのよ」

ダフィーは、それを聞き流してから、大尉のほうを見た。「悪く思わないでほしいんだが、大尉にしては若すぎるな」

「いいえ、若くはないけど、いまはこんなふうだから、うれしがるべきなんでしょうね」

「顔を洗えばもっとましになる」

「あなた、元軍人？」

ダフィーはうなずいた。「陸軍だ」

「退役して雇われ武装警備員として走りまわるには、若すぎるんじゃないの？」

ダフィーは肩をすくめた。「ああ、でも正義の味方のために働いていることに変わりはない」

大尉が、弱々しい笑みを浮かべた。「それに反論できる立場じゃないわね」

「反論したいんじゃないのか？　そうしないと、折れた足よりもひどい痛みを感じるにちがいない」

痛みにうめいてから、大尉が答えた。「それほどじゃないわ。どうして軍を辞めたの？」

「現役勤務から離れたのは、もっと戦いたかったからだ」ダフィーは、自分たちの苦境を眺めまわした。「ずばり的中」

「ずばり的中」大尉がオウム返しにいってから、また激痛のせいでうめいた。

「マーム、その痛みを薬で抑えないとだめだ」

「だめよ。あなたひとりでISISと戦うのは無理よ」

ダフィーは、荷台のヘンダーソンのほうを顔で示した。ヘンダーソンは横向きに寝て体を丸めていた。「おれのことは心配するな。いざとなれば、ヘンダーソンがいる」

大尉が笑うと同時に顔をしかめた。「べつのひとたちを連れてくればよかったわね」

「それに、あんたたちが空から吹っ飛ばされなければよかった」

ダフィーは、大尉の目を覗き込んだ。生気が薄れていた。「あんたがショック状態に陥ったら困るんだよ」脚を覆っていた大尉の手のあいだから自動注射器をすばやく差し込んで、脚に突き刺した。大尉がびっくりして悲鳴をあげた。

ダフィーはいった。「怒ったのはわかってるが、あとでおれに感謝するはずだ」

空（から）になった注射器を、フロアボードにほうった。

「このくそったれ！」大尉が叫んだ。

ダフィーは肩をすくめた。反論のしようがない。

一分間、ふたりは黙っていた。ダフィーは、数秒ごとにバックミラーを見ていた。

やがて大尉がまた口をひらいた。怒った口調が、かなり和らいでいた。「わたしたちの情報はひどかった。トリプル・キャノピーの人間が作戦地域（AO）にいることすら知らなかった」

ダフィーは、あきれて目を剝（む）いた。「ああ、そんなのはあたりまえだ。おれたち、忘れ去られた民間警備会社の人間は、いつだってひどい扱いを受けている」

「あなたの名前は？」

「ダフィー」

暗いなかで、怪我をしている大尉がダフィーのほうを向いた。「それ、ファーストネーム？　それとも苗字？」

「ジョシュ・ダフィーだ。チームのみんなにはダフって呼ばれている」

大尉の言葉が、だいぶ不明瞭になっていた。「ダフィー……ダフ……縮めてもあまり時間の節約にはならないわね」

「だろうな」

「ジョシュって……呼ぶのは……どう？」

ダフィーは、大尉の名札に目を留めた。「それじゃ、おれはあんたをマーティン大尉と呼ぼう」

「ニッキよ」

「イエス、マーム」ダフィーは、運転しながらうなずいた。「モルヒネがすこし効いてきたみたいだな。もうだいじょうぶだろう」

マーティン大尉が、道路をちょっと見てからいった。「さっきはごめんなさい。ストレスがかかると、嫌な女になることがあるの」

それを聞いて、顎鬚の男がにやりと笑った。「こっちもだ。あんたはなかなかやるよ、マーム。あそこで敵をだいぶやっつけた」

大尉が笑みを浮かべ、ちょっと目をしばたたいた。「ありがとう、ジョシュ」数秒後には眠っていた。

ジョシュは独り笑みを浮かべ、大尉のほうをちょっと見た。「いつでもお役に立ちますよ」

〔下巻につづく〕

暗殺者グレイマン〔新版〕

The Gray Man

マーク・グリーニー

伏見威蕃訳

〝グレイマン〟と呼ばれる凄腕のエージェント、ジェントリーはＣＩＡを突然解雇され、命を狙われ始めた。現在は民間警備会社で闇の仕事を請け負う彼のもとに、各国の特殊部隊から次々と刺客が送り込まれる！　巧みな展開と迫真のアクションの連続で現代冒険小説の金字塔となったシリーズ第一作。解説／北上次郎

映画「グレイマン」原作

暗殺者グレイマン〔新版〕

THE GRAY MAN

MARK GREANEY

NETFLIX

A NETFLIX FILM

早川書房

ハヤカワ文庫

暗殺者の正義

On Target

マーク・グリーニー
伏見威蕃訳

ジェントリーはロシア・マフィアから、悪名高いスーダンの大統領の暗殺を依頼された。だがＣＩＡ時代の上官が現われ、意外な提案をする。大統領を暗殺するふりをして拉致せよ。成功すれば今後命を狙うことはないというのだ。彼はロシア・マフィアの依頼を受けたように装い、スーダンに向かう！　解説／北上次郎

ティンカー、テイラー、ソルジャー、スパイ〔新訳版〕

Tinker,Tailor,Soldier,Spy

ジョン・ル・カレ

村上博基訳

英国情報部の中枢に潜むソ連のスパイを探せ。引退生活から呼び戻された元情報部員スマイリーは、かつての仇敵、ソ連情報部のカーラが操る裏切者を暴くべく調査を始める。二人の宿命の対決を描き、スパイ小説の頂点を極めた三部作の第一弾。著者の序文を新たに付す。映画化名『裏切りのサーカス』解説／池上冬樹

ハヤカワ文庫

訳者略歴　1951年生，早稲田大学商学部卒，英米文学翻訳家　訳書『暗殺者の回想』グリーニー，『レッド・プラトーン』ロメシャ，『無人の兵団』シャーレ（以上早川書房刊）他多数

HM=Hayakawa Mystery
SF=Science Fiction
JA=Japanese Author
NV=Novel
NF=Nonfiction
FT=Fantasy

アーマード　生還不能
〔上〕

〈NV1512〉

二〇二三年六月二十日　印刷
二〇二三年六月二十五日　発行
（定価はカバーに表示してあります）

著者　マーク・グリーニー
訳者　伏見威蕃
発行者　早川浩
発行所　株式会社　早川書房

郵便番号　一〇一 - 〇〇四六
東京都千代田区神田多町二ノ二
電話　〇三 - 三二五二 - 三一一一
振替　〇〇一六〇 - 三 - 四七七九九
https://www.hayakawa-online.co.jp

乱丁・落丁本は小社制作部宛お送り下さい。
送料小社負担にてお取りかえいたします。

印刷・精文堂印刷株式会社　製本・株式会社明光社
Printed and bound in Japan
ISBN978-4-15-041512-9 C0197

本書は活字が大きく読みやすい〈トールサイズ〉です。